短歌渉猟

和文脈を追いかけて

今井恵子

短歌研究社

目次

短歌渉猟——和文脈を追いかけて

短歌における日本語としての「われ」の問題

カバー装画＝岡﨑乾二郎
Pacanowie kozy kuj.
Ability to speak between the trees talk.
木の間で語り，行間でも語る．
アクリル・カンヴァス　20.5×16.3×3cm　2021年

短歌渉猟——和文脈を追いかけて

第一章　宮中歌会始

I

今までにない緊張感を味わいながら、二〇一六（平成二十八）年一月十四日の朝、わたしは、東京駅から乗ったタクシーで皇居の坂下門を入った。宮中歌会始の儀の陪聴をするためだ。晴れがましいというよりは、それまで聞き及んでいた宮中歌会始が、どのような空間で、どのような段取りで行われるのか、その場に臨んで見聞できるということに、すがすがしい興奮を覚えていた。カーンと晴れて寒い朝だった。

宮中歌会始のイメージ

戦後の短歌界は、歌会始について、さまざまな物議をかもしてきた。多くは短歌そのものでなく、選者にかかわる話題だった。戦後に興った戦争責任追及や導入された民主主義の論議にからみ、戦後社会へ向き合う歌人たちの姿勢を語りつつ、誰それは選者を断るのかどうかなどと、熱く語られた。天皇制の問題と強く結びついていると考えられたためである。歌会始の選者を語ることは、今日では考えられない重さをもっていた。短歌が戦後という時代を問うたのだった。それは、戦争について、その責任について、歌人自身の考えを深めることでもあった。しかし、論議は、歌人を単純なイデオロギーで区分けしてしまったり、少ない情報からの床屋談義的興味という色合が濃かったりで、どこか口ごもりがちであり、核心に触れないままに、むし返されては、その度に何となく終熄していった。近年では、そのような論議をあまり聞かなくなった。

内野光子の『短歌と天皇制』（風媒社、一九八八）『現代短歌と天皇制』（同、二〇〇一）は、長期にわたる観察と、丹念な資料収集を経てまとめられた力作で、何となく避けて通っていた歌会始事情を明るみに出した。納得するところが多かった。が、内野の天皇制批判という立場とはまた別な視点から、戦後七十年間の歌会始への反応を探れば、そこに戦後短歌の変遷が浮かび上がるかもしれない。

内野は、二〇一六年一月十七日掲載のブログで「歌壇における『歌会始』への無関心という状況は、あくまでも表面上のことであって、水面下では、ヘゲモニーをめぐっての過酷な争いが展開しているとみてよい」という。このような歌壇政治的指摘が、一概に間違っているとは思わないが、それは歌会始に限ったことではなく、歌会始というよりは歌人たちの問題だろう。わたしは、選者のイデオロギーや野心を云々するのではなく、歌会始の歴史や儀式構成が、今日の短歌を考える際に、どのような視点を提供するかという観点から、歌人たちは歌会始そのものにもっと目を向けてもよいと思っている。

歌会始は、誰でもその場に臨めるものではないから、わたしたちは、NHK総合テレビの中継放送や、詠草が披露される新聞記事や、宮内庁ホームページなどによって、歌会始の歴史や概要を知り、漠然としたイメージを作っている。イメージには、選者や預選者（選ばれた十人を預選者、選ばれた歌を預選歌と呼ぶことも今回知った）の、個々の体験談や感想やこぼれ話から膨らんだ想像もたぶんに加わっていよう。

先の内野のブログによると、岡井隆がはじめて選者となった一九九三年ごろ、「歌会始は最大規模（その年の詠進数は二〇、七二〇首で、その後は毎年二万首前後を行き来している）の短歌コンクール」だといったとある。そう言われればそのようにも見える。今までのわたしのイメージも「最大規模の短歌コンクール旧派和歌版」であった。旧派和歌を継承しておこなわれる皇室の新年行事。題詠によって詠進された詠草に、実際以上の旧派的イメージを膨らませていた。題詠は、個人の独創を重視した近代短歌が、まっさきに否定した短歌システムである。「題詠」という先入観は詠草へのわたしの関心を薄くした。

歌会始のドレスコード

さて、車を降りた陪聴者は、受付を通り、正面階段をのぼり、広々とした控えの間で、一人ずつ呼び出されるまで、しばらく待つ。年齢順に呼び出しを受けると、一人ずつ式場である正殿松の間に向かう。

服装は、宮内庁からあらかじめ次のように詳細な指示が届いている。

男子　モーニングコート、紋付羽織袴又はこれらに相当する制服等
女子　ロングドレス、デイドレス（絹又は絹風のワンピース、アンサンブル等）　帽子、手袋は随意
白襟（白羽二重の襟を重ねる）紋付（色留袖、訪問着）　黒留袖も可　紋の数は随意
これらに相当する制服等

控えの間を見回すと、陪聴者の服装は、モーニングコートの国会議員や官吏、宗教衣の僧侶、ロングドレスや留袖の女性と多様である。外国大使の民族服なども見える。男性の数が圧倒的に多い。興味深いのは、右記のように、和服に先んじて洋服が指示されていることだ。さらに、女性の服装に指定される、絹という素材にも意味があるのだろう。単に高級品を着て来よというのではないにちがいない。そういえば、わたしたちの見慣れている明治以降の皇室関係写真の服装は、儀式の際の衣冠束帯十二単か西洋の王室を模した洋装であった。歌会始の儀においても天皇皇后をはじめ皇族たちは、もちろん洋装である。服装には、西洋を範として始まった近代天皇制が具現されていると再認識

する。

明治期の日本で、近代化を進めるためにいちはやくとりいれられた西洋文化の一つが服装である。青木淳子『パリの皇族モダニズム』（角川学芸出版、平26）は、旧朝香宮邸（現在、東京都庭園美術館として残っている）を皇族モダニズムの結晶であるとして、一九二〇年代のパリで暮した朝香宮鳩彦王夫妻（久邇宮朝彦親王の第八王子として生まれ朝香宮家を創設した）が、どのように西洋文化を謳歌したかが描かれている。そこで青木は、日本の近代化の過程で「ヒエラルキーの頂点に立つ、天皇・皇后と、その藩屏（王家を守るもの）といえる皇族もまた、儀式の際に西洋のプロトコールを踏襲し、西洋文化を公式の場でのマナーとして実践してきました」という。歌会始に見る皇室および参列者の服装は、明治大正昭和と、日本のモダニズムを国民の日常へ広める役割をはたした皇室ファッションの名残を見る思いがした。

「次に」という思考

式場への呼び出しは、年長者から年少者へ年齢順である。声によって行われる。結婚式や歌集批評会で配布される参加者一覧のような紙はない。高い天井に、男声がひびき、間をあけてゆっくりと呼ぶ。節が付いているわけではないが、相撲の呼び出しをちょっと連想した。そう思うからそうなるのか、声を契機に、土俵の下から土俵の上へ、つまり、日常から非日常の儀式へと参集者の意識がかわる。静謐な空気にひびく人の声には、日々の暮らしと儀式の場を隔てるような趣があった。「控えの間」とは、単に時間調整や顔合せの場所ではなく、日常を非日常へ切りかえる空間なのである。

呼び出しは、肩書の次に名前。当たり前といってしまえばそうなのだが、聞いていると、人は肩書、つまり社会的地位や役割としてそこにいるのだと思わせられる。名前という個人ではない。呼び出しの声の他にはほとんど音がない。間を置いて呼ばれた順に威儀をただし、角ごとに立つ金釦を光らせた制服の職員にみちびかれ、神妙に長い廊下を歩く。相撲でいえば、仕切ったり塩を撒いたりの段階か。わたしは、ふっと自分の顔を何処かにあずけ、輪郭になったような気がした。右手に白い砂を敷き詰めた庭が見える。

式次第については次のように書かれた紙が、これもあらかじめ手許に届いている。テレビで放映されていることだが、用語に特色があり、今回、ああ、こんなふうに言うのだなあと、新しく知識を得た気がしたので、記載されている通りに書き写してみよう。

歌会始の儀

式場は、正殿松の間とする。

午前10時15分、歌会始委員会の委員長及び委員が着席する。

次に宮内庁職員、陪聴者及び預選者が着席する。

次に歌会始の読師、読師控、講師、発声、講頌、諸役控、召人及び選者が着席する。

式部官が誘導する。

次に宮内庁長官が着席する。

午前10時30分、天皇、皇后がお出ましになる。

　式部官長が先導し、皇太子、皇太子妃、親王、親王妃、内親王及び女王が供奉され、侍従長、侍従、女官長及び女官が随従する。

次に読師、講師、発声及び講頌が参進して所定の位置に着く。

次に預選者、選者及び召人の歌を講ずる。

次に皇族の歌を講ずる。

次に皇太子妃の歌を講ずる。

次に皇太子の歌を講ずる。

次に皇后の御歌を講ずる。

次に御製を講ずる。

次に天皇、皇后が御退出になる。

　先導、供奉及び随従は、お出ましのときと同じである。

次に各員が退出する。


　このように簡略に記された進行は、「次に」という接辞でつながっている。わたしたちが日常接している事務的な議事レポート等では、「次に」という書き方はしない。レポートにはたいてい番号が振ってある。これは些細なことのようにも見えるが、場づくりの設計という点からは大きな違いである。

仮に今、この紙に歌会始委員会の着席から各員の退出まで、1〜14の番号を振ったとすると、誰でも一読ただちに、どの項目が、14項目のうちの何番目に当るかを理解するだろう。進行の途中、参集者たちは、あと幾つの項目が残っているか明確に把握できる。番号が、始まりと終わり、全体と部分との関係を常に意識させるからである。

このエッセイを書いているのは、二〇一六年十一月二十三日である。手許の新聞をめくってみると、統計や順位の数字が浮いて見える。わたしは数字に弱いので、へええっと眺めるだけだけれども、「タイが所得倍増計画」という見出しの脇にまとめられている表の「二〇一五年国民一人当たりGNI」に目が止まる。表には「世界銀行のデータがある約170カ国」と注がついており、日本は何位なのだろうかと思う。日本の24位が如何なる意味を持つのか分からないが、世界経済の中のおおよその位置を知った気持ちになる。きわめて情緒的だが、数字がそんなイメージを持たせるのである。数字の始まりと終わりを知って全体を思い浮かべ、その中に順位をおいて俯瞰する。このような実用統計が「次に」で表現されることはない。

「次に」で進行する時間構成は、実用統計の数字がもとめる効果とは全く反対の位相にあるといえよう。「次に」は、前にあるものに続いて行われるというつづき具合を示すだけだから、意識は、始まりがどうであったか、終わりがいつ来るかという全体の枠組みから遠い。「次に」の連鎖は、どこかに終わりが予想されてはいるものの、今ここで進行している事象とその末尾との距離を、はっきりと測る表現になっていない。番号の振られた統計表を俯瞰的表示とすれば、「次に」で示される式次第は、現場内的伝達だといえよう。

俯瞰的な目で思考することと、現場内的な目で思考することには、大きな違いがある。わたしたちは日頃、無意識のうちに、両者を使い分けているのである。スマホのグーグルマップで待ち合わせ場所を調べ、現地の近くに立つと、歩きながらビルの並びを目で追っていく。意識は、鳥の目（俯瞰的）になったり、蟻の目（現場内的）になったりして歩く。

身近な歌会やシンポジウムの進行を想い描いてみる。鳥の目の司会者と蟻の目の司会者がいる。鳥の目の司会者は時間配分が上手く、公平で軽快、バランスがいい。蟻の目の司会者は、重要な問題に立ち止まって深めることに長けている。ときに時間をはみ出しもするが、傾聴すべき発言を引きだし、より高次の論点をあらたに提示する。優れた進行は、適宜往き来して両方を使い分けている。濃淡はあるが、さまざまな局面で、人は意識的にも無意識のうちにも、鳥になったり蟻になったりしながら思考を広げ深めてゆく。

臨場してみると、歌会始の儀は、市井の短歌コンクールとはまったく違っていた。今日各地で地域活性化に絡めて盛んに行われるようになった市井の短歌コンクールや、若い世代の詩歌への関心を集結させる「短歌甲子園」などのイベントとは異なった短歌の位相がある。

それは、天皇や国家という権威のもとに催されるとか、一般人が立ち入れない場所で行われるとか、短歌の外部的事情もさることながら、第一には、行われる儀式の過程そのものにこそ意味を見出すように組み立てられているということだ。入選・落選というような最終結果に意味があるのではない。「次に」という言葉がそれを明確に示している。歌会始という場が、「次に」という、進行の過程に位置するものの目、すなわち、蟻の目の移動という現場内的な思考によって統べられ、「次に」という言葉に明示されている思考のあり方に注目したい。短歌の本質的な側面に触れることになるからである。そして、この現場内的時間の推移は、式場内の席の配置とも密接に結びついているのである。

Ⅱ

人は、いちいち意識してはいないが、時間空間のどこに立って考えるかで、さまざまな思考回路を行ったり来たりしている。近年、生理学や脳科学や細胞学のめざましい発達で、そのメカニズムが詳しく解明されているらしい。テレビ、新聞、ウェブで知るかぎりでも相当なものだ。知見は即座に理解するにはあまりに専門化し過ぎているが、振り返ってみると、自分の身をどこかに置いて、客観と主観、俯瞰的思考と現場内的思考を無意識のうちに往来しているのだと実感させられる。宮中歌会始の儀の陪聴体験もその一つで、二時間余りのあいだ、わたしの関心はそこにあった。

散文世界から歌世界へ

長い廊下を歩き正殿松の間に入る。入場は儀式の前段と位置づけられているそうだ。詠進側（天皇、皇后、皇族以外）の下位から上位の順に着席する。すなわち、歌会始委員会の委員長及び委員、宮内庁職員、陪聴者及び預選者、読師、読師控、講師、発声、講頌、諸役、召人及び選者、宮内庁長官の順である。

一同起立、頭をたれて待つ。軽いノックを合図に正面右側の扉が開き、天皇、皇后のお出まし。皇太子、皇族、侍従長、女官長、侍従、女官が着席する。男性はモーニングコート、女性はロングドレス。鹿鳴館を思わせるようなロングドレスはローブモンタントと呼ばれる昼の礼装である。

場内に緊張と静謐が満ちる。預選歌の入った硯蓋を、歌会始委員長が式場中央に設けられた披講席卓上に置く。所作にはそれぞれ象徴的な意味があるらしい。調べてみると、たとえば披講の開始は次のように説明されている。

式部官長の目くばせ（合図）により、読師が自席を立って披講席に着く。そして読師は硯蓋の中から預選歌の懐紙を取って硯蓋の左脇に置き、硯蓋をゆっくりと裏返しにする。この読師の所作は極めて象徴的である。硯蓋が裏返ることにより、式場はいわば散文の世界から韻文の世界へ、歌の世界へと変わる。そこで読師は、講師に目くばせをする。講師は、発声（一人）、講頌（四人）とともに自席を立って披講席に着く。

（日本文化財団編『和歌を歌う——歌会始と和歌披講』）

平安貴族は、手紙や菓子を運ぶときに硯箱の蓋を使っていた。硯蓋は後世、本膳料理の器に名前を残し形を変えたというが、ここには、言葉を生み出す文房具の、本来の形が残っている。硯および硯箱は声を文字にうつしかえる現場であり、古来、知識人に大切にされた。道具の尊重は、とりもなおさず言葉への畏敬である。言葉は、文明の発達とともに意味伝達を目的とする手段としての面が分離され緻密化されていったが、原初の言葉は、言葉が生活の道具となって久しいわたしたちには想像し難い光と闇を内包していたにちがいない。言葉は、人を人たらしめるものとして尊重され、また畏怖された。だから硯蓋は、様式化された象徴的意味をもつのだろう。

硯蓋を裏返す（＝硯蓋を表にする）所作が、式場を散文空間から歌空間に転換する。ということは、披講席が、書かれ届けられた文字としての言葉を、ふたたび声としての言葉にもどす場所であることを意味している。象徴的瞬間は深い山奥のように静かである。

ちょっと脇へそれるが、「出羽三山」の信仰を映したNHKのテレビ番組「新日本風土記」の一場面を思い出す。新年になると子どもたちが、山の神様の御札を各戸へ届けるという。二人一組の子どもは、神官から預かった御札を硯蓋に載せ、玄関で家の主に差し出す。主は御札をおさめ、代わりに駄賃を載せた硯蓋を子どもに返す。このような聖と俗の交換の場に、硯蓋が使われているのは興味深い。御札は神からの言葉である。受け継がれた慣習として、神事に象徴的意味を付与している硯蓋は、披講席における硯蓋と通じている。わずかに残った痕跡のようでありながら、硯蓋には、文字と声と人の、言葉にかかわる長い時間が封じられているのである。

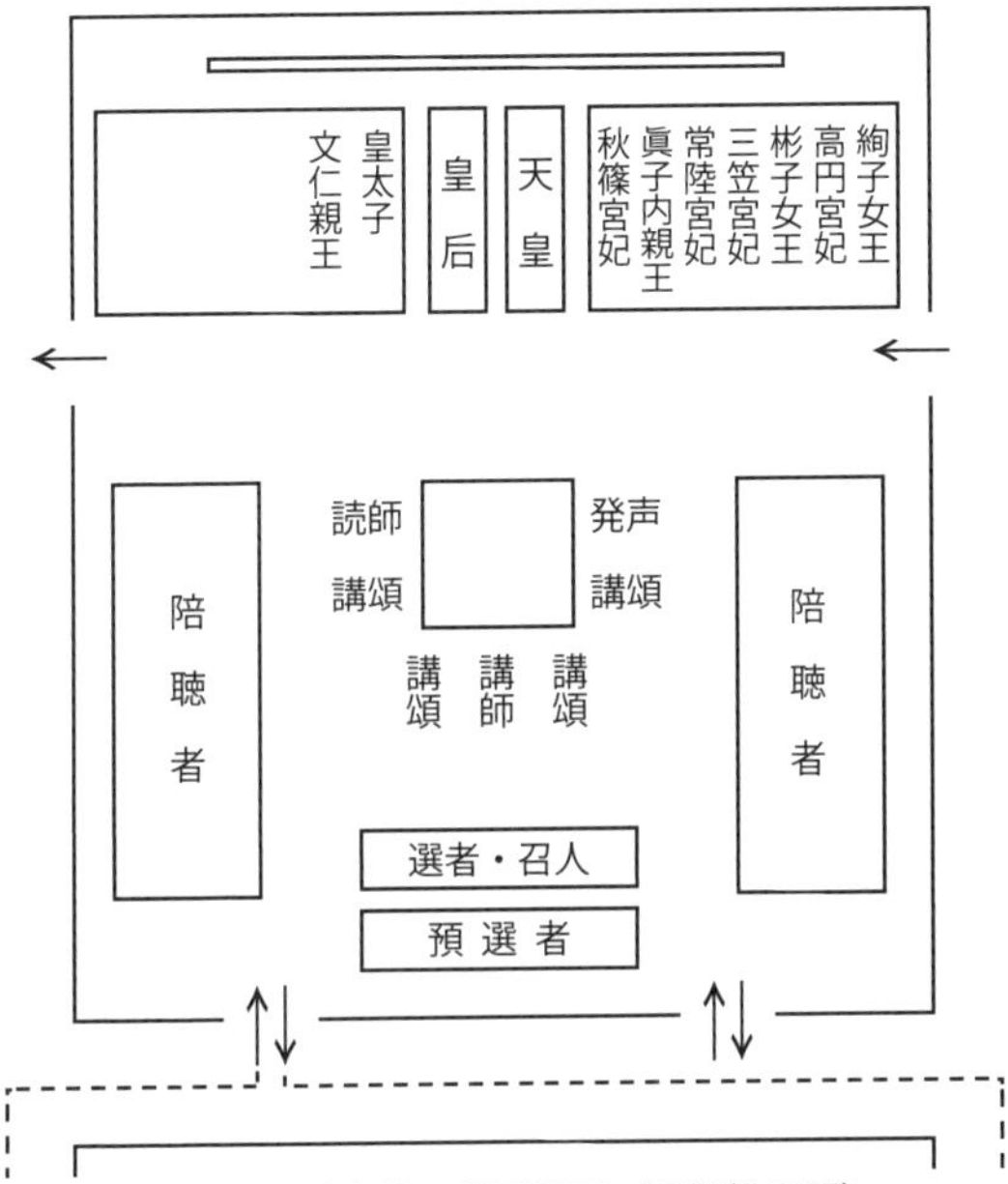

2016年　歌会始の儀配置図（正殿松の間）

中央に披講席

正殿松の間には図のように席が設けられている。図を見ると、もっとも重要な披講席は式場中央に配され、正面に天皇・皇后・皇族の席、廊下を背にして預選者の席、選者と召人は預選者と披講席の間に配されている。つまり、全ての参会者は、披講席を囲んで着席する。歌（＝言葉）の世界観が声中心の配置に反映されているといっていいだろう。部屋は声としての言葉を聴く場なのである。

　読師、講師、発声、講頌の諸役が披講席に着く。披講は、講師の「年の初めに同じく人ということを勅《おおせごと》によりて詠める歌」という言葉に始まる。預選歌（十首）、選者の歌（代表一首、二〇一六年は今野寿美の歌）、召歌、皇族御歌（代表一首、二〇一六年は眞子内親王の歌）、皇太子妃御歌、皇太子御歌、皇后御歌、御製の順に、十七首が読みあげられる。

はじめに預選者の歌が披講される。選者の推輓を経た歌は、仕切り役の読師のもと、発声・講師・講頌という披講専門家の声に変換されて天皇に届けられる。ちなみに、預選者が場内に参列するようになったのは、一九五〇年の歌会始からであった。

披講は、年少の預選者の歌から始まり、御歌《みうた》（皇后の歌）は二度、御製《ぎょせい》（天皇の歌）は三度詠じられ、天皇の退場によって歌会始の儀は終了する。歌会始が行われているあいだの松の間は、国民の言葉が、祭祀の上位概念である天皇へ、声として届けられる空間であるといえよう。更にいえば、天皇を通して「神」へ献じられる言葉である。

声としての言葉

前日の歌会始を、二〇一六年一月十五日の朝日新聞の記事は、「今年の題は『人』。国外で犠牲になった戦没者、災害の被災者、移民としてブラジルに渡った日系人。天皇陛下や皇族方は心を寄せてきた人たちへの思いを歌に込めた。天皇陛下に招かれて歌を詠む召人、選者、入選者10人の歌も披露された」と報じ、

天皇陛下
戦ひにあまたの人の失せしとふ島緑にて海に横たふ
皇后陛下
夕茜《ゆふあかね》に入りゆく一機若き日の吾《あ》がごとく行く旅人やある

から「皇太子殿下」「皇太子妃殿下雅子」「文仁親王（秋篠宮）」「文仁親王妃紀子」以下皇族の歌、召人、選者、入選者の順に歌を紹介していた。これを読んだとき、わたしは、前日の陪聴体験との間に落差を感じた。このように羅列してしまうと、作者と歌がセットで、上から下まで平坦に並んでいるように感じられるが、儀式の中では、歌は同じ列に並んでいるのではない。講師が初めに述べる言葉からもわかるように、御製と御歌以外は、天皇の勅に応じて奏上された歌である。御製・御歌とそれ以外の歌は同列に並んでいるのではなく、勅を下す側と応じる側が対向しているのである。

預選者の歌は、選者の推輓を経て、披講席で声に変換されて天皇のもとに届けられる。正殿松の間は平坦な広間だが、天皇のもとへ届くまでの過程、すなわち選歌・披講を経て、歌（＝言葉）は、夾雑物が濾過され、目に見えない階段を声となってのぼっていくように感じられた。また陪聴の帰りに渡された歌の栞「平成二十八年歌会始御製御歌及び詠進歌」の歌の記載は、「御製」「皇后宮御歌」「東宮」「東宮妃」つづいて「文仁親王」「文仁親王妃紀子」であり、個人名が記されるのは秋篠宮より下であり、立場の違いは明確である。

二〇一六年の預選歌は次の十首。歌そのものを味わうため、試みに作者名を略してみた。今日の日本に生きる国民生活の一場面を平易な日本語によってすくいとって、新年に相応しく明るい歌が並ぶ。

休憩所の日向に手袋干しならべ除染の人らしばし昼寝す
野の萩をコップに挿して病棟に人ら坐れば月は昇りぬ
橅《ぶな》植ゑて百年待つといふ人の百年間は楽しと思へり
人知れず献体手続してをりぬ伯母を見送るくんちの街に
二手にと人は分かれて放牧の阿蘇の草原に野火を走らす
彼等とのつきあひ方と人のごとく語られてゐる人工知能
かぎろひの春の手習ひ人の字は左右にゆつくりはらつてごらん
一人でも平気と吾子が駆けてゆき金木犀《きんもくせい》は香りはじめる
雨上がり人差し指で穴をあけ春の地球に種を蒔きたり
日焼けした背中の色がさめる頃友達四人の距離変化する

どの歌も一息に読めて、作者の生きる場面を彷彿とさせる。文芸的な斬新さの創造というよりは、国土の異なる地域から、国民各世代の声を、象徴としての天皇（もっといえば、その背後の、日本を日本たらしめるもの）のもとへ届けることに歌会始の主眼がある。ちなみに、詠進された歌のすべては、後日、天皇のもとへそのまま送付されるのだという。ここにも歌の優劣を競うコンクールとは異次元の短歌の形が見える。

人間の言葉を、世界を統べているもののもとへ、声によって届けようとする行為に歌の発生をみるならば、様式化された歌会始の儀はまさに、わたしたちに歌（＝言葉）の発生を思い出させる記憶装置ではないかと思われた。

場の共有

前節で、声による呼び出しを契機に、陪聴者が様式化された役割となって式場に臨み、「次に」という語をつないでゆく思考にもとづいて式次第が進行するということを述べた。本節では、式場の配置に、歌会始の儀全体が声による言葉で構成されていることに着目した。言葉の受け応えが、文字ではなく声で行われるとはどういうことだろうか。

文字は視覚にうったえ、声は聴覚にうったえる言葉である。書家の石川九楊は、無文字時代の言葉について「無文字時代の言語は、語彙と文体ではなく、あえていえば、音彙や声彙と、音体や声体から前音楽的に成立していたという想像力をもって、無文字時代の言語を解」（『「書く」ということ』）く必要を説いている。無文字時代の言語とは声の言葉である。文字文化のなかにいるわたしたちは、言語が語彙と文体によってできていると考えるが、石川は、それとは違った言語体系の存在を想像することが重要だと強調している。そうして、「『はなす』言葉は、一方で音楽や舞踊に対して開かれ、『かく』言葉は書や絵画に対して開かれており、音楽・舞踊・言葉・書・絵画は、言葉を中心にして、地続きのものである」（同前）と、大きな視野の中に、視覚的な言葉と聴覚的な言葉の関係を置いて、今日の日本語を考察している。

声の言葉の特性の一つは、「今＝ここ」の言葉であるということだろう。声は物理的には消えてなくなってしまうものだ。言葉の意味が前の言葉に新しい言葉を加えながら生み出されていくとき、声の言葉の意味は、一方向の不可逆的時間の流れに沿った線上に「今＝ここ」を浮かびあがらせる。時系列にそった方向に線として繋がる「今＝ここ」が、新しく意味を生成するのである。文字の言葉のように固定されていないので、声の言葉は時間の流れから逸れることができないばかりではなく、現場から離れたとき、急速に力をうしなってしまう。

たとえば「桃太郎」や「馬方やまんば」など、もともと声で語り伝えられた民話を思いおこすと、同じ言葉が何回も繰り返されることを、わたしたちは知っている。反復はリズムを生んで音楽性を帯びる。同語同音の反復、同文型の反復は記憶の確認のためでもあるが、言葉は同時に、人の息が吹き込まれて蘇生する。声の言葉の性質であるといえよう。

もう一つ、声の言葉が人間の身体と直接結びついているという点に注目したい。朗読会のように作者の声がそのまま受け手に伝えられることをいうのではない。歌会始の儀でいえば、披講席という、文字の言葉を、息づいた人間の声に変換する装置によって、声の言葉は人間の身体と結びついた現場の言葉になるということである。歌会始で作者が直接自作を読みあげないことは、慣習の中で培われてきた、畏れ多い玉座に対する伝統的尊崇の念もあろうが、それだけではなく、作者から一度はなれた歌（＝言葉）を国民一般の生きた声として新しく蘇生させ、天皇（＝その背後の、日本を日本たらしめるもの）に届けようとするためであるかと思われる。ここでは、預選歌の無署名性については、これ以上立ち入らないこととする。

意味の在り所

見ると聞くとは大違いとよく言うが、歌会始の儀を陪聴して、今まで描いていたイメージとは違う短歌の様相に接したと思う。大切に尊重される言葉の儀式であること、声が様式や空間設計と緊密に結びついていること、近代現代の短歌が求めてきた文芸的個性や個人は第一とされていないこと、そうして、発表された歌そのもの以上に、国民の声が、国の象徴として祭祀を司る天皇に届けられる過程にこそ重要な意味があるということ。これらが、作者以外の人間の声による歌（＝言葉）の蘇生に、大きな意味を生み出している。歌の、あるいは表現された個性の優劣を競うような価値評価の場とは遠いところで、短歌（＝言葉）の魅力的な一面を示唆している。

第二章　短歌の声について

I

声について考えたい。「短歌の声」というとき、韻律を指す場合と、素材として詠み込まれた意味内容を指す場合がある。ふつう両者は、重層的に影響し合い、一首の味わいを深める場合が少なくない。「この歌は調べがよい」とか、「句割による調子の遮断が空白を作っている」という韻律にかかわる鑑賞と、「作者の声が聞こえるようだ」とか、「子どもの声がうまく風景と響き合っている」などという鑑賞で、何処までが韻律で何処までが素材かなどという詮索は愚かなことにも思えるが、考える手がかりとして、入口を分けておきたい。前章の宮中歌会始の儀の話題の流れで、まずは前者から。

散文と歌の間

二〇一七年一月一日の新聞は、例年の「新年にあたってのご感想」の代わりに、次の歌をふくむ、天皇皇后の御製五首、御歌三首を報じた。(毎日新聞の表記)

天皇陛下

〈平成二十八年熊本地震被災者を見舞ひて〉

幼子の静かに持ち来《こ》し折り紙のゆりの花手に避難所を出づ

皇后陛下

〈一月フィリピン訪問〉

許し得ぬを許せし人の名と共にモンテンルパを心に刻む

記事には「宮内庁は新年にあたり、天皇、皇后両陛下が昨年1年間に詠んだ歌から両陛下が選んだものを発表した。天皇陛下が同庁を通じて毎年公表してきた『新年にあたってのご感想』は、公務負担軽減策の一環で今回から取りやめた」(朝日新聞)とあった。歌からは「国民とともに」という天皇皇后の姿勢がきわやかに気品をもって立ちあがる気がした。とくに、モンテンルパの一首は、わたしも友人に勧められて当地を訪れたことがあり、今も使われている刑務所の裏の、ひどく粗末な日本兵の墓や、昭和三十年代に渡辺はま子が歌った「モンテンルパの夜は更けて」の旋律を感慨深く思い出したものである。

けれども、公務負担軽減という事情に納得はするものの、新聞記事を読みながら、「お言葉」が、御製・御歌という短歌に、かんたんに（と見える）取り替えられてしまうことに対して、ざらりとした違和を覚えたのも事実であった。

歌が、手紙や日記の文章の間に書き込まれ、行間を補うことはよくある。また文芸作品には歌物語というジャンルもあって、一つの作品内で文章と歌それぞれの特性を生かしてゆく手法も、わたしたちの感性に浸透しているといっていいだろう。しかし、「歌会始の儀」という共有される空間で声に変換された御製・御歌と、「新年にあたってのご感想」の代わりに公表された御製・御歌は同じ位相のものではない。コンテクストがまったく異なる。

わたしたちは報道を通じて、昨年来浮上した天皇退位問題の流れを知っており、その流れを前提に、記事に組み込まれた御製・御歌が読まれることで、歌一首の意味内容とは別に、見えないメッセージが付与されることになる。見えないメッセージは、ときに拒絶しがたいものとして読者の奥深くに染み入るものである。

一首ずつ独立した短歌は、それぞれ完結した一つの世界を作っているから、別の文章中に、便利に引用したり挿入したりしやすい。文脈を補うのに都合がよい。身近なところに目をやると、「天声人語」（朝日新聞）や「春秋」（日経新聞）などの新聞コラムでは、ときおり短歌や俳句が引用されている。文芸作品としての情感が、エッセイを潤わせ、読者の心情を文章に引き寄せる。硬質な話題の新聞コラムに、凝縮された情感あふれる詩の言葉が引用されると親和性がうまれ、やわらかな表現効果が得られる。

しかし、よく読んでみると、引用される短歌や俳句は、多くの場合、本文の主旨を補強するためのもので、意味は本文にそって理解され解釈されるのである。良し悪しを言うのではないが、わたしは、エッセイに引用される短歌を読むと、文章の主旨とは別に、コンテクストに寄り掛かりやすい短歌の特質を再確認する思いがする。

新年を祝い、国民の声を国の象徴たる天皇に届ける、「歌会始の儀」という「場」における歌と、「新年にあたってのご感想」の代わりに公表された御製・御歌の違いを、わたしたちは、つねに意識の中に置いておく必要があるだろう。短歌一首が、容易に、他の文中に組み込まれ、そこでの読者の鑑賞によって、今までなかった新しい解釈が生まれ、自由で豊かなイメージを膨らませることができるということは、読者が、知らないうちに騙し船にのってしまう危うさと密接に関係している。

文芸作品は、日常のお茶の間空間とは別次元にある。短歌の心地よい韻律性と短小な形式は、一首が成立する「場」のことを、ふと忘れさせる。

「ものの美」と「ことの美」

これは、次のような、美について述べられた言説とも関わる。

美の所在についていえば、例えば芸術作品のような特定の対象だけでなく、あらゆるものが美しくありうるし、ものだけでなく、美しいことも存在する（例えば行為の美）。（中略）美という言葉は、おそらくどの国語においてもまず第一には視覚的な対象についていわれるように思われる。だが、行為のような精神的事象についても、その全体を一つの統一的な像として直接把握するとき、それを美として捉える可能性が拓かれる。また、時間的に展開する対象の全体を美として捉えるときにも、その構成の知覚に基づいて迎える完結の意識のなかで、それまでの充実体験の記憶が一つに凝縮され、それが美という形容を呼ぶものと思われる。

（佐々木健一『美学辞典』）

美はここで、「ものの美」と「ことの美」に分けて考えられている。「ものの美」は視覚的対象について、「ことの美」は、精神的事象や「時間的に展開する対象の全体」についての美である。これにしたがえば、「歌会始の儀」における歌は、「ことの美」すなわち「時間的に展開する対象の全体」として美の象徴となっているといえる。

『和歌を歌う――歌会始と和歌披講』（日本文化財団編）によれば、歌会始は「鎌倉時代の十三世紀から、歌会始の起源と思われる正月の歌会があり、それを『御会始』と呼ぶこともあった」「歌会始の直接的起源は戦国時代のただ中の文亀二年（一五〇二）であり、それ以来連綿と継承してきた」という。近代以降は「明治2年（1869年）1月に明治天皇により即位後最初の会が開かれました。以後、改革を加えられながら今日まで連綿と続けられています」と宮内庁のＨＰで説明されている。

「歌会始の儀」は、このような由来を共有する人々の参集による、声という「時間的に展開する対象の全体」であり、特定の空間において時系列にそって行われる「こと」である。それは、前章で指摘したように、「次に」という時間の連続に規定されており、「日常」とははっきりと区別された、境界をもつ「非日常」の「こと」である。

一定の「場」を前提に読み味わう歌を、別の時系列に置くとき、そこには、また別の意味合いが生じることを忘れてはならない。繰り返すが、わたしたちは、歌を読むとき、その歌の、環境、前提、文脈、すなわちコンテクストに敏感でなければならない。

短歌が内包するコンテクスト依存の特質は、短歌という文芸ジャンルだけの問題ではなく、短歌がなぜ形式を必要とするかということ、短歌が日本語で書かれていることと密接に関わっていると思われるが、それについては、また後に別項をたてて考えたい。

「奴隷の韻律」のこと

今から七十年前、短歌は、俳句といっしょに、第二芸術論によってさんざんに叩かれた。臼井吉見、小田切秀雄、桑原武夫、中野好夫といった短歌を専門とするのではない論者によって批判し否定された。

短歌滅亡論自体は、それまでも、尾上柴舟の「短歌滅亡私論」(「創作」明43・10)や釈迢空の「歌の円寂する時」(「改造」大15・7)などがあった。近代日本に海外からもたらされた科学技術や政治経済社会の制度導入によって、変化してゆく国民の思想や意識と、日本の伝統として受け継がれてきた文芸との乖離を、どのように埋められるか、融合できるかは、危ういものとして、近代以降の文芸にたずさわる人々の大きな課題であった。

敗戦翌年つまり、占領下に始まる一連の短歌否定論は、今日からみれば、戦時の戦意高揚に寄与した日本的抒情の振り子が、反対方向に大きく揺れた「日本文化叩き」の一つであったと整理することができる。まとめれば「主としてその形式が短小であるがために俳句や短歌には人生を描くこと、人間的な精神を盛りあげることができないということをヨーロッパ近代小説を対置することによって彼らは、さまざまないい方で発言した」（木俣修『昭和短歌史』）ということである。

しかし、第二芸術論として括られる論考のなかで、小野十三郎の「奴隷の韻律」（「八雲」昭23・1）に指摘された問題は、もっとも深く短歌の本質に触れており、今でも十分な納得のゆく説明は難しいのではないかと、わたしは思う。詩人小野十三郎の名前は、「奴隷の韻律」という衝撃的な論考の標題や、よく引用される一節「短歌について云えば、あの三十一字音量感の底をながれている濡れた湿っぽいでれでれした詠嘆調、そういう閉塞された韻律に対する新しい世代の感性的な抵抗がなぜもっと紙背に徹して感じられないかということだ」という、嫌悪感を隠さない言辞だけではなく、短歌の韻律が内包する危うさを指摘した評者として、わたしたち短歌に関心のある者は記憶しておいていい。

小野が生理的な嫌悪の対象としている「奴隷の韻律」は、短歌の韻律が主体的精神の自立を阻むというものであったが、矛先は短歌という文芸ジャンルだけに向けられたものではなかった。むしろ、それ以外の場に現れる、短歌的なものを警戒し憎悪した。次のようにいう。

短歌的詠嘆や俳句的発想は、決して短歌や俳句に固有なものではなく、それは短歌や俳句という元の古巣にあるときよりも、そういう形式からはみ出して、云わば解放されて、他の文学の諸ジャンルの中に流入し浸透してゆくことによつて、より強大な持久作用を発揮するのである。だから例えば短歌という形式がかりに消滅するときがきても、短歌的抒情の本質は他の何かの形式の中に残る。それは所謂詩に解消することによつて詩人をだまし、小説の中核となることによつて作家を骨抜きにし、消滅するどころかまことに千変万化自由自在、益々異質の栄養分を吸収して肥満し生きのびる。短歌的なものはとつくの昔からすでに文学の原つぱに出ているのだ。どこかの隅つこに追いつめられて音をあげているような脆弱な精神ではない。

（小野十三郎「奴隷の韻律」）

「八雲」に掲載されたこの論考は、自身の『詩論』（昭24）の内容をダイジェストしてまとめて書かれたものだが、短歌的なるものについては「続詩論」（「現代詩」昭33・2より十回）に引き継がれ、論の深まりを見せた。「続詩論」では、『詩論』中のフレーズ「歌と逆に。歌に。」を、「当時すでにこれは私自身の詩法のためにも、もっともたしかな方向指示であった」と説明し、砂川闘争の映画「砂川」の一場面で歌われる「赤とんぼ」について、次のようにいうのである。

私が考えるのは、「赤とんぼ」の歌が、詩としてどういう成り立ちを示しているかということではなくて、このような歌が砂川闘争のあの緊迫した状況において、それまでまったく思いもよらなかったような抵抗の抒情となって、その中で人と人を結びつける力を持つにいたったということである。それはもはやあの状況、あの瞬間においては童謡ではない。「赤とんぼ」は、このとき、一つの質的転化をとげて、「状況の詩」としての感性の組織力を持ったと云えるだろう。

(『詩論＋続詩論＋想像力』思潮社)

三木露風作詞・山田耕筰作曲の「赤とんぼ」(＝短歌的なるもの)が、短歌や俳句からはみ出して他の「場」におかれた例として挙げられている。基地闘争という異質な状況に置かれたとき、短歌的なるものは「抵抗」となって質的転換をとげる。それが、「歌と逆に。歌に。」であるというのである。「場」における歌の再構築であるといえよう。

コンテクストからの規定

前章で「歌会始の儀」について述べたのは、儀式の段取りを整理し、声という視点からの歌のあり方を考えたいと思ったからである。「歌会始の儀」は、物理的に形を残さない声の言葉を参加者が共有する「場」によって成立している。一方向の流れがコンテクストとして「時間的に展開する対象の全体」を規定しているが、それぞれの歌は、いつでも元の「場」をはみだし、拒むことのできない声となって見えないメッセージを生みだす特質を、内ふかく秘めている。声の力である。

「歌会始の儀」の御製・御歌と、「新年にあたってのご感想」の代わりのそれを、同列のものとして読ませてしまう危うさと、「赤とんぼ」の歌に質的転換をとげさせる短歌的なるものの力は、通じ合うものである。

歌が読まれるとき、それが、どのようなコンテクストで読まれているかには、注意深くあらねばならない。声は、コンテクストによって、目に見えない強い意味の規定を受けるからである。

Ⅱ

韻律の韻は響き、律は周期的な反復である。「しらべ」というときは、これに、作品の置かれている環境や意味内容を合わせたものと、ここでは考えておく。具体的に作品をあげるなら、

秋の穴のぞくあの子はあばれ者あれあれ明日《あした》天気になあれ　佐佐木幸綱『直立せよ一行の詩』

なかぞらを羽根ひきしぼり墜ちゆくを愉しみてまた羽根をひろげて　花山多佳子『春疾風』

響きの歌として前のような歌を、また、周期的反復の歌としては後のようなものを考えている。いずれも声に出して読みあげると、目前の景色がどこまでも限りなく広がってゆくようだ。短歌定型の韻律の力を強く感じさせる。このような歌の良さは、どこにあるのだろうか。考える手がかりとして、本節では、牧水の歌をテキストとして、韻律と作者（＝創作主体）の息の関係について考えたい。

牧水の韻律

戦後生まれ世代のわたしは、中学校の教科書で近代短歌の何首かを覚えた。牧水の「幾山河越えさり行かば寂しさの終《は》てなむ国ぞ今日も旅行く」は、たぶんその中にあった。覚えているのだから気に入った一首だったのだろう。しかし、作歌を始めて大分たって読んだ歌集『海の声』『独り歌へる』は、わたしには少しも面白くなかった。退屈であった。読み通すのに忍耐を要した。わたしは、牧水の短歌の核心に触れることができなかったのである。初学だったこともあるが、振り返ってみると、それだけではないだろうと思われる。

①鳥が啼く濁れるそらに鳥が啼く別れて船の甲板《かふはん》に在り
②木蔭よりなぎさに出でぬ渚より木かげに入りぬ海鳴るゆふべ
③けむりありほのかに白し水無月のゆふべうらがなし野羊《やぎ》の鳴くあり
④落ちし葉のひと葉のつぎにまた落ちむ黄《き》なる一葉の待たるゝゆふべ

⑤山に来てほのかにおもふたそがれの街にのこせしわが靴の音
⑥桐の花落ちし木の根に赤蟻の巣ありゆふべを雨こぼれ来《き》ぬ

これは『独り歌へる』（一九一〇年刊）の歌。今日の目で読めば、若い感傷がとらえた自然の景色といえよう。鳥が啼き、海や空がひろがり、雨が降り、野羊がいる。そのような風景の一つに「わが靴の音」はある。旅の歌人牧水の面目躍如というところだ。けれども、これらの歌は、一首だけを読み、目を瞑ってゆっくりと味わっていると、読者もまた、風景の自然の深みに触れている心持ちがして、解き放たれたのびやかな気分になれるのだが、収録されている歌集を通読しようとすると、ようやくたどり着いた浜辺で驚くばかりに感動した潮騒が、数時間の後には単なる雑音に過ぎなくなってしまうときのようで、同じ韻律が繰り返されるばかりだと感じられたのであった。

牧水を読むには、牧水短歌の読み方というものがあって、周囲の見慣れた歌と同じように読んでいては、牧水短歌の琴線に触れることができないのだと気づいたのは、すこし後のことであった。

右のような歌を味わう要点は、韻律に現れる作者の呼吸のリズムにあるはずだ。①は一・三句で、②は二・四句で、③は一・二・四句で、④は三句で、⑤は二句で切れている。⑥は四句が句割れしている。言葉の意味を云々するまえに、連続と切断によって短歌形式に生動するリズムに、読む者が呼吸をあわせてゆかなければならない。

「鳥が啼く」とあれば、トリガナクと読み休止を入れる。そこで読者は、何の前提も置かずに、鳥が啼く情景の中に、すなわち作品の内部に立つ。次に「濁れるそらに鳥が啼く」と読み、素描に絵の具の色を置くように、濁れる空を描き足して、その空を眺め、鳥の囀りを聞く。一・三句の後の長い息の切れ目には、言葉にならない詠嘆がある。しかし、それはまだ、主体をもたず、一般的な、いわば宙吊りになったままの詠嘆である。大きな自然の前に、ただ詠嘆するばかりという経験は誰にもあるだろう。下句「別れて船の甲板に在り」で初めて、一般的詠嘆は、別離という個別の状況の中におかれる。作者（＝われ）が顔を出すのである。①においては、上句の句切れと反復は、読者が作品の韻律に息をあわせるための、すなわち、読者が短歌定型の内部に立つための装置としてはたらいているのである。短歌の鑑賞は、読者という一個人に内蔵される体験や知見というコンテクストと、作者のそれを、短歌のもつ韻律によって繋ぎあわせるところから始まる。読者が、自分のスケールを振りかざして、作品を篩にかけてしまうと、多くのものをとり逃すことになる。

牧水は、韻律を作り出すことによって、作者に生動する息と、作品を一つのものとした。だから、牧水短歌を読むときは、他にもまして句切れや句跨りや句割れに、読者自身の息を合わせて読まなければならない。息を合わせるのは、とても時間がかかる。

織物の縞模様

文芸はよく織物に喩えられる。牧水の歌を読むときに、わたしが必ず思い浮かべる一節がある。

「筋」（筆者注・縞模様のこと）のうちでは、前出の『守貞漫稿』がいうように「緯筋」からはじめられたとおもいます。それは、織初めから準備されねばならない「経筋」よりも、織りすすむ間に自由に色糸をさしはさむことのできる「緯筋」の方が、織手にとっては数段楽な技術であるからです。そして、最初はおそらく単なる空間的図柄を構成するものとしてあらわれたものではなくて、機織りという労働過程の一種の「はげみ」として、色糸がはさまれだしたのだとおもわれます。つまり、時間的な労働の切目、もしくはリズムとして緯の色糸がおかれていったのです。あるいはこれを祈のリズムといってもよいかもしれません。（中略）おそらく、機織唄などとよばれるものも、この機織りのリズムとしてはじめられたことにちがいありませんが、この「緯筋」の発生も、このような時間的な労働のひとくぎりとしていれられたもので、はじめから空間的に計画された図柄ではなかったろうとおもいます。

（田中俊雄・田中玲子『沖縄織物の研究』紫紅社）

田中俊雄は、大熊信行主宰の歌誌「まるめら」の会員として短歌にかかわっていたこともある織物研究家である。古来、女性の仕事とされた織物の研究に力を注いだ。『沖縄織物の研究』（一九七六年刊）は田中の主著。厳しい労働条件に従うしかなかった女たちの労働現場で、織物の「筋」がどのような意味をもっていたかという視点にたって、縞模様の発生を考察した部分である。

布は、まず機に経糸を張り、それに緯糸を潜らせてゆく。布の幅や長さは経糸を張るときに決まる。経糸に模様を織り込むには、その時点で仕上がりの設計図が描かれていなくてはならない。色や形を、糸の数や長さに合わせて計算し、模様が設計通りに仕上がるように、正確に経糸を張っておかなければならない。「空間的図柄」というのはそのことである。作業に取りかかる前に、模様が設計されているかどうかに着目した発想である。

対して、緯糸の筋模様は、はじめから予定されていなくとも、作業の過程で、織り手が、その時々のアイデアを投影しながら入れてゆくことができる。思いつきで、つまり気持ちの揺れ動きによって、筋の太さや繰返しのリズムは変えられる。縞模様の繰り返しが、織り手の作業時間にそって現れるという点がとても大事である。模様が、織り手の、可視化された労働時間を意味するのだ。織り手は、筋目を入れるたびに、層となった堆積する自分の作業時間を確認する。「時間的」とはそういうことだ。可視化された時間は目標であり成果であり、あらたな励みや達成感をもたらしただろう。そして、織り手にとっては、まぎれもない自己存在の証となったであろう。

田中は、経筋より緯筋の方が「数段楽な技術」というが、そこには技術の問題だけではなく、模様の意味の違いがある。空間的に構想された模様であるか、時間的に堆積された模様であるかという違いである。空間的な経筋模様には設計者の脳内に広がる思想が、きわやかに分かりやすく描かれるだろう。いっぽう、時間的な緯筋模様は折々のアイデアを投影しやすく、あらかじめ全体像を想い描くとなるととりとめがないが、その分未知の可能性を含んでいる。

この、時間的堆積として織られてゆく縞模様の繰り返しのリズムが、牧水短歌を読むときの息、すなわち句切れや句割れや句跨りに重なって、わたしにはイメージされる。

息を合わせる

近代短歌の流れをたどると、理論や技術をもって既成のものを否定し、時代にそった新しい創造へ推し進めようとする力と、前代まで継承されたものを大事に受け止めようとする力が、同時に働いているようだ。それは、年表に一列に記されるような一方向の流れとしてあるのではない。新しいものが前代よりも勝っているとも限らず、前代の反復が無意味だということもなく、しかし継承されたものを繰り返しているばかりで満足できるものでもなく、理論や技術を毛嫌いする根拠もない。二つの力は、同時に強く生き生きと作用し合うのが面白い。局面は、常に流動的多義的である。

二つの力は、個々の歌人の内部にも揺れ動くはずだ。牧水は、「納戸の隅に折から一挺の大鎌あり、汝が意志をまぐるなといふが如くに」（『みなかみ』）というような破調を経てなお、短歌の韻律と息を一つにしようと腐心した。次のような牧水像はそれを髣髴とさせる。

昭和三（一九二八）年十二月号の「創作」は「創刊八十巻記念　若山牧水追悼号」である。年譜・病状記録に、尾上柴舟、窪田空穂、萩原朔太郎、土岐善麿、中川一政、室生犀星、生方敏郎、岡本かの子、吉井勇、高村光太郎など歌壇文壇から八十四人の追悼文と会員七十二人の追悼文が寄せられ、四百ページにせまるボリュームであった。その中に牧水を描く一節がある。筆者は「創作」の会員と思われる。

歌を見て下さる時先生はキチンと座り少し肩をすぼめる様にして膝の前に丁寧に原稿を拡げ一首々々あの美しい御声で繰返へし微吟しながら見てゆかれた。時に好いと思ふとフッと読むのをやめて「ウムこれはいゝ」と云ひ乍ら印を付けて下さつた。夫から又最初から親切に批評して行きながら又何度となく繰返へし微吟して何とかいゝところを見分けやうとして下さる。

（野元純彦）

これを読んだとき、わたしはちょっと感動した。短歌の読者は、実際に声に出さずとも、おそらく誰もが胸中に、五・七・五・七・七の律を刻みながら読んでいる。しかし、ほんとうに声に出しながら歌集を読む人はあまりないだろう。戦後まもなくの頃には、声を出して読書をしていた人がいたという（わたしの子どもの頃の記憶にも、縁側で声を出して新聞を読んでいた近所のお爺さんがいた）。今では当り前となっている黙読は、案外、日の浅い習慣なのかもしれない。「黙読」と「微吟」の違いは、読書形態の問題だけではなく、短歌の読みを大きく左右する。短歌は短いから、一瞥のもとに読むこともできる。それを、あえて、声に出し、時間をかけて読む。すなわち、歌の内部に身を置くのである。門下の歌に息を合わせて一首ずつ読みあげる牧水の姿は、そのまま短歌思想を体現しているかのようだ。

字余りの意味

以上のような牧水短歌の特色については、これまで多くの発言がなされてきた。たとえば、次のような洞察がある。

牧水は音律、音調を言葉に対して外的なものと考えないのである。言葉を何らかの律調によって運用するのではない。牧水は、ひき緊ったしらべを持つべきであるとか、結句を「四三調」にしようとか、要するに、外部からもたらされたしらべによって歌を規制することに反対なのである。

（玉城徹『近代短歌とその源流』）

玉城徹は、「アララギ」を中心に推進された近代短歌のなかでの牧水短歌の意味を韻律に見て、それを「内なる自然」ととらえた。さらに「近代短歌を作る主体としての自己設定を、制作のための『機械』と考えると、事の真相がはっきりしてくるであろう。この機械がキャッチした『自然』には、機械の刻印がまざまざと残っている。近代短歌としての『面白さ』と一般に考えられてきたのは、この刻印にほかならない」（前掲書・一九九五年刊）ともいう。

うらうらと照れる光にけぶりあひて咲きしづもれる山ざくら花　『山桜の歌』

如上のことを念頭において、牧水のこの歌を読むと、三句「て」による字余りの意味が理解される。玉城のいう、近代短歌に刻印される「自己設定」が、「て」が入ることによって、作者の息づかいとして現れている。

ここで本節の冒頭の佐佐木幸綱と花山多佳子の二首を思い出す。「目前の景色がどこまでも限りなく広がってゆくようだ」と、わたしは書いた。それはこの二首が、露わな「自己設定」から自由であることによるのだろう。二首は、対照的な個性をもちながらも、「機械の刻印」ではない「自己設定」がなされようとしている点が似ている。韻律については、作品を分析したり音数をかぞえたりして、論じられる傾向があり、それを否定するものではないが、「声」という生きて動く人間主体との関わりが前提となることを確認したい。韻律の面白さが見えてくる。

III

「しらべ」について考えたい。前節と同じように、韻律の韻は響き、律は周期的な反復、「しらべ」は、これに、人間によって作られる作品の置かれる環境や、作品のもつ意味内容を合わせたものと考えておく。

これまでの韻律論

韻律にかかわる考察には多くの積み重ねがある。古典和歌から近代短歌、それ以降に及ぶ歌論の考察の核心には「しらべ」「叫び」「ひびき」「調子」「リズム」という一連の用語によって指し示される短歌の核心があった。これらの用語は、そのときどきのニュアンスによって使い分けられているが、作歌の現場で突き詰めようとすると、分かる人には分かるというもので、各が自分のイメージを作りながら納得しているようである。わたしは、歌会で発言するときに、自分が今言いたいのは「しらべ」なのか「調子」なのか、あるいは「ひびき」が適切なのかと迷い、安易に発言できないことがしばしばある。しかしまた反対に、これらの用語は「しらべに問題がある」とか「ひびきがいい」と言えば、それだけで何か歌評を言ったような気になる、まことに便利な語群でもある。

短い文章だが石川幸雄「短歌の書評用語を疑え」(「短歌往来」二〇一八年三月号)を読んだ。安直につかわれる書評用語に対する批判である。「感覚的」「透明感」のように「的」「感」のつく語、また「通奏低音」「感性」のような画一的な用語が頻出して、誰が書いても同じ語の繰り返しで現在の歌集評の多くが成り立っているという指摘は、まったくその通りというほかはない。しかし歌集評が、そのようになってしまうには理由があるだろう。その大きな要因は、短歌の核心が、「しらべ」「叫び」「ひびき」「調子」「リズム」などの語によって指し示される不可思議さにあることではないかと思う。短歌が拠って立つ不可思議さの核心を言い当てるのは、宇宙の成り立ちを探るのに似て、簡単ではない。そして、簡単でないから魅力がある。

「しらべ」の意味

和歌論において、韻律は、早くから歌の重要な要素と考えられてきたが、歌論用語として「しらべ」が本格的に論じられるようになったのは近世のことだという。「しらべ」は次のように説明されている。

近世にはいると賀茂真淵・香川景樹らが、「調」を重視する論を展開したが、とりわけ景樹は「歌はことわるものにあらず、調ぶるものなり」(歌学提要)といい、調即歌の認識に至る。「一《ひと》偏《へ》の誠実《まごころ》」が折に触れ物に触れて発する感動の声が、そのまま自然に表現されたとき、そこには自ら一つの韻律が生じ、その韻律の中に巧まずして浮かび出てくる美的情緒が「調」であり、それはそのまま天地に通ずる詩境たり得るものだと説く。歌の外在律としての音調だけでなく、内在律的なものとの切り離せない関係においてとらえようとしている点が特色といえよう。

(『小学館日本古典文学全集50　歌論集』歌論用語「調《しらべ》」の項)

ここでは「しらべ」を、「外在律としての音調」(つまり、物理的に観察可能なもの)と、「内在律的なもの」(つまり、外在する音調に刺激されて、人間の内側に生まれるもの)とに分けている。その上で、景樹が歌の第一とした「調」は、外在律と内在律の両者を含み持つものとしている。これにしたがって考えたい。では、「外在律としての音調」については、どのようなことが言われてきたのか、簡単にまとめてみる。

坂野信彦の外在律

別宮貞徳『日本語のリズム――四拍子文化論』（一九七七年刊）には、日本語の韻律についての研究がコンパクトにまとめられている。西洋の三拍子文化と日本の四拍子文化という対立概念において、日本語の韻律が、どのように五音の短句と七音の長句の組み合わせとなったのかを解説する。日本語四拍子説は、それ以前から言われていることらしいが、五・七・五・七・七の韻律をもって短歌を読むときの間の取り方が、分かりやすく説明されている。

坂野信彦の著作『深層短歌宣言』（一九九〇年刊）と『七五調の謎をとく――日本語リズム原論』（一九九六年刊）[注1]は、これをさらに細かく検討し分析して、韻律の側から「短歌の不可思議」へと迫っている。坂野の文章から韻律に関わる一節を引用してみよう。

> 五・七・五・七・七の背景には、二音を一律拍とする拍節的な打拍の進行が存在します。それゆえ、短歌形式を定義づけるとすれば、次のようになるでしょう。
>
> 「短歌形式」とは、四・四・四・四・四の打拍を基本とし、五・七・五・七・七の音数を標準とする詩形である。

各句とも、基本的には八音ぶんの音量をもつのです。そして各句とも、八音に満たないぶんの音量が休止枠となります。すなわち、三・一・三・一・一というのが休止の配分です。

○○○○○×××　○○○○○○○×　○○○○○×××

○○○○○○○×　○○○○○○○×

もっとも目立つのが初句と第三句の三音ぶんの休止です。この二か所の大休止のところで、音のながれが大きく分断されます。したがって、音のながれは「五／七・五／七・七」というかたちに断続します。（中略）一首は、五音句による導入のあと七五調となり、さらに七七調となって終わる、という展開になります。短歌の調子のよさは、このように七五調と七七調を主軸にしたところに由来するといえるでしょう。

（坂野信彦『七五調の謎をとく』）

坂野は、従来の日本語四拍子説の上にたって、句切れに生じる休止に注目した。休止が、一首の中に、違うリズム（＝七五調とか七七調とか）を作り出し、それが絡み合っていると指摘している。休止は、散文でいえば行間、会話でいえば間、日本画でいえば余白にあたる。なるほど、句と句の間に生じる休止に注目すると、韻律の表情が、意味だけを追って読んでいるときとは異なって見えてくる。たとえば三句の後の休止が、二句や四句より二拍分大きいと分かれば、上句・下句という区分がすっ

きりと納得されるのである。確かに大きく切断されている。一首を上下句に分ける必然性が明らかになる。(注1)

（注1）『深層短歌宣言』（坂野信彦、一九九〇年刊）で坂野は次のように述べている。「ことばは短歌形式によって解体される。解体され、韻律そのものとなったことばが、脳の深部に波紋をひろげる。――これが短歌のあるべきすがたといえよう。読者は、わけがわからないまま、韻律に引き込まれ、いわくいいがたい啓示を受ける。あるいは得体のしれぬ感興を覚える。そのとき、韻律はまさに読者の深層心理をゆりさましたといえるだろう」。また『七五調の謎をとく――日本語リズム原論』（坂野信彦、一九九六年刊）は、坂野みずからがいうように、「一貫してながれている特徴は、「読み方」へのこだわり」（「あとがき」）である。ともに、日本語主語論から「読み」に焦点を絞って論じられた歌論であるが、表層的意味内容重視の読みに傾いていた歌壇に、十分に受け入れられなかった。

たとえば迢空の歌

坂野信彦の分析を念頭に置き、次の三首を読んでみよう。

昨夜《ヨベ》　酔ひて苦しみ寝ねし夜のほどろ　地震《ナキ》のより来る音を　聞きしか　　釈迢空
のどかにも　この世過ぎにし先ざきの平凡《タダ》びとたちの　思ほゆるかな
潰《ツヒ》えゆく国のすがたのかなしさを　現目《マサメ》に見れど、死にがたきかもこれは、昭和二十二（一九四七）年「八雲」新年号に掲載された一連十首「夜半の音」のはじめの三首。敗戦間もない頃の深い傷心が吐露されている。太平洋戦争中に、迢空は大阪の生家を空襲で焼かれた。さらに硫黄島玉砕で、出征していた養嗣子春洋を失った。五十八歳だった迢空の目には、敗戦国日本が「潰えゆく国」と映ったのであった。

迢空の歌には、歌の発生からの、韻律の研究と考察を積み重ねた上での、深い思いが込められている。歌は、それぞれの歌ごとに、このように休止を入れて読んで欲しいという、作者から読者への要求が表現されている。空白や句読点がそれである。五・七・五・七・七の形式の、句のあいだの休止（坂野信彦の図示した×の部分）の意味や役割を考えるに恰好のテキストである。わたしたちは、ふだん、一口に短歌は五・七・五・七・七の韻律による詩形だといっているが、右の三首を見ても、同じ形式ながら多様な「しらべ」が生み出されていることがわかる。

そこで注意しておきたいことがある。短歌は五・七・五・七・七の音数を読むことによって、読者の胸中にはじめて短歌として現れるのではなく、読者の胸中にはあらかじめ短歌形式として五・七・五・七・七の韻律が用意されているということだ。これはとても大事。だから、一首目を読むとき、初句の「昨夜《よべ》」と「酔ひて」のあいだにいきなり現れる空白にちょっと立ち止まる。この空白は読者を躓かせる。そのために「苦しみ寝ねし夜のほどろ」が重く、強く印象づけられるのである。結句を「音を聞きしか」とせず、「音を　聞きしか」としているのも、言葉の係り受けを正確に伝えると同時に、そうすることで「音」に強いアクセントをもたらしている。一拍あくことによって、「音」は、単なる「聞く」の目的語ではなく、実態が付与される。これは、短歌の韻律に乗ろうとする心性が、すでに読者の中に用意されていなければ効果は薄い。

二首目は、初句のあとに空白がある。坂野の図の三拍分の休止。そのために次の「この世過ぎにし先ざきの」が七五調で読まれる。この七五調で語られる「この世過ぎにし先ざきの」は、語意も手伝って、何だか浄瑠璃の台詞のようではないか。しかし、軽くノリのいい七五調はすぐに、「平凡《タダ》びとたちの」と言いさしたまま休止によって断ち切られる。その上で常民の営みをかたる二句から四句の思いを、「思ほゆるかな」が静かに受けとめる。

一般に五七調には安定感があり、七五調は軽やかだといわれる。句切れに注目して『万葉集』と『古今集』の歌風を対照させることもある。

この頃はあまり長歌を見ないが、それでも偶に長歌を読んでいると、五七／五七／五七／…と区切って読んでいたつもりが、いつのまにか、…七五／七五／七五…となってしまうことがある。不思議に思ったが深く考えることはなかった。例えば次のような長歌。

祖母《おほはは》と寝る癖つきて、真夜中に眼を覚しては、手燭をばつけて貰ひて、縁板の軋《きし》み冷たく、乳呑みに吾は通ひき。「このままに寝よ。」と云はれて、いなみつつ戻りて来れば、「腰巾著が来たぞ。」と云ひて、冷えし脚肌にあてつつ、肩深く抱きて寝ましき。孫抱く齢《よはひ》となりて、祖母《おほはは》の恋しき宵か。寝返れば枕冷たし。思ひ出ては泣きゐしものか。吾ならで誰か偲ばむ。忘れゐて久しかりしか腰巾著は。

（松田常憲『長歌自叙伝』）

『長歌自叙伝』（一九七九年刊）は、五百二首の長歌と、百三十五首の反歌をもって綴った自叙伝である。短歌結社「水甕」の主宰の回顧録であるが、身辺を歌いながら、五七調あるいは七五調の韻律に、時代の様相が生き生きと投影されていて面白い。長さはいろいろだが、短いものを引用した。『長歌自叙伝』の長歌には、右のように、五七／五七／五七…の調子で読むように「、」「。」が入っているから、それにしたがって読む。が、したがっているつもりで読み進むと、「『このままに寝よ。』と云はれて、いなみつつ」のあたりから、どうも怪しくなるのだ。七五調に転換してしまうのである。意味の切れ目のためだと思っていたが、短句五音の下の三拍の休止の力が大きいことに気づく。五音と七音によって生み出される韻律は、五七調がいつのまにか七五調に移行し、また戻り、途中に変形をつくるというように多様なのであった。

引用した沼空の三首のうち、上句と下句という形をもっともよく表しているのは三首目である。初句の下に空白がないので、ゆっくりと初句「潰《ツヒ》えゆく」を読む。ここは間をおかず上句をひとかたまりとして読み、「かなしさを」の下に大きな休止がくる。「現目《マサメ》に見れど、」の「、」には、空白とは違った意味が付与されているのだろう。わたしは、四句と結句が逆接になっていることの強調だと思っている。「潰《ツヒ》えゆく国」を目前にして、ふつうなら死んでしまうようなことだ、にもかかわらず

「死にがたきかも」と嘆いているのである。

三首は、同じ五・七・五・七・七でできており、読者は、一般的短歌定型による韻律を胸中に用意して読もうとするだろう。しかし、迢空が指定する表記にしたがって休止を置くと、読者の胸中で調子が絡み合って、韻律にさまざまな表情が生まれる。それは、ある固定された型に定量の音数を流し込むというものではなく、作者と読者の胸中に生きて揺れ動く韻律である。「生きて揺れ動く」が大切である。

「しらべ」と声

別宮貞徳や坂野信彦の韻律研究が示すように、多くの場合の韻律論は、音数や句切れを数え、統計をとり、反復される語彙の傾向に注目するという手法をとる。短歌の仕組を探るために、作品を物理的に解剖分析する。こうした手法によって解明されることは、「しらべの意味」の項（五〇頁）で先述した「外在律としての音調」に関することである。そのためだろう、詳細な研究結果は歌作の現場になかなか結びつかない。実験作の多くは理知が先立ち、幾度も読み返し短歌の妙味を味読してというような作に至らないようだ。作歌の現場では、「内在律的なもの」からひきはがした「外在律としての音調」はない。そこには人間がいるからである。人間が介在してこそ歌であるからだ。

迢空は「三十一字形の短歌は、おおよそは円寂の時に達している。祖先以来の久しい生活の伴走者を失う前に、我々は出来るだけ味い尽して置きたい」（「歌の円寂する時」大正十五〔一九二六〕年）といい、新しい短歌の出現に悲観的ではあったが、詩としての短歌の可能性を追求し続けた。中心に韻律の問題があった。迢空の「生活の伴走者」「味い尽す」は、ここに生きる人間（＝作者と読者）と、古来、短歌形式の中に受け継がれてきた日本語のしらべとの、一元的な結びつきを思わせる。短歌における「しらべ」は、それだけを採りだして見せられる物理的なものではなく、時間や場の広がりを含み持っている。その具体的な表現が声である。（引用作品は新漢字に直した）

Ⅳ

前節は、「しらべ」を、韻律や形式の分析と特徴から考えたが、物理的な分析やデータによる考察ばかりでは、短歌の創作や鑑賞を、現場で支え動かしているものから逸れていってしまう。

韻律の分析や音声的特質の抽出は、自然科学の領域に見られるやりかたで、言葉を特定の主体から切り離して対象化する。ものの輪郭をくっきり区切るには都合がよい。運転の技術を知り、交通規則を学ぶことで、自動車に乗れるようになるのと同じで、どのような人でも習得できる方法や技術として、一般に供することができるようになる。しかし分析や考察ばかりでは、いつしか人間不在の方法論や技術論に向かうことになる。

「しらべ」は、人間（＝発話の主体）の存在と緊密に結びついているものである。背後に発話の主体である人間存在をともなう「声」を手がかりに、さらに「しらべ」をさぐりたい。

窪田空穂の「調べ」「調子」

古来秀歌として伝わっている歌は、いわゆる調べの高い歌である。意味によっての物でなく、調べによっての物である。調べの高いとはどういう物をいうのかというと、伸びようとする力の強く、従って抑えようとする力も強く、それとこれとがうまく調和したものをいうのである。更に言えば、感情が張っていて、五七・三十一音というが如き短い形式の中にはとても収まりそうにないものを、その五七・三十一音でぐっと抑えて、それとこれとが纏まって一つになっているものが即ち調べの高い歌で、それが即ち秀歌なのである。

（窪田空穂『短歌作法入門』（注1））

窪田空穂は「調べ」について、このようにいい、短歌の根幹が「調べ」「調子」にあることを、繰り返し力を入れて述べている。これは、古来の歌人たちに秀歌だと讃えられた、古典和歌から同時代までの短歌を読んだ経験に基づいて得られた空穂自身の短歌観である。

ちなみに、短歌結社では、先人の言葉を検証もせず、題目のように唱え、作歌マニュアルのような入門書を読みながら歌作に励むということがある。意味なしとは言わないまでも、そのような場面に遭遇するたび、わたしは一つの疑問にとらわれる。疑問のみなもとは、帰納的に導き出された歌論の主張を、それに同調するあまり、また、先達を尊敬するあまり、主張の断片を普遍の真理として、逆もまた真なりとしてしまうところにある。

引用文の要旨は、短歌は①意味よりも調べであるということ、②伸びる力と抑える力の双方が強く調和していること、③感情が張っていることである。この①②③は、もちろん、一首の歌を分析して説明できるものではない。空穂が「我々が詩歌に心を惹かれるのは、その詩歌が如何なる思想をあらはしてゐるか、如何なる哲学を伝へてゐるかといふ事ではなく、一にそれが生きてゐるといふ点にあります」(『作歌問答』)、「調子は言葉にあるやうに感じられるが、其調子ある言葉といふのは、既に感情を言葉に伝へた、その言葉の持つてゐるもので、感情を離れて、言葉それ自らに調子といふものがあるのではない」(『短歌作法』)といっていることからも、「調べ」「調子」を作者や言葉と一体のものとして捉えていることがよく分かる。空穂は、旧派を否定した近代短歌が直面した、詩歌の散文化に危機感をもっていた。(注2)

①②③は創作や鑑賞の現場で一つ一つ分けられるものでなく総合的に考えられているが、あえていうならば、感情(=内容)と韻律(=形式)が、無駄なく直接結びついて生み出される感興をいうのであろう。

いささか図式的になるが、この感情と韻律をふくむ大きな概念として、人間の息をともなった「声」を考えたい。端的にいえば、「しらべ」は作品の中に、「声」は作者の中に感じられるものといえようか。「声」という語は、声帯の震えによって生じる人間の声だけでなく、鐘の声、国民の声、春の声のように、無機の音や、考えや、気配を表し、広がりと動きがある。人間の身体と外部を繋ぐ語である。

医学や脳科学が進み、いま人間が行っている仕事の多くを、近い将来、人工知能ＡＩがこなすようになるという時代である。ディープラーニングという学習型のコンピューターシステムの導入によって、翻訳なども急速な進歩をとげつつあるらしい。これまで単語を置き換える機械的な操作を行っていた翻訳は、日本語と韓国語、英語とスペイン語というような文法構造が似ている言語間では比較的うまくいっていたが、日本語と英語のように文法構造がまったく異なる言語間では、実用化に至るのがたいへん難しかったのだそうだ。それが、ＡＩの開発によって、文法構造の違う言語の翻訳も、意味を理解するＡＩが文脈を読み、的確な文章を作るようになるという。こうした技術開発の常として、それ以前に後戻りすることはもはや考えられない。

しかし、だからといって、言葉のすべてが、肉体を持たないＡＩに置きかわることもないのではないか。むしろ、このような時代であればこそ、言葉を意味伝達の目的のための手段だけではないと考える、詩歌、大きくいえば文芸の重要性は高まるのではないだろうか。韻律や形式を発話の主体、すなわち人間の存在と不可分の「声」と一体のものとして考えることは意味深い。言葉を、発話主体を離れた音声や文法や韻律に特化し、分析可能な対象としてのみ考えてしまうと、言葉は人間を離れて記号化してゆくばかりである。

（注１）『短歌作法入門』は昭和二十二（一九四七）年、鼎書房より刊行。空穂には『短歌作法』『作歌問答』『歌の作りやう』『短歌に入る道』『短歌作法入門』の著作がある。

（注2）空穂の「しらべ」論には、香川景樹の歌論の影響が濃くみられる。空穂研究者の武川忠一は「短歌とリズムとを、作者の主体性にこれだけ結合した論は特色あるものであり、空穂歌論を性格づけるものの一つであるといえよう。論ははじめのことばとリズムとの関係から、形式とのかかわり、さらに「複雑を単純化する」という短歌の方法との、本質的な関係に及んでいるのである。なおこのリズム論は、とくに香川景樹の消化の上に樹立している」（『窪田空穂全集第七巻　歌論Ⅰ』巻末解題）と指摘する。

窪田空穂は明治十（一八七七）年、長野県東筑摩郡和田村、現在の松本市大字和田に生まれた。当時、松本の和歌の主流は桂園派によって占められていた。京都で景樹に学んだ内山真弓〈天明六（一七八六）年‐嘉永五（一八五二）年〉は、和田村の富家・萩原貞起の支援をうけ、そのもとで景樹の歌論を『歌学提要』一冊にまとめたのである。空穂の生活空間には早くから景樹の翳があった。松本市の城山公園には空穂の歌碑より離れたところに、この地に及んだ桂園派の石碑が建っている。

視覚の近代

ディープラーニングという深層学習型のコンピューターシステムを、自然言語処理に活用しはじめたのはここ数年（二〇一七年現在）のことだそうだ。わたしには理解の及ばない領域だが、ウィキペディアによれば、これは脳の視覚野の研究が大きく貢献しているという。人間の視覚にかかわる研究とその応用が土台となっているのである。

視覚能力の拡大と発達が、文明の近代化に深く結びついて、巨大な推進力となってきたとはよく言われることである。近代になると、短歌においても細やかで正確な観察力が重視された。視覚によって生みだされるリアリティーが尊ばれ、写生写実の切実感は高く評価された。しかし、次のような指摘があることを、わたしたちは、心にとめておきたい。

近代短歌におけるある種の拡大を全面的に否定するつもりはない。語彙と文体の拡大、それと併行する対象およびモチーフの範囲の拡大である。こうした拡大が、多彩な個人様式の開花の前提であったことも、今日からはっきりさせておくべきであろう。間違いなく、これは一つの近代化である。そこから、わたしも大いに恩恵を蒙っている。にもかかわらず、この「近代化」の負の面を知らず、単純にこれを進歩として疑わないのは、いささかお目出度いと言わなければならぬ。

（玉城徹『近世歌人の思想』序）

玉城のいう「『近代化』の負の面」とは、「系列化された思想、学術社会の中で、その一部を担当し、もしくは切り売りをする思想」（前掲書）に統一された機構の中の、管理・監視のシステムを指している。一つの思想の下に統一された言葉の在り方すなわち、□□化された言葉の在り方である。玉城は近代短歌が「進歩」と呼んだ個人第一主義が獲得した、語彙や文体やモチーフの拡大を認めると同時に、それによって切り落とされていった豊かで多様な言葉の表情が、近世和歌にあったというのである。「声」について考えることは、この〈言葉の表情〉に関わる。

繰り返すが、近代の認識や意識における視覚優位性は、よく指摘されるところだ。視覚的認識は、対象が客体化された認識である。コンピューターが、すべての情報を0と1にデータ化するように、感情（＝内容）は発話主体からきりはなされる。そうして、客観的情報は、一つの目的のために整理される。

近代になって、旧派和歌から新派和歌を経て近代の短歌へ移行する過程で、自然主義の影響下に写生が唱えられ、「アララギ」を中心に確立されていった作歌方法が、それ以降の短歌作法をつよく牽引したことは周知の事実だ。写生は、第一に視覚で捉えた対象を写しとる。言葉に写された表現の中には、かならず対象を見る作者が、対象と対立している。見る作者と見られる対象がある。この、視覚の優位性さらに支配性は、「アララギ」ならずとも、近代以降の短歌にとって、作歌の前提と考えられるようになった。近代の日本人が「進歩」と考えた価値が時代の潮流をつくり、それをうけて歌壇の主流をなした歌人たちもその時代の価値観を共有していた。時代の中で、視覚の優位性が保たれ、鋭く細密に方法化されていった。

視覚は、伝統的な分類による五感の優位性、すなわち視覚、聴覚、触覚、味覚、嗅覚の第一に挙げられる。ということは、以下の聴覚・触覚・味覚・嗅覚は、より客体化しにくい感覚であるということだ。

斎藤茂吉の目

あかあかと一本の道とほりたりたまきはる我が命なりけり
ゆふされば大根の葉にふる時雨いたく寂しく降りにけるかも
斎藤茂吉『あらたま』

よく知られた『あらたま』の歌である。「あかあかと」の歌について、玉城徹は「主観的燃焼が、芸術における第一のものだという観念が前提されていて、表現をそうした燃焼的なかたちに作ってゆくという、制作擬態」(『茂吉の方法』)があるという。玉城のいう「擬態」は、負の批評用語である。想定された内容を表現するために使われる言葉についていう。玉城は白樺派(志賀直哉を念頭においての)の芸術観を、主観的自我の燃焼を前提としているとみて「現実をあくまでも視覚によって所有しようという哲学があった」という。この歌にその「視覚による所有」の力を読んだのである。

対して「ゆふされば」の歌では、「新しい美の発見」を指摘し、時雨の「降り方」に、「ある普通でない、特別の『寂しさ』を、提出――再現ではなく――しようというのである」(前掲書)と、玉城はいう。「提出」も、玉城のよく使う語。作者があらかじめ目的を設定している「再現」と対立する歌論用語で、玉城歌論のキーワードの一つである。

「擬態」と「提出」では、作者がどのように対象と関係を結ぼうとしているかが大きく違う。作者が対象に優位性を保ち、一首を統べているか、対象に気持ちを添わせているかの関係の相違である。「擬態」は、あらかじめ作者の中に想定された内容があって言葉が選ばれる。想定された内容の「再現」を目的とする言葉は、意味を運ぶための手段である。「提出」は、そうではなく、感興の高まりとともに言葉がある。「大根の葉」という言葉の認識が、次の感興「いたく寂しく」へ、作者（＝読者）を連れてゆく。玉城は、茂吉の歌にみられる二つの作歌姿勢のうち、後者にこそ短歌史的価値があるといっているのである。それは、作者が想定した内容へ読者を引き入れる姿勢ではなく、作者が示す内容によって、読者が触発され感興を喚起されるという歌作の在り方である。

わたしには、この玉城徹の主張は、窪田空穂の「調べ」「調子」を短歌の根幹とする短歌観にきわめて近いと思われる。

声の歌

では、素材としての「声」は、どのように歌われたのであろうか。声そのものに着目した歌を読んでみたい。

いつの世の誰が胸よりかあふれけむ調かなしきひな唄の声　　佐佐木信綱『思草』
幼きは幼きどちのものがたり葡萄のかげに月かたぶきぬ
一しきり吠えたる犬の声やみて闇夜さびしき町はづれかな

『思草』は、『あらたま』から遡ることおよそ二十年、明治三十六（一九〇三）年の刊行である。茂吉が「大根の葉」によせたような緻密な観察力と感興の高まりはない。かわりに旧派の名残のような、ほんのり柔らかい風景の広がりがある。歌の中に広がる時間や空間が柔らかく感じられるのは、「あふれけむ」「ひな唄」「幼きどち」「かたぶきぬ」「一しきり」という文語や和語の言葉続き、「かなしき」「さびしき」という形容詞にもよるが、何といっても、「声」が読者に想起させる、境界のない時間的空間的な広がりのためであろう。

この、歌が抱え持つ境界のない時間的空間的な広がりは、水墨画の余白の味わいに通底している。たとえば、長谷川等伯の松籟図屏風を思い浮かべてもよい。描かれているのは松林であるが、松籟図という名前からも分かるように、主題は何も描かれていない余白に通う風の音である。形ある松は、風音を聴く空間を造形するためにそこに立っている。見る者は、いつしか松林の内部を歩きながら松籟に耳を澄まし、松林と一体となるのである。

「誰が胸」「葡萄のかげ」「町はづれ」として歌われた場所は、作者と読者がともにそこに立って哀しさや寂しさや懐かしさで心をみたす場所としてある。

呼ぶ声の水にひびかひ草むらにもう一人ゐて少年のこゑ　大西民子『印度の果実』

切株の渦はしづかにゆるびつつ鳥のこゑするその暗きより　河野裕子『ひるがほ』

歌を味わうということは、一首の歌の中に顕現する奥行に読者が立つということだ。読者が臨場した気分になるには、読者がそこに入ってゆける時間的空間的広がりが必要だ。大西民子の歌は、呼び交わす少年の声によって草原の中に読者を立たせる。河野裕子の歌は、年輪から着想された鳥の声によって、一本の木に過ぎていった時間を蘇らせる。ともに、声の力である。

一首の歌の中で、声は、言葉と言葉の間に響き、空白に、無視できない複雑多様な表情を生み出す。読者の胸の感情を、濃く薄く喚起し、強く弱く揺らし動かす。それは、作者にあらかじめ想定された感情（＝内容）と一致しないかもしれないが一致しないのが普通だろう。しかし、作品上で、作者と読者が出会い交流する一つの場であることにまちがいはない。

Ⅴ

今日、朗読会などが催されることはあっても、短歌が声に出して読まれる機会は少なく、作歌は黙読を前提にしている。しかし、どれほど破調の歌でも、意味だけを追って読むことはない。声に出さずとも読者は、短歌定型のもつ韻律を脳裏に響かせながら歌を読む。そのとき、脳裏に生じる気分やイメージや感銘は、短歌の味わいそのものだと思うが、それはなかなか説明しがたく、説明しようとするそばから、適切に言えないもどかしさに苛立つという経験をしばしばする。もどかしさの向こうに短歌の重要な鍵があると思うにもかかわらず核心に至らない。長い短歌史の中では、それを説明するために、「韻律」「音韻」「調べ」などの音楽的用語が用いられて来た。その音楽的要素を「声」という用語で指し示したい。比喩的な意味の「声」はもちろんだが、音読されるときの「声」を念頭においている。「声」は、人間の生の声であり、電子機器が発する音とは別物である。

「する」言語と「なる」言語

場所理論に着目して論じられた、次のような言語学の認知意味論の記述がある。

〈場所の変化〉において、(中略)個体としての独立性が失われれば、それは全体の中に埋没し、われわれの注意は全体像における(状態の)変化という方向へ向けられる。一方、個体としての独立性が明確であれば、われわれの注意はその個体そのものの(場所の)変化という方向へ向けられる。独立して動く個体として典型的なものとして〈人間〉という項をそこに置けば、二つの捉え方はすでに何度も触れて来た個体中心的な〈する〉的な捉え方と全体中心的な〈なる〉的な捉え方にそれぞれ対応する。

(池上嘉彦『「する」と「なる」の言語学』)(注1)

『「する」と「なる」の言語学』は、欧米の言語と日本の言語を比較分析しながら、言語構造の違いを明らかにし、欧米の「する」言語との比較における、日本語の「なる」言語の特色を明らかにしている。引用は個体と場所の変化との関係を指摘した部分である。場所における個体として独立性がきわだてば、個体中心的な捉え方となり、独立性が弱ければそれだけ、個体は場所全体のなかへ埋没する。つまり、作者主体においても、「する」と書けば主体はきわだち、「なる」と書けば場所のなかへ埋没するのである。

「声」は、言葉と言葉の間に響き、息づかいが生む間合いに、無視できない複雑多様な表情を作りだす。「言葉」が「声」になるときに、作者と読者と歌との間に立ち上がる、説明しがたい気分やイメージや感銘を描き出す契機があるのではないだろうか。「する」言語の言葉が「なる」言語の言葉に置き換わるのではないかということだ。(注2) 短歌作品の内側に立ち、人間と歌を一元のものと考えるということである。

ここでは樋口一葉の文章修業を例に考えたい。

（注1）『「する」と「なる」の言語学——言語と文化のタイポロジーへの試論』（池上嘉彦、一九八一年刊）は、言語学で、チョムスキーの変形生成文法（transformational generative grammar）全盛期だった頃の著作である。八〇年代後半になってその名称が知られるようになった、認知言語学（cognitive linguistics）の先駆的研究として評価が高い。あとがきで次のように記されている。「形式的なレベルで捉えられた規則、そしてその規則に従って無限に文を生成しうるということ——これはもちろん人間の言語能力の創造性の一面（規則に従う創造性）であり、それを記述するということは言語学に与えられている基本的な課題である。しかし、そのような体系的な規則の彼方にある何か、そうしてそのような規則を変えて行く潜在性を有しているもの——そのさだかには見極められない何かの中に、もっと本質的な意味での言語を使う人間の創造性（「規則を変えて行く創造性」）がひそんでいることは確かである。（詩の言葉は、そのような何かを日常の言葉よりももっとはっきりした形で露呈するから面白いのである）。そのようなものにまともに立ち向かおうとするのは実は大変危険であるし、言語学史の背後のいくつかのエピソードはそれを十分に教えてくれる」。

それを承知で、その領域に少し踏み込みながらの著作である点に注目したい。このような記述の背後には、たとえばゲシュタルト理論のような欧米発の言語思想理論によって築かれてきた言語学から、日本語のもつ文化や歴史に光を当てようとするときの、眼差しと苦悩が見える。

（注2）わたしたち戦後世代は、少年少女期に「これからは主体的であれ。自立的であれ」と教えられた。明確な主体としての自己を意識せよということである。「コップが落ちて割れました」と先生に言いにゆくと、「コップを落として割りました」と言い直させられた。コップは勝手に落ちたりしないだろうというのである。先生は、「なる」ではなく「する」と発話ことによって、自己と向き合わせようとしたのである。しかし、今日の店舗マニュアルの会話は、「こちら、三十円のお釣りになります」「今日の定食はハンバーグになります」と、圧倒的に「なる」言語が使われている。「する」という主体の露出を嫌うのであろう。

「たけくらべ」の書き出し

廻れば大門の見返り柳いと長けれど、お歯ぐろ溝に燈火うつる三階の騒ぎも手に取る如く、明けくれなしの車の行来にはかり知られぬ全盛をうらなひて、大音寺前と名は仏くさけれど、さりとは陽気の町と住みたる人の申しき。

「たけくらべ」

これはよく知られた「たけくらべ」冒頭の一節である。日本の女流作家の嚆矢として、樋口一葉は今でも人気がある。毎年、命日の十一月二十三日にはイベントが行われ、五千円札の顔（二〇〇四年十一月）にもなった。「たけくらべ」は「にごりえ」とともに、映画化されている。（注3）一葉の小説の朗読者として知られる幸田弘子は、この書き出しについて次のように言う。

黙読すれば数秒もかからない、短い文章ですが、ただの情景描写ではありません。音読すると、ひと息で語られる道行きの文章ではなく、大門の見返り柳――お歯ぐろ溝――吉原遊郭の三階――とその都度、短い休止符をはさんで、次々に視線が移動して、大音寺で静かに停止するのが息づかいでわかります。その視線の動きを結ぶ蝶つがいの役を果しているのが、「廻れば……いと長けれど」、「大音寺前と名は仏くさけれど……」という逆接詞〈けれど〉でしょう。低回する語調が、話者の視線の揺れに巧みに同調しています。

（山田有策監修『樋口一葉「たけくらべ」アルバム』）

わたしが「たけくらべ」を読んだのは大人になってからだが、知識の不足も手伝ってイメージを描くことができなかった。書き始めから、「人の申しき」まで、話者の主体がまったく示されないまま、連綿と場面描写が続く。視点が固定されず、切れそうで切れない文章は、和文の特質を表す語り口のリズムのよさはあるが、5W1Hを明示する文章を佳しとする教育を受けたわたしの頭になかなか馴染まなかった。「けれど」の「低回する語調が、話者の視線の揺れに巧みに同調して」いるといわれればその通りだが、現在のわたしたちには読み易い文章ではないだろう。

和文の文体については後に、「第三章　順番が生むもの」で考えるが、今は、幸田の「息づかい」に注目したい。

右の、「けれど」に注目する幸田の指摘は、よく読んでみると、「黙読すれば数秒もかからない」文章に、音読によって生じる息づかいが、話者と読者のあいだに「同調」をもたらすという点にある。ためしに音読をしてみると、よくわかる。作者と文章と読者という個別の三者が、人間の息づかいのもと、一つの場においてシンクロする。何がそのように感じさせるのか。

（注3）「たけくらべ」は、五所平之助監督、美空ひばり主演で昭和三十（一九五五）年に、「にごりえ」は今井正監督、淡島千景主演で昭和二十八（一九五三）年に映画化された。

一葉の和歌修業

一葉は、小学校高等科第四級（現在の小学校第五学年前期に相当）修了ののち、父の知人、和田重雄に和歌の通信教授を受ける。十四歳で、中島歌子が指導する歌塾萩の舎に入門した。歌塾を開いて生計をたてようと考えたこともあり、生涯熱心に和歌に打ち込んだ。

上流階級の子女の集まる萩の舎で、一葉が貧を嘆いて苦労する人間模様はよく語られるところだが、一葉が半井桃水を師として文章修業をはじめ、森鷗外や幸田露伴に認められ、島崎藤村や川上眉山や馬場胡蝶や斎藤緑雨などとの交流によって近代小説を書きはじめるまでの、萩の舎で励んだ和歌修業が、一葉の文章に何をもたらしたかは、あまり語られることがなかった。

近代文学史を考えるとき、わたしたちは新しく加わったもの、前代になかったものに注目し、その輝きを時代のものとして称賛するのが一般である。そのため一葉という女流作家の中に近代性を見ようとする研究者や評論家の視線が強かった。そう考えると、「新派」が「旧派」に、「和歌」が「短歌」にとってかわる明治三十年前後の短歌潮流の変動の中で、一葉の歌が「旧派」のそれとして、ほとんど顧みられなかったのも頷ける。鳳晶子の『みだれ髪』(注4)刊行は、一葉が没して五年後の明治三十四(一九〇一)年だった。新時代のスポットライトの陰に隠れ、「旧派」の歌は、時代遅れのものとして後の研究者たちにもあまり注目されなかったという事情があった。

(注4) 近代短歌の幕開けに大きな反響を呼んだ『みだれ髪』の著作者名は、与謝野鉄幹との結婚前の「鳳晶子」である。なお、奥付では、著作者が「鳳昌子」と誤植されているのもよく知られている。短歌史理解を年表に頼ると、旧派和歌の一葉、近代短歌の晶子というように、頭の中が整然と整理されてしまうが、一葉と晶子は同時代の同じ空気を吸って生きていた。

歌塾「萩の舎」

次に示すのは一葉が和田重雄から受けた添削である。和歌を始めた十二歳の少女が、どのような指導を受けたのか、一端をうかがい知ることができる。

春風不分所

おちこちに梅の花さく様見ればいづこも同じ春かぜやふく　（原作）

おちこちに梅の花さく頃なればいづこも同じ春かぜのふく　（添削）

添削を受けた箇所に傍線を付した。題詠「春風不分所」にそってイメージされた景色を歌っている。巧いものだ。春の到来を喜ぶ気分を手順にしたがって歌っている。原作と添削の大きな違いは「様見れば」と「頃なれば」。どちらが優れているかではなく、師が弟子に何を教えようとしたかを考えたい。

先述の『「する」と「なる」の言語学』（池上嘉彦）は、個体としての独立性がきわだてば、個体中心的な捉え方となり、独立性が弱ければそれだけ、個体は場所全体のなかへ埋没するといっていた。一葉の原作は「様見れば」である。すなわち「する」的な捉え方。いっぽう、添削歌は「頃なれば」。「見る」主体の独立性を弱め、主体の存在を季節の景に埋没させた。この、主体の独立性を弱めることで、場所の事象や状態の変化へ視線を投げる術を、「様見れば」を「頃なれば」への添削は教えているのだと考えられる。

其日雨降ければ新秋雨涼といふ題成けり　にはの面をみ渡せば桜の葉の色付てはら〳〵と散りみ

だる、さまふとめにつきて

ふる雨に櫻の紅葉ぬれながらかつちる色に秋はみえけり

といひ侍りしに師の君の給へり　此眼前之景なるものから猶実にのみよりてはよみ難きものぞかし　打まかせて桜の紅葉といふべき折にはあらずとて

そめ出し櫻の下葉ふる雨にかつ散る秋に成にける哉

（「筆のすさび」『樋口一葉全集　第三巻下』）

これは一葉の明治二十四（一八九一）年八月二十日頃の記述である。毎週、萩の舎に通い、中島歌子の添削を受け、様子を書き遺している。

ふる雨に櫻の紅葉ぬれながらかつちる色に秋はみえけり　（原作）

そめ出し櫻の下葉ふる雨にかつ散る秋に成にける哉　（添削）

原作と添削を併記し、違いに傍線を付した。違いの一つは、原作が名詞一語で述べている「紅葉」を、「そめ出し」と、変化を述べる動詞に添削したこと。二つ目は、原作が「秋は見えけり」と、歌の中に主体の行為を書き込んであるのに対して、添削では「秋になりにける哉」と、独立性を弱め、主体を風景の中に埋没させたことである。原作が「見える」といって「見る」主体を位置づけているのに対して、添削は作者すなわち読者を作品内に立たせる。「見える」には「見る」（＝する）というほどの能動性はないが、一首の中に主体の存在を刻印する。

この一葉の原作と歌子の添削を、わたしの周辺の人に示し、どちらが佳いと思うか問うと、今日では、ほとんどの人は、原作が佳いという。日本の近代が、個体（＝個人）の独立性を際立たせること、すなわち個の自立を掲げてきたことと密接に結びついて、わたしたち現代人の言語感覚があるのだろうと思われる。

これら二つの例、和田重雄と中島歌子の添削には共通性があり、旧派歌人たちの和歌修業の一端がうかがえる。それは、主体の独立性を弱めて風景の中に埋没させる文章技法を習得することであった。一葉には、「見る」（＝「する」）言語能力がそなわっていたが、それだけでは、先の「たけくらべ」の文章はうまれなかっただろう。「見る」力をもちつつ、個を場所の中に埋没させ、作品の内側（＝現場）に立つことを覚えた。(注5)

一葉は、生前『通俗書簡文』という手紙の用例集を刊行している。いろいろな場面（季節の挨拶文とか、猫の子を貰う時の手紙とか、借金を断る手紙とか）に遭遇したときの手紙実用本である。『樋口一葉の手紙教室』（森まゆみ）に詳しい解説がある。ここにも、題詠の虚構の内に立って（＝埋没して）、事象や状況を描く言語能力が生かされている。「たけくらべ」の臨場感に通じる、旧派和歌修業の成果と思う。

さて、幸田弘子のいう息づかいの話である。「黙読すれば数秒」の文章を、わざわざ時間をかけて音読する。独立性の弱い主体が、「同調」を生む。「同調」は「場の共有」の謂いであろう。言葉は朗読者に解釈され声を聞く人々と場を共有する。音読は解釈であると言われる所以である。

（注5）『通俗書簡文』は明治二十九（一八九六）年に博文館から、「日用百科全書 第十二編」として刊行された。手紙のハウツウ本である。通信手段としての手紙の書き方の実用見本は広く求められ、よく売れたという。同年十一月に没した樋口一葉の、生前に刊行された唯一の本である。

息つぎは解釈の集約

寺屋根の大き傾斜に一羽やすめばつぎつぎ降り来鳩みなやすむ　栗原潔子『寂寥の眼』

軒にかぶさる柿の木をひとりつれづれとあふぎてゐたれこもり実のみゆ

ほととぎす霧這ひ歩く大空のつづきの廊の冷たきに聞く　与謝野晶子『白桜集』

氷より穴釣りの魚をどり出で光りを放つ山の湖

『寂寥の眼』は昭和十六（一九四一）年、『白桜集』は昭和十七（一九四二）年の刊行。一葉の没後、半世紀弱の時間が経っている。明治・大正・昭和と、日本は国家として膨張をつづけ、その間に、短歌も大きく近代化された。写生やモダニズムや口語自由律やプロレタリア短歌などなど。けれども、こういう歌を読むと、短歌が「声」に敏感な文芸であること、つまり息づかいが大切だということはつねに前提されていたのだと、あらためて気づくのである。右の歌は、ふつうなら通り過ぎてしまうところだが、時間を惜しまず息づかいに重点を置いて音読すると、景色が拓けてくる。歌と作者と読者が一つの場に立つのである。このように考えれば、「声」は、「する」言語から「なる」言語への変換装置である。

音読の際のわたしの息つぎを、釈迢空ふうに句読点で示せば、「寺屋根の大き傾斜に、一羽やすめば、つぎつぎ降り来。鳩みなやすむ」「軒にかぶさる柿の木を、ひとり、つれづれとあふぎてゐたれ。こもり実のみゆ」「ほととぎす。霧這ひ歩く大空の、つづきの廊の、冷たきに聞く」「氷より穴釣りの魚、をどり出で。光りを放つ山の湖」となる。息つぎは解釈だから、もちろん別の読み方もあるだろう。歌の興趣は、それを交換する場の共有にある。

「黙読すれば数秒」の歌を、時間をかけて「声」で読むと、つまり歌の内部に立ってみると、今日の、「する」言語の基層をなす、「なる」言語の興趣を見出せるだろう。解釈の集約としての声の息つぎに注目したい。

第三章　順番が生むもの

I

「ものには順番がある」と幼い頃、よく聞かされた。聞くたびに、順番は守らなければならない規則として、わたしの前にあった。たとえば、家族で夕食のテーブルを囲むとき、ご飯は、仏様の御飯、お父さんの御飯、家族の御飯、それから自分の御飯という順番で盛りつける。この順番がすこし入れ違ったところで、直ちに凶事に繋がるわけでもないのに、仏壇に御飯を供えるのを忘れて食べ始めると、とんでもない過ちを犯したように、大人たち（といっても、核家族だったので両親）は、とても慌てるのだった。理由を問うても、そういうことになっているのだから子どもが屁理屈を言うのではないと、ただ叱られるばかりであった。大人たちは幼い子どもに説明するのも面倒だと思ったのかもしれないし、案外、慌てている本人も疑ったことのない慣例に従っていただけだったのかもしれない。

周囲を見渡してみると、「そういうことになっている」順番は至る所にある。わたしたちは、知らず知らずのうちに、「そういうこと」として、順番を受け入れながら暮らしているのである。「順番」に拘りながら、しばらく短歌について考えてみたい。

身体をもつ言葉

本書第二章では、短歌の「声」について述べてきた。「声」の内容は、従来つかわれてきた「韻律」「音韻」「調べ」と重なるものだが、批評用語としての「韻律」「音韻」「調べ」には、分析対象として作品を扱う手つきが感じられる。ニュートラルな立場から歌を分析対象として扱うのは、論点を明確化、先鋭化するには、たいへん有効だが、分析の論法に頼るようになると、分析する／分析される（読む／読まれる、ではなく）ことを予想して、作品を作り鑑賞することが当たり前になってゆく。そこにわたしは大きな違和感を覚える。言葉と人間の不可分な結びつきを、つい忘れがちになるからだ。わたしが「声」にこだわるのは、生きて動く生命体、すなわち身体をもった人間のものとして、歌の言葉を考えたいからである。

速く読む言葉、遅く読む言葉

言葉には速く読む言葉と、ゆっくり遅く読む言葉がある。詩・短歌・俳句など韻文は後者である。わたしたちは、報道ニュースや小説を読むのと同じ速度で短歌を読まない。(注1) 黙読すれば瞬時に読める一行に、時間をかけて、ときには声に出して呟いてみる。手間ひまをかけて読む。歌の前で立ち止まり、一語一語に拘り、ゆっくりと時間をかけて反芻する理由を考えると、わたしはときどき不思議な気持ちになる。しかもすべての短歌を同じ速さで読むわけではなく、さくさくと読み進む歌も、一行の前でしばらく佇む歌もある。しかし、たいていは何回も反芻し、ああでもないこうでもないと考え、しばらく歌がつくりだす情趣に浸っていたり、いつのまにか何の関わりもない連想を楽しんだりすることもある。わたしは、短歌はすべて遅く読むべきだと主張するのではないが、速く読む言葉と遅く読む言葉には、興味の問題もさることながら、言葉に向き合う姿勢に、大きな違いがあると思うのである。

声に出して読む言葉は、文字の言葉から位相が切り替わる。視覚による文字の言葉から、聴覚による声の言葉に替わる。文字から声に替わるということは、言葉の順番に、より強く縛られるということだ。読者は、並べられた言葉の順番から逃れられない。短歌一首でいえば、初句を読むとほぼ同時に結句に目を走らせるということは出来なくなる。否が応でも、作者が指定した順番通りに言葉を辿る。結句に至る過程を、読者が逐次体験するという意味で、わたしはこれを「言葉の身体性の回復」と考える。

前章（六九頁）、『「する」と「なる」の言語学』（池上嘉彦著）からの一節を引用しながら、「声」は、「する」言語から「なる」言語への変換装置であると書いた。「なる」言語の特質は、場のなかへ、発話主体の個が埋没する点にある。「する」言語を「なる」言語の中へ定着させるという大きな言語的変革は、短歌の近代性と深く関わっている。

「なる」言語は場の中に立って、場を共有することを前提として発話される。とすれば、読みに長い時間を要することと言葉が身体性をもつこととの密接な関わりに合点がゆく。情報は時空を超えてあらゆる場所、またあらゆる時代に瞬時にとんでゆくが、身体となるとそう簡単ではない。身体性を帯びた言葉は、たいへんに効率の悪い一面がある。

短歌に身体性を求めないという立場ももちろんある。八〇年代のライトヴァース以降に出現した、ネットを中心とした若い世代の短歌にとって、言葉の飛翔距離を限定してしまうとも言える身体性は、むしろ邪魔に感じられるかもしれない。個々の身体の実存は、一般化を拒絶するからだ。しかし、身体性を失った歌の言葉は、近代短歌に地続きには接続していないと、わたしは思う。

（注1） 近年のテレビでは発話の速度が増しており、内容理解が追い付かないのではないかと思う場面がしばしばある。そのため、画面をテロップがながれ、あるいは貼られ、理解を補っているが、これは幾重にも言葉を発話者から遠ざけてしまう。テロップが流れる速さで、内容も目の前を通過してゆく。

五・七・五・七・七という順番

（和歌の形式は）初めの五が「起」、つづく七と五が「承」、次の七が「転」、最後の七が「結」

にあたる。そして、この関係から「一本調子」形の音の運動を眺めると、「起」と「承」で音は一定してとどまり、「転」において始めて動き、ついで「結」に向かって音度（筆者注・音階のこと）を移動しながら、「結」でもとの音に納まって終るというふうに動いていく。何でもないことのようだが、この静と動の関係は、音楽的感情をつくり出す上で極めて重要な意味をもってい て、試みにこれを別の形に求めると、唐突なようだが、「玉突き」の玉の運動がもたらす視覚的感情の推移とまさに相似形である。（中略）耳はそのような変化を、聴覚的に追いながら、「転」と「結」の部分で「いうにいわれぬ感情」を味わうのである。

（小川朗『日本の耳』）

小川朗は大正五（一九一六）年生まれの、ヨーロッパ音楽を専門とした作曲家である。『日本の耳』は、日本の伝統文化にみられる聴覚的感情の特色を、ヨーロッパと比較しながら明らかにしている。右は、短歌形式にふれた一節である。五・七・五・七・七を、時間的推移と考えている点に、あらためて注目した。（注2）

当然のことではありながら、わたしたちは歌を読むときは、初句から順番に下へ読み下す。作るときには、同じ五音、同じ七音の語句を、初句に置くか三句に置くか、また二句に置くか四、五句に置くか、あれこれ迷いつつ推敲する。語句がどういう順番に配置されるかで、一首における役割や意味内容は違ってくるからである。語句は五・七・五・七・七と、縦一列に並び、配置された順番はうごかされることなく読まれる。各句は、読まれるごとに、前の句のイメージに、新たなイメージを加え、その度にイメージを更新する。そのイメージの更新が、一首の求心力を生む。作者は読まれる順番を考えるから、語句の順番には作意が強く作用している。これは、散文でも同じではあるが、短歌には定型があり、読者もあらかじめ結句で終ることを予定して読む。順番に読むことがより大切になってくる。

（注2）　戦後の一時期盛んになったばかりではなく、周期的に繰り返される日本論は、外国をどのような立場で経験したかで、色合いが随分違う。『日本の耳』（小川朗、一九七七年刊）の初出は岩波書店の「図書」。「戦前の天皇を中心とする神がかりにうんざりして」西洋音楽を志し、「日本に全く無関心、無関係の立場から出発した」小川が、敗戦後に日本の音楽に目をひらき、そこから見えてきたものを記している。たとえば「日本の耳が、おおむね和音の低音より上声部に鋭敏に作用する性質がある」（以上「後記」より）などの発見をする。

順番が新しさを生む

連結を終りし貨車はつぎつぎに伝はりてゆく連結の音
桃の木はいのりの如く葉を垂れて輝く庭にみゆる折ふし
佐藤佐太郎『帰潮』

戦後の佐太郎の代表作である。今でも人気が高い。右のような歌の新しさはどこにあるのだろう。

作歌について佐太郎は次のように言う。「日本語は韻律的でないといわれるが、テニヲハを籠めて相当に弾力もあり、直接なしかも陰翳を持った表現の可能な言葉だと私は思っている」(「実作のための歌論断片」『短歌を作るこころ』)(注3)、また「第二句で切れる場合も、第三句、第四句で切れる場合もあるが、そういう句切れによって調子が出る。また、休止があっても、一首全体として連続の調子がある」(同前)。「日本語は」といい、「一首全体としての連続の調子」があるという。佐太郎の歌論をつらぬく作歌態度である。すなわち、短歌は、日本語独自の特色を負っているというのである。調子が一首全体を貫くように配列された、言葉の順番を重視する。そのような作者が右のような歌をなした。

自歌自註には、「連結を」の歌は「表現は巧みを弄せずに巧みなのがいい」とあり、「弄せずして巧み」の意味する処は述べられていない。「桃の木は」の歌は、「桃の木は夏日にみな葉を垂れている。暑さに萎えたようでもあるが、それを私は敬虔な形とみたのであった」と着想を説明しているのみである。

この二首は上句が重い。頭でっかちである、とわたしは思う。一首目は初句に「連結」と漢語を置き、二首目は初句に「桃の木は」と、一首を統べる主語を置く。

ここで、ちょっと古典和歌の枕詞を思い出す。「ひさかたの光のどけき春の日にしづごころなく花の散るらむ」とか「あしびきの山のしづくに妹待つとわが立ち濡れし山のしづくに」のように、枕詞は初句に置かれることが多い。学校では、次の語句を引きだす語句で大きな意味はないと教えられたが、文頭に先触れのように置かれていることは重要である。手紙で言えばさりげない季節の挨拶を書き、相手の機嫌を伺ってから、本題に転ずるというような、いわば、筆者と言葉と読者を一つの共通の場に引き入れる措辞として、わたしたちが受け入れてきた慣習を思わせる。

佐太郎の二首は、いきなり主題に入らないという日本語の、というより日本語に培われた伝統的感性にとってはすこし違和感がある。「弄せずして巧み」は、この点にあるのではないか。一首は語句の連なりの中に、「全体としての連続の調子」をつくるのだが、日本語の前提となっている順番を崩すことで、そこに新味が生まれる。これを「巧み」といったのだろう。

（注3）『短歌を作るこころ』（佐藤佐太郎、一九八五年刊）は、佐藤佐太郎の作歌姿勢をコンパクトにまとめた入門書。「一首の短歌の内容は「詩」以外のものであってはならないというのが私の要求であるが、詩は生の律動であることによって、純粋な形としては経験的なもの独語的なものである」など、〈純粋短歌〉を唱えた佐太郎らしい記述にみちている。「生の律動」と「調子」は、一体のものとして捉えられている。

語順感覚の伝統と新しさ

前衛的態度と伝統的態度の相違は、たとえていえば次のような次第になる。すなわち、かりに音という馬が走っているとする。伝統的な音楽家たちは、その馬の動きを刻一刻と時間的に追いながら、いかに巧妙に画面に捉えるかという工夫を重ねるカメラマンのような仕事をした。（中略）それに対して前衛は、時間的な関連を断ち切って、そのきれぎれの断片を、出来るだけ無関係な状態に配列するカメラマンのような仕事になる。すなわち、歯が映る、ひずめが映る、目が映る、緊張した血管が映る……というふうに。こうして、馬は馬でも、次に何が映るか予測がつかない状態に観客を置く。

（小川朗『日本の耳』）

音楽について述べられたこの指摘、すなわち順番にそった伝統的な時間の整合性と、崩した語句の配列が構造にもたらす新しさとの鬩ぎ合いは、佐太郎に限らず、近代以降の短歌作者の内部で、濃淡がありながらも大きな課題となってきた。

ぱらぱらと落ちて来たりし夏雨はハクモクレンの葉を打ちしのみ　　小池光『思川の岸辺』
眼前に落ちて来たりし青柿はひとたび撥ねてふたたび撥ねず
野つかさに五つの墓は日当たりをりきのふもけふも傾きながら
秋明菊のひとつの花をめぐり飛び去りてゆきたるしじみ蝶ひとつ

『思川の岸辺』（二〇一五年刊）(注4)の歌は、平易に作られているように見えるが、しかし、なかなかここまでは出来ないと思わせる。歌集には、亡妻を偲ぶ情感があふれているので、鑑賞は、どうしてもその物語的主題に引き寄せられてしまうが、歌の構造を確認するため、恣意的に右の歌を引用した。ちょっと鄙びた街の一角のありふれた景色に見える。しかし、いいなあと思わせる。いくつか要因を挙げられるが、ここでは、歌の起承転結に限って考えたい。

一首目の「ぱらぱらと」と「夏雨は」、二首目の「眼前に」と「青柿は」は、入れ替えても大きく景色が変化するわけではないだろう。けれども、作者にとって、この順番は譲れないものであるはずだ。それは、「ぱらぱらと」や「眼前に」は、起承転結の「起」であって、「承」として配置されていないからだ。

例歌の「ぱらぱらと」「眼前に」は、滑らかに二句に続く五音としてある。「夏雨は」や「青柿は」は一首の中心となる主語名詞である。いきなりそれを文頭に掲げた唐突感を回避しているのだとおもわれる。日本語の語順感覚によくなじむ。

「野つかさに」と「秋明菊の」の歌は、下句の七七を入れ替えることができる。これも、どちらの七音を「転」として四句に置き、どちらを「結」とするかは大きな問題だ。印象がまったく違う。焦点をどこに絞るかに関わるからである。

たとえば仮に「秋明菊のひとつの花をめぐり飛びしじみ蝶ひとつ去りてゆきたる」としたらどうか。しじみ蝶の動きを描写した、いわゆる説明の歌になってしまう。この歌の主題は、小さくて地味なしじみ蝶を見ている作者の胸中に生じている空白感である。作者はしじみ蝶を通して、何もない空白を歌っているのだと、わたしは思う。それゆえに、「しじみ蝶ひとつ」は結句に置かれるのである。

（注4） 初期の小池光は、新しさのなかに、明確で冴えた技が読者を惹きつけた。それに比べるとこれらの歌は一見地味に見える。しかし、一首一首は揺るぎない作品空間を創っており、読者を、無理なくその空間の中に立たせる。

安定の形

さりげない言葉ではじめ、第三句までのイメージを四句で転じ、一首の重心をそこにかけるという語の配列は、土俵に上がった力士が腰をさげて、重心を低くした安定の構えや、法隆寺の回廊で有名なエンタシスと呼ばれる下膨れの柱の落ち着きを思わせる。安定の形である。

一首の短歌のなかに生まれる、起承転結は、近代短歌の中にも受け継がれた。正岡子規、斎藤茂吉、石川啄木、与謝野晶子、北原白秋など、短歌に革新的な息吹を吹き込んだ人々には、日本語の生理的な秩序として、古典和歌から受け継がれてきた起承転結の構造を、いかに変革するかという問題意識に共通点がある。どこまでが短歌なのか、という問題とつねに接していた。短歌滅亡論は、尾上柴舟の論文がよくとり上げられるが、近代短歌史の中で、繰り返し論じられ、熱を帯びて語られた。それは、革新の前提として、短歌一首の秩序としての起承転結の構造が、新しい言葉を取り入れてゆくときの、身体的激痛の声ではなかったかと思う。

文末にならないと文意が定まらない日本語は、文中の語句の順番が比較的自由であり、語順によって文意のニュアンスが微妙に変わる。ニュアンスが変わるだけでなく文意そのものが変わることもある。作歌の現場で、作者は語順をどのように意識しているのか、また、どのようにして一首のあるべき位置に語句を定めるのかを考えたい。

「確然たる見解」

第二章「短歌の声について」第Ⅱ節で、韻律について考えたとき、若山牧水が歌の選をする際に、実際に声に出して口ずさんでいたという話を紹介した。声による調べの確認は、調べがよい（＝息継ぎが滞りなくできている）かはもちろんのこと、それだけではなく、語順の最終的確認であるともいえるだろう。伊藤左千夫は、「定議票準なき文學は文學の價値を有せず、若夫れ定議票準に確然たる見解なきの徒は歌を作り歌を論ずる資格を有せざるものと斷ぜざるを得ず」（「新歌論」・「心の花」明治三十四（一九〇一）年）と言って、作者は、歌とは何かを考え「確然たる見解」をもたねばならぬと説いた。これに従えば、牧水の「定議票準」は、声に出して唱え、「確然たる見解」と照らし合わせていたのだろう。調べの佳さとともに、意味の伝わり易さや、場面の奥行なども勘案されていたにちがいない。

牧水を、直観的総合的に言葉を体感する一つの極とすれば、次に見る斉藤斎藤の歌は、すみずみまで意識化された知的分析的な言葉である。語順や息継ぎに対する問題意識も実に鮮明だ。そこには「確然たる見解」が示されていると思う。『人の道、死ぬと町』（二〇一六年刊）から、問題意識の明確な歌を引いた。作歌にあたっての作者の語順の意識について考える。

読者の理解

テレビの人は深刻そうになに言ってるのかわからない人が写したテレビ

斉藤斎藤『人の道、死ぬと町』（注1）

「写真」という小題のもとに一首だけがある。これをどのように読めばいいのだろうか。読むにあたって「読みは読者に任せる」という読者の立場を強調することもあるが、作者が明らかな試行をしようとしている場合、意図は可能な限り汲みとらなければならないだろう。この歌の表現意識はどのようなものか。

まず読者は、どこで息を継ぐか迷う。息継ぎは、言葉をひとまとまりの意味として理解してゆく過程に密接につながっている。「ふたえにしてくびにかけるじゅず」が、読点の打ち方次第で二つの意味になるという例はよく引かれるところだ。朗読が、単なる文字の音声化ではなく、内容の解釈だといわれる所以である。

この歌はどこで息継ぎをすればよいのだろうか。息を継ごうとすると、文構造がそれを許さず、次へ繋がってしまうように、わたしには感じられた。句の切れ目や意味の切れ目で息を継ぎたいのに、まるで、遊泳中に苦しくなって息を吸おうと水面に上げた顔を、波に覆われるかのごときである。はじめて読んだときの戸惑いを述べると、次のようになる。

読者は「テレビの人は」を主語と考える。二句へ進み、「テレビの人は深刻そうに」。これは「人」の様態が説明されていると考える。「なに言ってるのかわからない」へ読み進む。「深刻そう」と「なに言ってるのかわからない」が、両方とも「テレビの人」のことだと思え、深刻で難解な話題だからテレビを見ている自分に理解できないのだと解する。「わからない」を終止形として、ここで息継ぎをするからである。読者にはいつでも、意味の纏まりを求め、内容理解をしたいという情動が働いている。だから「テレビの人は深刻そうになに言ってるのかわからない」の文意はふつうに理解できるような気がする。にもかかわらず、第四句の「わからない人が」にゆくと、「わからない」は「人」の修飾句として読むのが自然だろうという迷いが生じるのである。

短歌を読むときは、短歌定型の句の切れ目で息を継ぐのが慣例になっているから、「わからない人が」という句の切れ目に意味のまとまりが生じてしまう。そうなると「わからない人が写した」が、「テレビ」に係るように思われてくる。「テレビの人は深刻そうになに言ってるのかわからない」と、

「なに言ってるのかわからない人が写したテレビ」という二つの文が、入れ子状態になっている。エッシャーの騙し絵を見ているようだ。(注2) 奇妙ではないかと混乱する。牽強付会な解釈をしながら、このテレビは写真に写っているテレビなのであろうと、ようやく小題「写真」に辿りついた。しかし、それでも奇妙な感覚は拭えない。確信がもてないからだ。どこかに無理があるからだ。

これこそが作者の狙いなのだろう。つまり、人間の認識は、このような未整理の断片として眼前に現れ、それを一つの意味に纏め上げてゆくのが、作者の表現行為であり、歌をリアルに近づけようとすればするほど、既成の文型や語順から逸脱せざるをえないのではないか、と作者は考えたのだと思う。

語順の解体

（注1）『人の道、死ぬと町』（斉藤斎藤、二〇一六年刊）は、一般的な歌集を読みなれた目にはなかなか読み通せない。言語表現への強い意識が働いており、さまざまな試みがなされて、さながら実験場のようだ。それだけに、読者は短歌とは何かという問題意識を正面から突き付けられる。認識、感情、時代、表現など、ぎりぎりまで突き詰める。

（注2）マウリッツ・コルネリス・エッシャー（一八九八―一九七二）はオランダの画家。建築不可能な構造物や、無限を有限のなかに閉じ込めた空間など、錯視を利用した騙し絵などで知られる。

けむりは　のぼりま、した　まで　たかさ　この　つうやく　かざす　おんな　の　て　ひら

斉藤斎藤『人の道、死ぬと町』

これは小題「まで　たかさ　この」一連七首のはじめに置かれ、「はい。これは　ばしょ　でした」という詞書がついている。「まで　たかさ　この」は、歌集では、前述の「写真」一首の次に収録され、七首全部が平仮名の分かち書になっている。一連は、日本語ガイドを聞きながら、海外の被災地（戦跡か）を巡っている場面であるようだ。

歌は、「この高さまで煙はのぼりました」というガイドの声と「女通訳のかざす手のひら」というナレーションでできていると考えると、一応の納得がいくかもしれないけれど、この歌は、意味が伝わりやすいようには出来ていない。なぜか。

わたしたちはしばしば、短歌は、日本語にそなわる文法構造に照らしたとき、一読して意味のまとまりが把握できるように作りましょうと言われてきた。意味を伝えるために言葉を整序するということだ。しかし、よく考えて見ると、現場で想起される言葉の有り様と、これまで当然のこととして行われていた言葉の整序が作り出す作品世界との間には、かなり大きな隔たりがある。そのことに無自覚なまま、歌を考えることはできない、一度疑ってみようというのが作者の目論見だろう。あえて現地ガイドの日本語のたどたどしさを極限まで強調するのもそのためと思われる。

この歌のように語句を単語レベルにまで分解し、通常の語順から逸脱させても、一首の場面や意味のおおよそは伝わる（これ以上は無理だろうというぎりぎりの境を狙っており、確かめたい問題であるのだろう）。読者の脳内には、習得された日本語の言語構造があるからだ。文意の理解は、それにそって言葉が組み込まれてゆくのである。

だから、表記にしたがって読むことと、それを「この高さまで煙はのぼりました」と「女通訳のかざす手のひら」という二文の纏まりだと理解することには、懸隔がある。わたしのように理解してしまえば、すなわちそれはすでに一つの枠組みに収まった事柄の伝達にすぎない。

作歌の現場では、つねに表現以前の言葉が浮遊している。分かり易い文として整序されておらず、誤解や無理解を生みながらも、しかし、何かしらの交換がなされ、交流が生まれている。それを現場の外にいる読者の前に持ち出すには、音声を文字に転換する、つまり、聴覚から視覚へと次元を跳び越えねばならない。が、表現のもつそのような側面に、わたしたちは案外無自覚である。

違いを気づかせる仕掛け

ギタリスト佐藤紀雄の率いるアンサンブル・ノマドという室内楽のグループがある。(注3) 洗練された技法によって、時代が求める音楽、音と声の境界、演奏空間と音楽の関係などへの問題意識を強く感じさせる演奏会を続けている。今年（二〇一七年）結成二十周年を迎えるが、二〇〇八年十二月に、東京オペラシティで行われた定期演奏会の印象が忘れられない。

開演前の席に座っていると、スピーカーから、プログラム一曲目の曲が流れてきた。開演前に聴衆に曲目を聞かせる演奏会はとても珍しいので、おやっと思う。開演時間が過ぎると、明るい舞台に奏者が一人ずつ現れた。耳打ちしたり笑ったりして席に着く。チューニングをする。そしてスピーカーから流れている曲に合わせて一人ずつ演奏を始める。奏者全員が演奏を始めたとき、舞台の照明が落ちた。同時にスピーカーのスイッチが切れた。機械音から生演奏に移行したのである。移行は継ぎ目なく、とても滑らかだった。

だが、スイッチが切れた瞬間、会場内は一変した。あっと声をあげそうになるほど空気が和らいだのだった。機械音と生演奏の違いは誰でも知っているのに、普段聞きなれているテレビやラジオやCDの音と、生演奏の音との違いを、これほどまでリアルに体感したことはなかった。無自覚に同じものと考えているAとBの違いに気づくには、このような仕掛けが必要だ。

自由な場所で、自由な時間に、より広い範囲の人々が音楽を楽しめるようにと、レコード盤ができ、録音テープができ、CDができた。いつでも、どこでも、同じように固定化された高品質の音楽がきける。それを当たり前のこととしている自分を知った。貴重な体験である。（注4）

（注3）佐藤紀雄は一九五一年東京生まれのギタリスト。アンサンブル・ノマドを一九九七年に結成し自ら音楽監督を務める。東京オペラシティでの定期演奏会では実験的な試みを盛り込み、武満徹、高橋悠治等の作品初演や、海外現代音楽の初演・演奏を行っている。海外からの招聘も多い。

（注４）ウェブサイトからのコピーだが、ニーチェは「独創的：何か新しいものを初めて観察することではなく、古いもの、古くから知られていたもの、あるいは誰の目にもふれていたが見逃されていたものを、新しいもののように観察することが、真に独創的な頭脳の証拠である」と言ったそうだ。

日本語の生理に従う

夕焼けがさっき終わって濃い青に染まるドラッグストアや神社
永井祐『日本の中でたのしく暮らす』（注５）

買ったばかりのズボンを入れた紙袋　日曜日の日ざしであったまる

こういう歌と、先に挙げた斉藤の複雑に入り組んだ歌を比べるとどうだろう。あっけないほどに真直ぐだと感じるにちがいない。真直ぐに感じるのは、読むと同時に一纏まりの意味が摑めるからだ。また一纏まりの意味として上句で読者の脳裏に作られた歌のイメージが、下句で覆されるようなことがないからだ。

現代短歌は、とくに八〇年代以降、たとえば異化という言葉のもとに、作者が意図して、一首の中に捩じれを作ったり意味を韜晦したりして、読者の驚きを誘うための工夫が目立つようになった。それは読者を立ち止まらせるために有効な技法ではある。けれども、短歌における詩情は、作歌すなわち技法の競い合いにばかりあるのではない。

時が過ぎて夕焼けが消えれば、街は濃紺の空に包まれる。街にはドラッグストアや神社（ドラッグストアは現代社会の消費の先端、神社はその対極にある）があって、人の暮しが営まれている。季節の変わり目なのだろう、日曜日に新しいズボンを買いに行く。「紙袋」の下に助詞がないから、何が「あったまる」のかは多義的だ。「紙袋があたたかい」のではなく、自分の心も、あたりの気配も、ふわりとした温かい気分がひろがる。

永井のこれらの歌は、朝が来て昼が来て夜が来るのと同じように、言葉は日本語のもっている生理にそって並んでいる。思考を捻じったり曲げたりするような屈折がない。夕焼けが消えれば夜が来るだろうという上句の予想を裏切って、下句で人為的幻想を呼び起こしたり、思いもかけない事件が勃発したりしないのである。これも伊藤左千夫のいう「確然たる見解」であるにちがいない。

（注5）『日本の中でたのしく暮らす』（永井祐、二〇一二年刊）は、学生短歌会から出てインターネット上で注目を集めた作者の第一歌集。新しい口語短歌に大きな影響を与えた。

立体を平面に、キュビズムのような

斉藤斎藤の歌にもどろう。「テレビの人は深刻そうになに言ってるのかわからない人が写したテレビ」は、読者に息継ぎをさせないように、反対に「けむりは　のぼりま、した　まで　たかさ　この

つうやく　かざす　おんな　の　て　ひら」は、詳細に息継ぎが示されている。しかし、どちらも、永井が示すような日本語の生理を意図的に突き崩している。とくに、上から下へと読み下しながらイメージの纏まりを作ってゆくという、読みの時間軸を否定している。だから、読者は、目を上から下へ滑らせるだけではなく、上下させながら、ときには初句と結句を同時に睨みながら、何度も読み返さなくてはならない。あたかも、キュビズム絵画の、平面上に散らばる多視点的断片を見ているようだ。

今、キュビズム絵画と書いたが、キュビズムが、視点を固定したルネサンス以来の一点透視図法を否定したとすれば、斉藤のこれらの歌は、文字列にそって上から下へと読み下してゆく線上に意味が作られてゆき、その意味は、作者の意図した伝達内容とほぼ同等という、これまでの読み方に抗している。読みの時間軸が否定されている。だからだろう、二次元的かつ概念的表現だ。

ピカソやブラックの絵の前に立つ鑑賞者は、トータルな画家の視線が集合する一点に、自分の目を融合させることができない。多視点から配置された平面上の断片を、鑑賞者自身の脳裏でそれぞれに再構築して、概念的な美的感興を得るのである。

現代音楽も、クラシック音楽のように五線譜の上を滑らかに流れて行く旋律ではなくなってきた。先のアンサンブル・ノマドの演奏会で、旋律がなく、ガラガラ、どどどーん、ぴーー。という、音が離合集散するばかりの現代音楽を聞いたときはとても驚いた。それは戸外の自然音の一部と何も変わりはないようでありながら、しかし画然と違っていて、そういう音楽を作る人を想像してみると、バッハやモーツァルトのような作曲家のイメージより、街づくりに携わる設計者のイメージに近く感じた。

音声を文字に

はじめて文字を記すことを知った日本人は、どんな思いがしたろうかと、時々思う。便利に感じたろうか。文字の普及で歴史が成立し、統治範囲が拡大し構造化していったところをみると、素晴らしい道具を手に入れたことになるが、わたしには、そればかりとも思えない。音声を文字へ転換することは、決して容易いものではなかっただろう。案外苦しかったかもしれないと思う。現場の音声言語を、日本語文に整序して書き記すということは、現場でリアルとして感じた、あるいは考えた無限の何かを、既成の有限の文字に置き換えることであるからだ。

Ⅲ

前節では、一首の中における語順がはたす意味と効果について考えた。本節では、歌集編集における時間の流れに注目しよう。

周知のように、大正二（一九一三）年刊行の『赤光』初版は逆年順で編まれていた。後年、作者斎藤茂吉自身によって『赤光』改選版がつくられ、歌の配列が順年に組みかえられた。以後『赤光』

は、改選『赤光』第三版を定本としている。歌の移動、改作を含みながらも、同じ歌集が順年と逆年で編まれていることに着目して、「悲報來」を中心に二つの歌集の中に流れる時間意識について、考えたい。

短歌革新期の歌集

今日では、作者が自身の意志に基づいて数年ごとに歌集を編むのは普通のことになっているが、短歌革新期の明治四十（一九〇七）年前後に刊行された歌集を見ると、作者没後に、その師弟や近親者によって、生前の業績が一冊の遺歌集に纏められることも多かったようだ。たとえば、正岡子規の『竹の里歌』は、子規没後の明治三十七（一九〇四）年に、遺稿の中から、伊藤左千夫、香取秀真、岡麓、長塚節らの選を経て編まれた。落合直文の『萩之家歌集』は、「門弟諸氏の助力」を得て、子息直幸によって明治三十九（一九〇六）年に刊行された。また、与謝野寛は、父与謝野禮嚴の十三回忌にあたって、明治四十三（一九一〇）年に『禮嚴法師歌集』を編んでいる。禮嚴の歌は、残された歌稿だけでも三万首くらいはあるというから驚くべき作歌量であったと思われるが、生前に自身の歌集を編むことはなかったのである。『竹の里歌』『萩之家歌集』『禮嚴法師歌集』、いずれも、作者の生涯ただ一冊の歌集であり、凡例や後記をみるかぎりでは編集に作者の意図は働いていない。

編集が作者以外の手になるときには、編集方針を示すのが常である。『竹の里歌』の凡例には、「我等同人が先生の遺稿を選ぶのも前後六年を通じて一定の標準を以てしたわけで無く、其年々の作中に於て取捨を決したのである。年次を以て項を分つたのは此の為めで、旁先生が進歩の跡を知るの便宜もあらうかと思はれる」とあり、『萩之家歌集』では、巻末に直幸の、「歌の次第は、父が、二十歳の秋、伊勢より東京に上れる紀行、村雨日記の歌より起し、以下大略、年代を逐うて、編纂したり。或は、以て、作風の変遷を観るに便ならむ」という一節がある。

『竹の里歌』『萩之家歌集』ともに、順年で編集されているのだが、その理由を、作者の「進歩の跡」や「作風の変遷」を見るに便利だとしている点は興味深い。一人の作者の時間の堆積がそこに現れるというのである。歌集に、個人の顔が生まれる。

旧派和歌の歌集

旧派和歌を学んでいた樋口一葉は、いずれ歌集をまとめようという願いを抱きながら他界してしまった。明治二十九(一八九六)年のことである。はじめて一葉の歌集が編まれたのは佐佐木信綱選による『一葉歌集』で、大正元(一九一二)年であった。ちなみに一葉の和歌の師中島歌子の他界は明治三十六(一九〇三)年であったが、歌子の歌集『萩のしつく』の出版は、明治四十一(一九〇八)年のこと、門下生である三宅龍子(花圃)らによって編集された。『一葉歌集』も『萩のしつく』も、勅撰集に倣って、春歌・夏歌・秋歌・冬歌・恋歌・雑歌の順に分類され編まれている。

旧派和歌の多くは古来の様式を継承した美意識にもとづいた題詠で歌われ、編集にあたって、作者に過ぎて行った時間の流れ、すなわち「進歩の跡」や「作風の変遷」に重きのおかれることは多くない。ステロタイプの季節の推移はあるが、歌の配列の順番に、作者個人の実人生や歌境の深まりが投影されてはいない。配列にしたがって読み進んでも、作者の歩んだ時間が辿れるわけではないのである。〈晴〉と〈褻〉という対立概念でいうなら、旧派の歌集には〈晴〉と〈褻〉の対立意識が強い。したがって個人的なことは度外視されたのだろう。

短歌革新の同時期に、このような旧派和歌の歌集が編まれていたこと、そうして、それを睨みながらの「進歩の跡」や「作風の変遷」として、順年の編集に個人の顔があったことは記憶に留めておいてよいだろう。

作者の意図が強く反映した歌集や、作者個人の思想や人生や感情を読みとろうとする読者に応える歌集編集は、今日では当たり前だが、近代短歌草創期において、〈晴〉と〈褻〉を隔てる意識には容易に越えられない高さがあったにちがいない。その高さを越えて、制作順の編集は、両者を同一平面上に置いたのである。

テレビの見方

わたしは帰宅してソファに座ると、習慣的にテレビのスイッチを入れる。やれやれ一休み。友人とおしゃべりをして気持ちが弾んでいるときも、期待して遠くまで行った展覧会の余韻冷めやらぬときも、電車の中で「どけ、ババア」などと罵られた傷心を引きずっているときも、テレビの前に座ってスイッチを入れ、ぼんやり画面をながめる。ニュースをやっていれば今の日時、社会で起きた今日の出来事を知る。ドラマをやっていれば、そういえば今日は水曜日だったなどと思いかえす。そのうち、気持ちの弾みも、興味の残響ややり場のない傷心も、社会の中の一つの出来事として整理されてゆく。自分が相対化されると同時に、相応の居場所を得たような気持ちになるのである。

或る時からテレビに録画機能がついた。これは便利。ドラマはCMを飛ばして見ると、時間も短縮できるし、途中で興ざめすることがない。見たくないシーンは早送りし、気になる場面は巻き戻す。見る者が、時間を操作できるようになったのである。

という訳で、帰宅してくつろぐとき、わたしは録画を見るようになった。半年前に放送されたドキュメンタリー映画を見たあとに、今日の九時のニュースを見たり、ドラマの最終回を見た後に未見の二週間分撮り溜めた録画を見たりする。気分次第の選択は、はじめは快適だった。何しろテレビが自分に合わせてくれるのである。だが、しばらくすると、録画を見た後のふっとした寂しさに気づいた。何となく脳裏に描いていた順番の秩序が崩れた。

一つの番組はそれ自身で完結して、どこかで誰かがこの番組を同時に見ているだろうと想像することもなくなったし、裏番組に切り替えることも考えない。視聴者からの意見募集や、地震情報が、色褪せて画面を流れてゆく。テレビのこのような見方は、時間の自然な流れ（と自分が感じていた）を混乱させた。

録画は番組のパッチワーク、すなわち時間のパッチワークである。テレビと自分、それぞれの時間が交差するという感覚を切断した。しかし、いっぽうで、まぎれもなくここにいる「わたし」を意識させる。時間を堰き止めたときの、寂しさは、自分の中に個人を意識するときの寂しさでもある。時間にそって事柄が進行する感覚と、操作して時間のパッチワークを作る感覚の違いは、わたしが『赤光』初版と『赤光』改選版を読み比べたときの驚きに似ていた。

逆年順の初版『赤光』

旧派和歌集の四季歌、恋歌、雑歌という形式を取り払った、順年による歌集編集の、「進歩の跡」や「作風の変遷」に個人の顔が見えたとすると、次の段階では、さらにそれを際立たせる方法が追究される。茂吉は「兎に角私は従来の子規門の人々以外に進まうと念じつつ歩んだことを否定するわけには行かぬ。そこである向には邪道にも見え、根岸派向でないと見えたのであつた」(『作歌四十年』)と述懐(「子規」ではなく「子規門」というところに注意したい)している。連作という方法はその一つである。

ひた走るわが道《みち》暗ししんしんと堪《こら》へかねたるわが道くらし
ほのぼのとおのれ光りてながれたる螢《ほたる》を殺すわが道くらし
すべなきか螢《ほたる》をころす手のひらに光つぶれてせんすべはなし

初版『赤光』巻頭の、「悲報來」十首は右のような歌からが始まる。「悲報」については、一連の後に付けられた「七月三十日信濃上諏訪に滞在し、一湯浴びて寝ようと湯壺に浸つてゐた時、左千夫先生死んだといふ電報を受取つた。予は直ちに高木なる島木赤彦宅へ走る。夜は十二時を過ぎてゐた。」により、上諏訪という場所で、左千夫逝去の報せを受け、赤彦の家まで諏訪湖岸の道を急ぎ、そこに泊ったという状況が説明されるまで、場所も、事情も明かされない。読者は、「悲報」が誰のものか知らされないまま、ひたすらに暗い夜道を走る「わたし」の動揺に出会う。読みながら、読者は、ゆく道の暗闇に宙づり状態のまま激情のつぶてに打たれる。

「悲報來」の一連について、茂吉は後年、右の第一首目「ひた走る」の歌（『赤光』改選版の表記は「ひた走るわが道暗《くら》ししんしんと怺《こら》へかねたるわが道くらし」）に次のようにコメントしている。

この連作は道行的に咏じたので自然かういふ風になつてしまつたのである。（『作歌四十年』）

「道行的」という方法

「悲報來」には、「道行的」という方法の試みがあったのである。「道行き」は、日本古来の物語や芸能に見られる表現方法の一つ。あらかじめ設定された目的地があり、そこに到達する過程で、視点の移動にしたがって、移り変わる周囲の状況を描きながら、主人公の心情を表現する方法である。

たとえば能の「熊野」には長い道行きが組み込まれている。平家の全盛期、平宗盛の愛妾熊野のもとに故郷から母重篤の手紙が届く。母を思う熊野は、すぐにも母のもとに駆けつけたいと願うが、宗盛は花見の宴に熊野をともないたい。宴に出向く道行きが、熊野の視点で語られる。遠く母の病を案じつつも、目では華やかな京の賑わいを拾う熊野の心は複雑に揺れる。

「悲報來」の目的地は島木赤彦の家。道中の景色は、螢・氷売り・煙草の赤い火など。時間軸にそって描かれる情景が、「わたし」の視点の軌道となる。そのことで、揺れる内面の「今ここ」は、より大きくクローズアップされ、一首ずつでは味わえない重層的で複雑な心情が表現される。強い時間意識のもとに構成された一連であるといえる。

さらに茂吉は「悲報來」について、「それから間もなく上諏訪から汽車に乗って帰京の途についた」と後日談を述べたあと、次のようにいう。

> 兎に角この悲報來一聯は、恩師の挽歌としては只今でもどうか知らんとおもふ。併しその頃はかういふ傾向に進まうとしてゐたのであつた……
>
> （『作歌四十年』）

茂吉のいう「こういう傾向」は、「道行的」連作の方法だろう。「悲報來」は逆年順編集によって巻頭に置かれた。連作の時間軸にそった流れと、歌集全体の時間の流れが逆行する。だが、それゆえいっそう、作歌の方法意識は明確になった。

連作の方法意識

『赤光』改選版の初版との相違は、「①初版では、やや変則の逆年順の編集になつてゐたのが、改選版では、一番古い明治三十八年の歌から順次編年体で、一番新しい大正二年まで歌を並べてゐること。②歌数を初版八三四首から、改選版七六〇首に減らしたこと。③改選版では、二三の改選をおこなつたこと」（岡井隆・短歌新聞社文庫「解説」）といわれている。このうち何といっても①が大きい。

改選版の「悲報來」は、「ほのぼのと」と「すべなきか」の歌が入れ代わり巻末に収められた。また、先述した一連の末尾に添えられていた注記は、表題の次に詞書として記された。そのため読者は、どこへ何故に「ひた走る」のか、「悲報」の事情を理解したうえで、歌の感情に同調してゆくことになる。ちなみに、十首の次には、「先師墓前」の二首がそえられ、「恩師の挽歌としては」という思いと呼応している。

連作は、多くの情報を盛りこめない短歌の弱点を補うものとして、左千夫が子規の「五月二十一日朝雨中庭前の松を見て作る」十首を例に、強く提唱した方法であった（「続新歌論――連作之趣味」）。茂吉は、それを受けて連作「死にたまふ母」一連五十九首を作り、歌集収録の後に左千夫の評を受けようとしていたという。次のように連作の試みを語っている。

この聯作は、子規の「松の露」などの聯作と異り、立つて見、坐つて見、前から見、後ろから見るといふのでなく、母重病の報に接して帰国してから、母歿し、母を火葬し、悲しみを抱いて酢川温泉に浴するまであたりを順々に咏んだものであり、聯作の一体としては、作り易く、いはば安易道であつた。

（『作歌四十年』）

「安易道」は、謙遜でもあり、また後に振り返ったときの感慨でもあるだろう。しかし、連作の制作にあたって、左千夫の指摘する子規の連作とは異なる試みがなされ、その要諦は時間軸に応じて「順々に咏んだ」点にあるといっているのである。

そこで、わたしは思う。そのような時間の流れにそった展開を、方法として際立たせようとするとき、逆年順編集の中に置いてみると、順年構成の歌集よりも、方法が方法として印象付けられるのではないかということである。

『赤光』初版と『赤光』改選版を比べてみると、茂吉自身の意向だけでなく、自然な時間推移による改選版が、読者の多くに好まれるようだ。わたしも同感である。

しかし、それでも、それぞれ連作ごとに流れる時間を逆年順、つまりパッチワーク的編集によって際立たせる方法は、近代以降の創作にとって欠かせないものとなった。自然に委ねているだけでは自然を捉えることはできないのである。

Ⅳ

先日、帰宅していつものようにテレビを見るともなく見ていると、トーク番組で、お笑いタレントの有吉弘行とマツコ・デラックスが録画機能について喋っていた。録画した番組はほとんど早送りで見るという、視聴者から寄せられた話題に反応したものである。二人とも早送りの速度感に共感同意していたが、有吉が「だけどそういうふうに見ると、『間』の面白さは消えてしまうんだよねえ」と言ったのが印象に残った。マツコも、「そうよねえ、『間』はお笑いの勝負どころよねえ」と応じていた。

短歌を連作として構成するとき、「間」はとても大きな問題である。言外の空間や時間は、韻文の要である。本節では叙景詩運動、「死にたまふ母」と「ナショナリストの生誕」の連作を例に、近代短歌以降の「間」について考えたい。

「間」の文化

ヨーロッパ文化と比較して、「間《ま》」を日本文化の特色とする考察に次のようなものがある。

日本語の「間」ということばは、ヨーロッパ語に訳しにくいことばである。それはヨーロッパ語にそのような概念がないせいであり、言語の基本構造のみならず、言語そのものの基本的観念が違うからだと思われる。（中略）ヨーロッパ人が「時間」という観念と「空間」という観念に分析してものを考えるのにたいして、「間」の観念は、時間をも空間をも示していて、ヨーロッパ的に二つの観念に分ちがたいということなのである。

（剣持武彦『「間」の日本文化』）

西洋においては空間は三次元であり、これに時間の次元が加わって、四次元の時＝空間が成立するといわれている。それに対して、日本では、空間はあくまで二次元の平面の複合したものでしかない。平面を次々に感じ組み合わせることによって、空間の奥行を表現した。（中略）〈ま〉が、時間と空間の両者に用いられてきたことの背景には、空間を平面と時間軸のなかに浮かしてとらえたことと相関関係があるだろう。

（磯崎新『見立ての手法　日本的空間の読解』）

剣持は比較文化研究、磯崎は建築家の立場から、日本の「間」の概念においては、時間と空間が分かちがたいといっている。

このような西洋と日本との対比は、繰り返し言われてきたことであるが、海外との距離が狭まり、日本の国内のテクノロジーの進化や産業構造の変化、また国際化の推進によって、日本語における「間」の表現も徐々に変化してきた。これは近代短歌から現代短歌への変遷、特に連作における時間意識と空間意識に、如実に反映している。

叙景詩運動はなぜ革新に至らなかったか

尾上柴舟と金子薫園の選によって、『叙景詩』が編まれたのは明治三十五（一九〇二）年のことだった。「新聲」誌上に発表された作品と選者の五十首詠が掲載されている。柴舟による「『叙景詩』とは何ぞや」という巻頭言が掲げられ、「自然は良師なり。よく吾人に教訓を垂れ、鞭撻を加へ、神秘を教ふ。之をとりて素となし、之を以て彩となす」といい、自然に習えと説く。

竊かに訝る、今時の詩に志すもの、ただ浅薄なる理想を咏じ、卑近なる希望をうたひ、下劣の情を攄べ、猥雑の愛を説き、つとめて、自然に遠ざからむと期し、而して、眞正の詩、以て、得べしとなす、謬れるの甚だしきにあらずや。

(『叙景詩』巻頭言)

右の一節がよく知られている。「今時の詩に志すもの」は、「明星」の歌風を指す。西洋文化の影響のもとに、旧派和歌からの脱却をはかろうとした写実主義・浪漫主義(具体的には根岸派と明星派)が、短歌を人間主義的なものへ引き寄せようとした近代短歌の革新期であった。革新は、常に、何かを創ると同時に何かを壊す。歌世界が、あまりに卑近になり過ぎると感じられたのであろう、「自然」の静寂やケレンの無さを説いたのである。薫園は「白菊會」を結成して叙景詩運動を推進した。柴舟も薫園も落合直文の門下であった。与謝野鉄幹も同門であるが、鉄幹や晶子の作風と比べると、違いは明らかである。『叙景詩』掲載の選者の歌は次のようなものであった。

さしわたる葉越しの夕日ちからなし枇杷の花ちるやぶかげの道　　尾上柴舟

鳥のかげ窓にうつろふ小春日に木の實こぼるゝおと志づかなり　金子薫園

柴舟と薫園ではもちろん作風に違いがあるが、右の引用のように、飾り気のない静かで落ち着いた風物の印象を醸している。また、『みだれ髪』にみられるような、「明星」の人間主義が特色とする主観的内面描写に対して、外部に広く目を転じて風光を愛で、自然の風物中で呼吸をしようとの主張を実践している。

たしかに、「枇杷の花」や「木の實」は、作者の手の届く範囲の叙景として相応しいもので、静かな森の小径を散策しているような情趣は心地よく、荒んだ人心を慰撫するところがある。しかし、身近なところに見える鳥や花や山を描き、そこに「夕日ちからなし」や「おと志づかなり」と、作者の発見を加えているという点で近似した柴舟と薫園の手法は、いかにも個性が乏しく感じられる。そこには、作者によって新しく創造される時間や空間の秩序に対する意識が薄い。西洋から新しい文化が流入し日常の細やかな襞の中に浸透してくるとき、「自然は良師なり」と一括りにしてしまうのは、従来の抒情空間にふたたび没入してゆくかに見える。

前節の終わりに、わたしは、「自然に委ねているだけでは自然を捉えることはできないのである」と書いた。自然は、自然の秩序が内包する順番どおりに進んでゆくが、順番に従っていれば自然を表現できるかというと、そうではない。意識があり、構成があり、方法が必要である。

土岐善麿の自覚

土岐善麿は、はじめ湖友という名前で「新聲」に短歌を発表した。後、哀果と号し、さらに善麿と本名で執筆した。「白菊會」で湖友として出発しながら、後に哀果は、叙景詩運動について次のようにいった。

作品は多く水彩畫の清楚と相通ずるものがあつたけれども、生命象徴の深奥に達したものは殆んど無い。配合によつて眼前の自然を美化し、表面的な趣味に低徊したことは已むを得ない。ただ廣義における抒情詩としての短歌革新に一脈清純の氣を注いだことだけは否み難い。

（「明治短歌の一面」）

哀果は、「生命象徴の深奥に達することがなかった」という。深奥すなわち立体感を伴うことを時代は求めていたのである。ではなぜ、叙景詩運動による手法は、物象の核心を射ることができず、哀果が「表面的な趣味」と感じたのかといえば、一因に、「間」に対しての時間意識と空間意識の希薄さがあったのではないかと、わたしは思う。叙景詩運動では、望むべき「自然」に自らを委ねてゆく。そのとき、作品内の抒情空間には、無自覚な時間が流れ、無自覚な空間が広がる。その無自覚さは、個人すなわち近代人を求める時代にとって、いたく守旧的に映っただろう。時間を堰き止めてみること、空間に括りをつけてみることが、短歌の近代化に必須のものとなっていた。区切るという意識が、新しい近代の「間」を構築していった。

時間を意識化した「死にたまふ母」

斎藤茂吉が『赤光』の「死にたまふ母」を振り返って「この聯作は、子規の『松の露』などの聯作と異り、立つて見、坐つて見、前から見、後ろから見るといふのでなく、母重病の報に接して帰国してから、母歿し、母を火葬し、悲しみを抱いて酢川温泉に浴するまでをあたりを順々に詠んだ」(『作歌四十年』)といって、時間にそった配列を考えたことは前に述べた。

一方向に流れて行く時間の順番に作品が進行するという前提の中で、すなわち連作の歌と歌のあいだに行間は生まれる。当たり前のことながら、一首のみでは、行間はない。

「死にたまふ母」一連五十九首は、長い連作であるが、いうまでもなく一部始終が語られているわけではない。時間経過というベクトルにそった事柄の進行を前提に、前に置かれた歌の余韻を引き、語られなかった事柄を想像させつつ、次第に周囲の風景や状況や心情が絡み合ってゆくのである。そこには「間」の力が大きくはたらいている。

我《わ》が母よ死にたまひゆく我《わ》が母よ我《わ》を生《う》まし乳足《ちた》らひし母よ
のど赤き玄鳥《つばくらめ》ふたつ屋梁《はり》にゐて足乳《たらち》ねの母は死にたまふなり
いのちある人あつまりて我が母のいのち死行《しゆ》くを見たり死ゆくを

ひとり来て蚕《かふこ》のへやに立ちたれば我《わ》が寂しさは極まりにけり

これは「其の一」から「其の四」まで四つに分けられた「死にたまふ母」の、第二連のクライマックスであるが、「我が母よ」の慟哭、人口に膾炙した「玄鳥」の歌から、「ひとり」になるまでの、捨象された事象を行間に想像させながら、激情が次第に胸中の「寂しさ」に至る過程を描いている。表現に至らなかった人間の奥深い心の表情は、書かれてはいないが確かにそこにある。言葉で示すことのできない、そのようなものを、わたしたちは「詩情」と呼んでいる。

歌われることのなかった事柄にも時間が経過している。歌われず表現としては定位されなかったが、しかし行間にも時間は同じように流れ、空間は広がっていて、確かに何かの事柄が存在し進行していたのであり、地球時間によって暮らしているわたしたちは、経験を通してそれを感じることができるのである。

連作に対して群作という用語がある。二つの用語の区別は必ずしも明瞭とはいえないが(『現代短歌大事典』連作の項参照)、もし線引きをするなら、作品構成意識が、歌と歌との「間」に及んでいるかどうかではないかと、わたしは思っている。

「ナショナリストの生誕」の空間構成意識

昭和三十六(一九六二)年に刊行された岡井隆の歌集『土地よ、痛みを負え』に、連作「ナショナリストの生誕」がある。

茂吉の連作の時間性に注目する目で、「ナショナリストの生誕」を読むと、強い空間構成意識が感じられる。連作の眼目は、暗喩を駆使した思想性にあるといえるが、「1 その前夜」「2 父と母」「3 胎内」「4 生誕の日と夜」「5 祝電抄」「6 揺籃期」と六つに分けられた出産の過程は、「死にたまふ母」のように、作者が作品内部に立ってはいないことに気づく。六つの連は、それぞれがあたかも舞台の場面のように設えられ、各連は幕ごとに展開する演劇空間を見ているかのようだ。時間性より空間性が強く感じられる所以である。「ナショナリストの生誕」は、「死にたまふ母」とは異なり、作者のモノローグではない。作者は思想の発案者であり、プロデューサーである。

異国の兵群るる一枚の冬野見ゆまつ逆さまにその冬枯へ
産みおうる一瞬母の四肢鳴りてあしたの丘のうらわかき楡
よろこびの母のまなこに群れきたり魚《うお》産卵のはためく尾鰭
冬鳥が若干の声おとすのみ産褥にある母なる山野

右の引用は「4 生誕の日と夜」のはじめの四首である。二首目で母が出産をする。身籠った母は弾圧を受けながらも（「3 胎内」で描かれる）、ナショナリストは生み落されたのである。「ナショナリストの生誕」は、戦後の思想風景を、従来の短歌手法とは異なった次元で表現した。

一首目は「異国の兵群るる一枚の冬野」と終戦直後の日本の社会風景を描き出す。アメリカ兵といわずに「異国の兵」、焼野原といわずに「一枚の冬野」という。比喩によって、言葉は、個々の事実の後追い的役割から、観念をイメージ喚起するための梃子へと転化されている。駆使された比喩は今日からみても斬新だが、ここでは、比喩によって行間に広がる風景に注目したい。

「母の四肢鳴りて」という出来事は、「一枚の冬野」によって喚起される社会風景つまり状況の中に置かれている。三首目の「魚の産卵」や、四首目の「産褥にある母なる山野」は、出産直後の社会状況である。ここでは時間軸に添った物語展開より、空間把握による状況や場への関心が高く、「間」は、時間より空間として組み立てられている。

昭和三十年代の前衛短歌の特徴として、辞の断絶や比喩表現の拡大はよく指摘されるところであるが、それによって、連作における「間」の在り方は、時間意識に加えて空間構成意識が高まった。「死にたまふ母」にも「ナショナリストの生誕」にも、広く人に知られている歌がある。周知の歌は、それだけ印象を鮮明に訴えてくる歌である。しかし、一首だけ取り出してしまっては、テレビの録画を早送りで見るのと変わりない。作品、とくに連作は「間」を読んでこそ、のものである。

連作は、作品が順番に並べられる。必ず構成意識がはたらく。従来の和歌が内包する「間」を、近現代短歌が時間や空間を意識化しつつ、さらに、どのように作り出すかは、大きな問題である。

V

西洋においては空間は三次元であり、これに時間の次元が加わって、四次元の時＝空間が成立するといわれている。それに対して、日本では、空間はあくまで二次元の平面の複合したものでしかない。平面を次々に感じ組み合わせることによって、空間の奥行を表現した。

（磯崎新『見立ての手法　日本的空間の読解』）

前節に引用した、西洋と日本の時空間を比較した建築家による文章の一節である。日本の時空間は「平面を次々に感じ組み合わせることによって、空間の奥行を表現した」と指摘されている。

二首一組という手法

小池光『滴滴集』の「二首一組」を手がかりに、時空間の表現について考えたい。

しまふときを逸したる黒い扇風機がたたみのうへに夜を迎ふる　小池光
『灰とダイヤモンド』の画面の隅に回りゐし扇風機ありきそこからの風

右は『滴滴集』（二〇〇四年刊）からの引用である。二首を一組として「15　事物」と、番号と項目（これを題といっていいかどうか、適切な言葉がみつからない。作者によれば「小題らしきもの」である）がついている。

使い続けた扇風機が、季節が過ぎてもそのまま置いてある。片付ける意志がはたらくのは、扇風機が意識に上るうちで、そのうちまったく気にかからなくなり、置物のごとく部屋に馴染んでしまうというのは、よくあることだ。住人にとって気にかからなくなったものは、無いも同然。だが、或る夜ふと、ああ、まだこんなところに扇風機があったと気づくのである。

ひところ断捨離などといって、使用済みとなり忘れられ放置されているものを完全に家外に追放しようという動きがあったが、たいていの住空間には、そういうモノやコトが、積もってゆくものである。

夜の畳の上のオブジェのごとき扇風機に気づくと扇風機に纏わるさまざまな想が立ち上がる。想の一つが、古い映画のワンシーンに動いていた扇風機へと飛んだ。『灰とダイヤモンド』は、第二次世界大戦でドイツ軍降伏後のポーランドを描いたアンジェイエフスキの小説でアンジェイ・ワイダによって映画化された。この歌は、視覚的印象が強いので映画であろう。

二首にはさまざまな対照がある。〈今ここ〉と〈彼のときのあそこ〉、〈現実〉と〈虚構〉、〈日本家屋〉と〈東ヨーロッパの室内〉、〈静止した扇風機〉と〈動く扇風機〉など。企図された対照ではなさそうだが、しまい忘れた扇風機の存在が作者の想をさまざまな場所に運び、彼方にあった記憶をよびさましたように構成されている。

対照された二首の歌は、相互に干渉し響き合いながら、それぞれ歌一首の輪郭を際やかにしている。遠い記憶の映像の、ポーランドのワンシーンと対置することで、日本の畳の室内が印象づけられるというふうに。また、現在の平穏な日常に対置されることで、ロシアとドイツに挟まれ、戦火の最中にある国の政治的駆け引きが際立つというように。想念は、時間的な、また空間的な順番や秩序に縛られることなく、自由気ままに、二首の行間をゆきかう。

このような「二首一組」の広い行間をもつ手法がおもしろい。

『時のめぐりに』と『滴滴集』

『滴滴集』は、平成十六(二〇〇四)年に刊行された。同年、小池光はもう一冊、『時のめぐりに』という歌集をまとめている。

『時のめぐりに』は、「二〇〇三年四月から二〇〇四年三月まで一年間にわたって雑誌「歌壇」に『時のめぐりに』と題して連載したもの」(後記)に、ところどころ手を加えているものの、配列は発表時の順番にしたがっている。歌は、作者に流れた一年間という時間にそって進行し展開している。

いっぽうの『滴滴集』は、「二〇〇〇年、二〇〇一年、二〇〇二年、二〇〇三年の作歌から本集を編む」といいながら、『時のめぐりに』のような、時系列的な歌の配置になっていない。「連作といった大上段に振りかぶる発想を止めてばらばらな話題の歌をばらばらなまま併置するという趣向」(後書）によるという。ほぼ同時期の作品が、別の形式をとって編集されている。

どうして「大上段に振りかぶる発想」を避けようとしたのか、どうして「ばらばらなまま」を重要視したのか、大いに興味をそそられるところだ。一冊は、必ずしも厳密に「二首一組」の形を押し通すのでなく、題材によっては、一首だけのものも、それ以上の数のもののもあるが、この「二首一組」という着想には、短歌の本質にせまる問題意識があると思う。「ばらばらなまま」への指向は、ゆるぎない短歌形式の奥にあって、日ごろ、短歌を読んだり作ったりするときには、あまり気づかずに通り過ぎてしまうかもしれない、とても大切な形式原理の存在を示唆している。

「今」と「かつて」、「ここ」と「あそこ」

アパートの部屋に赤子の泣くこゑすとほりすがりにもわれは身に沁む
西日さすたたみのうへに置かれたる昭和赤子の郷愁のこゑ　　小池光

『滴滴集』からもう一つ例を引こう。「69　赤子」とある。散歩の途中か、帰宅の途上か、赤子の泣き声を聞き留めた。「アパートの部屋」というのは、高層マンションのような密閉空間ではなく、室内の音声が外に漏れてくるような設えをいうのだろう。「身に沁む」のは、路上に赤子の泣き声が聞こえて来ることが珍しくなった時代にあってのことである。どこにでもある当たり前のものに、人の心は動かない。さらに「赤子」は、無辜の生命を思わせる。

連想は「たたみのうへに置かれたる昭和赤子」へ到る。日本家屋の「たたみ」と対照的に洋間のフローリングを、「置かれた」と対照的にベビーベッドや子供部屋をそなえた住空間が思い起こされる。体験がもとになっている発想ながら、「昭和赤子」ということで、時代とともに推移した生活様式の変化を髣髴とさせる。

一首目の、今ここで起きている現実と、二首目の、かつてあそこにあった状況とが対置されている。これを一首ずつ読んでみると、一首目だけでは、赤子の声が、なぜ胸奥に及ぶのかはっきりしないし、何処にでもある小さな出来事として、あまり印象に残らない。また二首目だけを取り出したのでは、昭和の郷愁に浸っているだけという感じである。二首を対にすることで、赤子のいる異なった場面が対照される。このとき、二首の間に言葉として表現されない奥行き（＝行間）が生まれることが重要である。

行間の奥行

「二首一組」について、小池光は次のようにいう。

短歌は短いので一首だけでは歌のでどころが必ずしもはっきりしない場合が多い。無理に一首に詰め込むと窮屈になってふくらみに欠ける。でどころを提示する歌と、そのでどころに乗っかる歌と、ひとつの話題に対して二首ずつ作ると経験的になんとなくうまく行く。

（『滴滴集』後書）

「経験的になんとなく」は、「二首一組」の枠に何でも杓子定規に押し込むのではなく、題材の求めに応じているとそうなる、というニュアンスを伝える。小池は「でどころを提示する歌」と「でどころに乗っかる歌」とさりげないが、「二首一組」にはもっと大きな意味があるのではないだろうか。

当たり前のことをくり返すようだが、一首では行間が作れない。二首になって初めて行間が生まれる。「二首一組」で並べられた歌は、それぞれ事柄を述べているが、もう一つ、何もない空間を、二首の間に作っていることに注目したいのである。

〈今ここ〉と〈かつてのあそこ〉の行間には、〈かつてのあそこ〉から〈今ここ〉へ到るまでの、過程や事柄や変化を思い浮かべることができる。それは作者が説明するのではなく、読者が埋めるべき余白としてそこにある。小さな出来事や思い出を述べた一首から、それ以上の意味を感じられるようになるための何かを、「二首一組」の行間は持つのではないか。「二首一組」を、「何か」を付与するための装置として考えることができる。

旋頭歌の歌体

「二首一組」というと、旋頭歌が思い起こされる。五七七をくり返し、五七七・五七七の六句からなる歌体である。『和歌大辞典』（明治書院）によれば、旋頭歌は、古代歌謡の問答形式が受け継がれたものと言われ、「万葉集の旋頭歌には、対詠的に呼びかける内容のものが二〇首ほどもあり」、独詠的な歌もありながら、「純粋に独詠的な抒情詩であるよりは、内容的に民謡性に富んだ歌体である」という。対詠歌とは相手にむかって呼びかける歌であり、独詠歌とは自問自答の一首独立した歌である。

旋頭歌は五七七五七七で一首と数えるが、短歌の五七五七七を、五七・五七・七というように、五七のリズムの繰り返される最小単位と考え、七音の繰り返しが、歌の終わりを意味するとみれば、旋頭歌には、五七七という片歌の痕跡がくっきりと見え、声に出して読んでみると、いっそう対詠的呼びかけの気配が濃く感じられる。

この歌体が、現在あまり見られないのは、和歌という文芸世界が、歌といえば短歌形式をさすものとされてきた歴史的な背景があるだろう。また、個人の自立を強く求める近代以降の自我意識と深く関わっているとも推測される。

時間の流れを完結させる

岡野弘彦の『バグダッド燃ゆ』（二〇〇六年刊）に、「旋頭歌　若葉の霊」一連があった。

果てゆきし　齢はあはれ　十余《とを ま》りななつ

かの子らが　沈める海の　あまりま蒼き
一途なる　思ひのこして　果てゆきにけり
いつの世も　若きいのちは　あざむかれ死す

岡野弘彦

『バグダッド燃ゆ』は、古代と現在を往来しながら、忘れられてゆく者たちへの思いが歌われる歌集である。この旋頭歌一連にも、「戦の苦しかりし年、短き命の末期《まつご》を生くる稚《わか》き少年航空兵らと、ゆくりなくも同じ兵舎に過しし日々の思ひ、いまさらに胸によみがへりきて耐へがたし。彼ら十七の齢にして帰らずなりしみ魂の鎮めに、かつがつ詠みいづる歌」という詞書がある。一九二四（大正十三）年生まれの岡野が、自身の戦争体験を記憶の奥から呼び起こしつつ、「かの子」（＝少年航空兵たち）の無念を歌う。一連は、五七七が併記されて一首となる形式で、右に示したように表記された二十首からなる。「長歌　三矢重松博士八十年祭　折口信夫博士五十年祭　祭詞」とともに、巻末に収載されている。

旋頭歌の内容は、十七歳で少年兵として死んでいった者たちへの鎮魂の言葉である。内容からみれば、短歌一首として纏め上げることも難しくはないだろう。短歌連作の形をとっての発表もできたはずだ。だが、作者は、旋頭歌という現在では珍しい歌体をとった。それには、相応のわけがあっただろう。

たとえば、「果てゆきし　齢はあはれ　十《とを》余《ま》りななつ」は、「十余りななつ」で区切りが入る。「十七歳のかの子らが」とは歌わないのである。どうしても一つの区切りが欲しいと思ったのではないか。大きな休止のために「十余りななつ」がたいへん強くひびき、作者も読者もここで大きく抒情する。年齢が強調されるのは、作者自身の当時を顧みているのだろう。徴兵された兵士が年若い志願兵を見る視線がある。少年兵への深い抒情が、「かの子らが　沈める海の　あまりま蒼き」が非情な色としてより際やかに心に沁みる。

整合性が求める順番

旋頭歌は、問答形式、つまり問と答で一対の完結した歌である。問と答の間には必ず、空間がある。この空間は形や言葉にならないが、しかし思考や想念が交錯して、動き続ける生きた空間である。それが、岡野に旋頭歌という歌体を選ばせたのではないかと、わたしは思う。

短歌の抒情性は長歌の叙事性に対して、特色としてよく指摘されるところである。長歌は、短いものであれ、長いものであれ、一首にストーリーがある。筋道にそって順番に事柄が並び、時間が経過する。短歌の発表形態の一般が、十首とか二十首という一まとまりのものとなっている今、その中で叙事的描写を考えると、ストーリーや時間経過が求める順番の整合性に縛られてしまうことがある。作者は、「唐突だ」「わからない」を避けたいと思うのである。一首の中で、叙事と抒情の折り合いをつけるのは、容易いものではない。旋頭歌は、一首で二つのことを対照させ、一つの完結した抒情をつくる。加えて大きな空白を抱え込む。大きな空白をつくることで、異なった時間と場所を包み込む。

『滴滴集』の「二首一組」という歌の形式は、このような旋頭歌の歌体がもっている問と答の完結性と、その行間に、ストーリーや時間経過に縛られることのない、自由な空間の存在を作っている。

絵巻物と屛風絵

小池が同年刊行した、時間経過にそった作品編集の『時のめぐりに』と、「二首一組」の完結性と旋頭歌的抒情性をもつ『滴滴集』は、絵巻物と屛風に喩えられるだろう。

絵巻物は、いきなり途中の一場面だけを取り出すことはできない。床や畳や机の平面上で、巻頭から巻末までを順番に見なければならない。切れ目ない場面によって物語は進む。次々に目の前に現れる絵の順番は、一つらなりの線的時間の経過に規定されているのである。

屛風絵は床や畳に垂直に立つ。二曲屛風であれ、六曲屛風であれ、一瞥の視野の中に見ることができる。屛風だから凹凸があり、凹凸が対概念を引き寄せる。一二〇頁に引用した「平面を次々に感じ組み合わせることによって、空間の奥行を表現」する日本の空間意識を体現しているように思える。「二首一組」に通じ合う。

VI

斎藤茂吉の写生論の一節「実相に観入して自然・自己一元の生を写す」すなわち「実相観入」をときどき思い出す。そうして、なぜ意図的に実相に観入しなければならなかったのかと思う。

カナリヤの囀り高し鳥彼れも人わが如く晴を喜ぶ　正岡子規『竹の里歌』

めん雞《どり》ら砂あび居たれひつそりと剃刀研人《かみそりとぎ》は過ぎ行きにけり　斎藤茂吉『赤光』

馬を洗はば馬のたましひ冱ゆるまで人戀はば人あやむるこころ　塚本邦雄『感幻樂』

このように並べて見ると、「カナリヤ」と「人」、「めん雞」と「剃刀研人」、「馬」と「人」はそれぞれの間に序列がないのだと、あらためて気づく。歌の中でそれぞれが対立し並立して存在する。そのことと意図的に「実相に観入」することとは、密接に関わっているだろう。大陸由来の屏風、西洋由来の洋服（つまり在来のものでない）を例に「切断」また「独立性」について考えてみよう。

連作の中の一首

雑誌に掲載される歌は、十首、二十首という単位であることが多い。したがって作者は構成を考える。主題制作とまではいかなくても、雑誌掲載作品は、たいてい緩やかな連作あるいは群作になっている。対して歌会などで批評の対象とするのは、一首単位である。一首の読みを重点的に扱う。連作中の一首として読むとき、また歌集中の一首として読むときの読みと、前後の状況から切り離された一首の読みでは、同じ歌でも鑑賞が違ってくるはずなのに、そこはあまり言及されないように思う。

連作は、読み進むにしたがって、一首ごとに、イメージや情報が重なってゆくように出来ている。読みながら読者は、「ああ」とか「おっ！」とか心を動かし、「？」とか「ふうむ」とか考えながら、読むことで増える前提によって、脳裏に物語の筋道を探り、行間を豊かに膨らませてゆく。連作は、読む順番が決まっている。必ず前から後ろへ読んでゆく。そうしなければ、前提となっている諸々を理解せずに、歌を読むことになり、作者が意図したイメージの重なりや、物語の道筋に設定された伏線の意味を見逃してしまう。表面だけの意味を追うことになる。連作中の歌の引用が難しい一因である。

連作の歌であっても一首は独立していなければならないと、しばしば耳にする。他の歌に凭りかかってはいけないというのである。正しいと思うが、そのような戒めと、これとは、違う次元にある（一首独立が強く求められる背景には、歌合などの伝統から続く根づよい名歌探しの流れがある）。前の歌を前提に後の歌を鑑賞するという順番（＝理解の方向性）の定まった連作の鑑賞の仕方は、絵画展の会場で、矢印に従って順路を巡るときの感じに似ている。

特定の一枚を見るために足を運んだ絵画展であったとしても、ふつうは、順路を無視していきなりその絵の前に立ったりしない。順路すなわち展覧会のコンセプトに従い、それへの理解を深めながら、その流れの中で一枚の絵に出会うのである。

照応する二首一組

しまふときを逸したる黒い扇風機がたたみのうへに夜を迎ふる
『灰とダイヤモンド』の画面の隅に回りゐし扇風機ありきそこからの風
小池光『滴滴集』

前節で引用した二首一組の歌である。連作と違って、二首一組で完結している歌は、行間というスペースを含んで、読者が同時に一つの視野に収めることができる。歌集の中では順番に並べられてはいるが、歌集の中を行ったり来たりして自由に歩き回れる。ページを飛ばして前提なく、どこからでも勝手に読むことができる。ということはコンテクストからの独立性が高いということである。一首独立に倣えば、二首独立の形式といえようか。

二首独立の歌は、前の歌と後の歌が相互に干渉し照らしあう。あたかも室内の設えの中に置かれた二曲一双の屏風を見ているようだ。

和歌の雅と俳諧の俗

手許に、二〇一一年に千葉市美術館で開催された酒井抱一の生誕二五〇年記念展の図録として編まれた『酒井抱一と江戸琳派の全貌』がある。抱一は宝暦十一（一七六一）年の生まれで、葛飾北斎と同世代の人。尾形光琳に私淑し、日本美術に、光琳・俵屋宗達・酒井抱一という流れを作った。後にこの流れは琳派と呼ばれるようになる。美術の継承は師弟間で直接伝えられるのが一般的であった当時、琳派は、時間や場所、身分が遠く離れた人々によって、方法や手法が受け継がれた。先達への尊敬をもとに、残された作品から、方法や手法を、世俗の人間関係や社会通念を超えて、より純粋に学び取ることができたのだろう。新たな趣向も加えやすかっただろう。図録に次のような解説がある。

抱一が描く草や木の花や葉には、代表作の《夏秋草図屛風》のように夏の雨や秋の風が当たり、あるいは《四季花鳥図巻》の巻頭、巻末のように、春の暖気が通い、冬の雪がおおうなど、季節や気象の変化が表情を加えている。その辺りは、草木を青天白日のもとにさらし、美しさの極点でとらえようとする宗達や光琳の作風と本質的に異なるところであった。それこそが、和歌の雅よりもいっそう俳諧の俗を愛した、屠龍の俳号をもつ抱一の絵画世界の特色であった。

（小林忠「酒井抱一と江戸琳派の雅と俗」前掲書所収）

文中には「紅梅や今日はまだ来ぬ白すずめ」「春雨やよくよく見れば降て居る」「筏士や花の隙ゆく長つつみ」などの句が、酒井屠龍の句として紹介されており、江戸絵画の作品世界が文芸と深く結びついていたことが分かる。

注目したいのは〈和歌の雅よりも俳諧の俗〉といっている点である。〈和歌の雅〉を、「滑らかな調べの連続性」に集約するとすれば、〈俳諧の俗〉は、それと対照的な「切断による冴えの対立性」に特色がある。換言すれば、線的連続性と面的対立性である。抱一の代表作の一つだという「風神雷神図屏風」で、風神と雷神が中央の広い空白部分を隔てて対峙している姿が、二首一組の手法と重なって見える。

歴史を遡ってみれば、屏風は室内の間仕切りに使われる道具であったから、その形態の中に空間を切断する機能が潜んでいることも頷ける。『鳥獣戯画』や『源氏物語絵巻』、あるいは経典などの巻物は、机上という水平に連続する時系列にそった物語であるが、屏風は、空間や時間を切断し、垂直に立つオブジェとしてそこにある。

和服と洋服

屏風は、古代に大陸から日本にもたらされた室内調度品であったが、もう一つ、近代になってヨーロッパからもたらされた洋服について触れてみたい。

『近代皇族妃のファッション』（青木淳子）は、梨本宮伊都子妃と朝香宮允子妃を中心に、近代皇族妃たちの服装について紹介し、それが日本の近代化のために国際社会の中で果たした役割と意味について考察する。「皇族妃の洋装は、日本の宮廷における近代化の象徴である。海外においては日本の近代化のPRであった。そうしてそれが国内の雑誌に掲載される時、日本が世界において国際的な存在であることを、民衆に示すことができた。しかしまた、天皇家の伝統を内外に示すためには和の装束を提示することも重要であった。近代において、皇族が着用した衣服にはこうした様々な政治的意図が含まれていた」という一節がある。皇族妃の服装は、国の内外に見える形で、日本の近代化を示しながら、いっぽうで伝統的日本文化を印象付けるための重要な役割を負っていたという指摘である。

そして、「公」と「私」を縦軸に、「伝統」と「近代化」を横軸にして、「洋装」と「着物」と「装束（婚儀などの儀式に使われるもの）」の位相を示している。著作から図をお借りしてここに掲げておく。

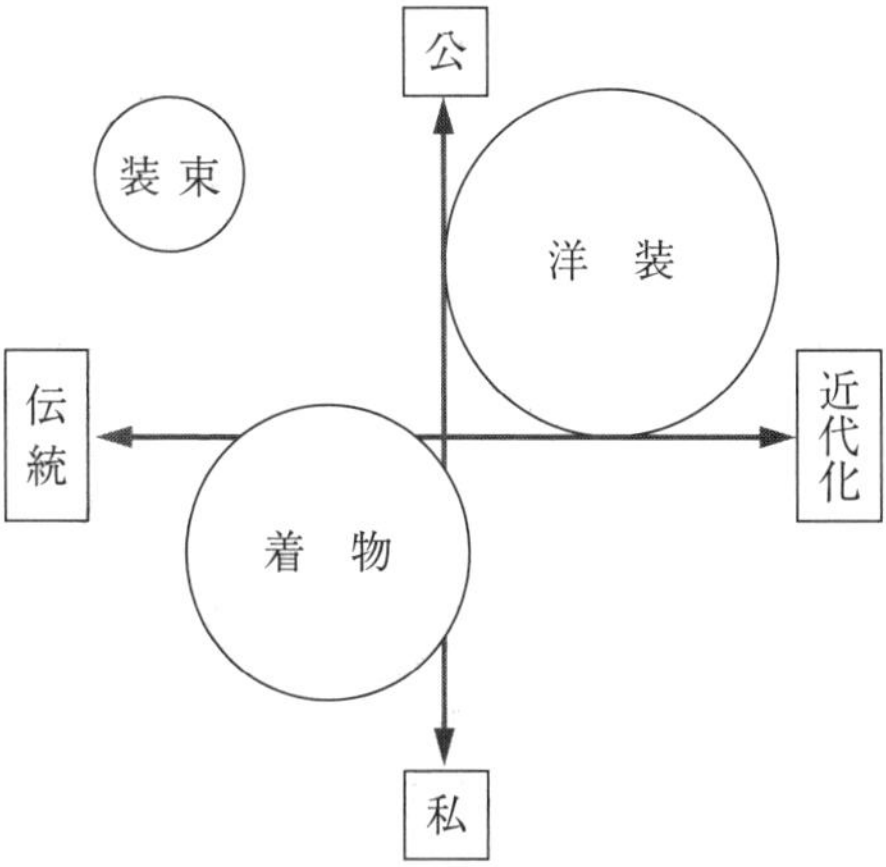

図　皇族妃の装い——洋と和・近代化と伝統
青木淳子著『近代皇族妃のファッション』より

図で、「洋装」と「着物」が対極に位置し、「洋装」が、「公」と「近代化」、「着物」が「私」と「伝統」を受け持って、対立する二つの服装が、場によって使い分けられている点が興味深い。今、一般社会では、「洋装」と「着物」の、「公」と「私」の関係は、崩れたり逆転したりしているが、宮中でのこれは、象徴天皇制になってのちも、現在まで受け継がれている（第一章の「歌会始のドレスコード」〔一三頁〕を参照）。

ところで、洋服と着物の大きな違いは何か。端的に言えば、洋服はクローゼットにぶら下げておき、着物は畳んで簞笥にしまうことだろう。特別な事情がない限り、スーツやワンピースを畳んで簞笥にしまったりしない。なぜなら、洋服は、着る人の体形に合わせて服地を立体的に縫い合わせてあるから、平面に還元するのが難しく、着物はもともと平面でできているものを人体に纏って使うからである。比喩的にいうなら、クローゼットは「垂直に立つオブジェ」であり、簞笥は「水平に連続する物語」である。

連続と切断

先述した『滴滴集』の二首一組で表される内容を、一首の歌の中に求めると、上句と下句の照応、あるいはそれに準じる形になる。一首の中に切断を作る。

たたかひは上海《しやんはい》に起り居たりけり鳳仙花紅《あか》く散りゐたりけり　　斎藤茂吉『赤光』

たとえば、このような歌。遠い地の戦火と卑近な日常の足下の鳳仙花が、上句と下句で対照され、両方を隔てる距離の長さを「居たりけり」の後の空白によって感じさせる。今、日々のニュースでは、国際情勢がより速く詳細に伝えられ、戦地の悲惨と作者の平穏な日常の対比を主題とする歌は多いが、そうした、構図が作歌内容として歌い込まれている歌は、一つの思考パターンの繰り返しに見えるけれども、この歌は彫りが深い。一つには、詠嘆「けり」の反復が、より強く上句と下句の切断を印象づけていることであり、もう一つは、両者を結び付ける解釈が盛られていないためと思われる。作者はただ詠嘆しているのである。この一首において「けり」は重要な役割をはたしている。詠嘆することで「たたかひ」と「鳳仙花」を結んでいるからである。詠嘆する作者によって、関わりのない二つが連続する。

「たたかひ」「作者」「鳳仙花」が、一首の歌世界の中に並び立つ。歌の内部に参加する、すなわち観入する「作者」の存在が、ただ外界の物象の描写をする報告歌に止まらせないために必要であった。それが、「観入」によって、自然と自己を一元化しなければならない理由だったのではないか。

突風に生卵割れ、かつてかく撃ちぬかれたる兵士の眼　　塚本邦雄『日本人靈歌』

この歌も上句と下句に異なったものが差し出されているが、前の茂吉の歌と比べると、「けり」にあたる措辞がない。「生卵」と「兵士の眼」は、等価なものとして並んでいるのではなく、「生卵」が「兵士の眼」の暗喩として働くことによって成り立っている。主眼は「兵士の眼」にある。一首を、上句と下句で別の事物を述べ二物衝突させて、一方が一方のイメージを作ったり、比喩的な意味を膨らませたりする方法は、吉本隆明によって指摘（『言語にとって美とは何か』）され、短歌的喩といわれる。この一首は、「けり」と詠嘆する作者ではなく、比喩を比喩たらしめる作者によって統べられている。同じように、二首とも上句と下句の照応でなる形態とみえるが、上句と下句の文としての関係は、前の歌は並立的であり、後の歌は構造的である。先に示した図でいえば、前の歌は「着物」であり、後の歌は「洋装」であるといえよう。

伝統と独創

塚本邦雄の短歌史的な位置づけについて、次のような島田修三の発言がある。上句と下句が比喩的に働く短歌の構造が、古代歌謡にすでにあったと指摘している。

> そういう伝統的手法を近代短歌はすべて切り捨てたわけです。比喩を禁じたり、近代流の歌のルールがやたら出来てしまって、歌人はがんじがらめになったんじゃないか。しかし、その伝統の方へ塚本さんは楽々と跳躍している。僕は比喩やレトリックの点で塚本さんが独創的な歌人だとは思っていないんです。むしろ一種の伝統主義的なアプローチを見せた歌人だと思う。
>
> (『歌の源流を考える』)

島田のいう「伝統的手法」とは、枕詞や序詞のように、一見、無意味なフレーズとみえるが、実は、次に来るフレーズや、一首の歌の主題を、イメージとして提示し、補足する手法を指している。

わたしたちは、これまで和漢また和洋という二項対立的概念の中で、また、古典和歌と近現代短歌、戦前と戦後という二項対立的概念の中で、短歌の様式や方法や特色を考えすぎたかもしれない。屏風や洋装を受け入れた柔軟性が、短歌様式の中にも潜んでおり、それこそが、短歌を長く継承させてきた要因であるかもしれないのである。

Ⅶ

僕は比喩やレトリックの点で塚本さんが独創的な歌人だとは思っていないんです。むしろ一種の伝統主義的なアプローチを見せた歌人だと思う。

（『歌の源流を考える』島田修三の発言）

塚本邦雄は、「塚本の短歌は、韻律、主題、題材、喩法、感覚のどの点からも、近代短歌になかった新しいものであった」（『現代短歌大事典』塚本邦雄の項・坂井修一）と言われるように、現代短歌の領域を革命的に押し広げた前衛歌人として位置づけられている。とくに近代短歌と比較したときの画期的斬新さが強調される。これは、比喩や句跨りなどの短歌手法が、今日では当たり前のように使いこなされているといった短歌界へ及ぼした影響をみても頷ける。その通りと思う。それゆえに、右の島田修三の発言に瞠目する。

「比喩やレトリック」「伝統主義的なアプローチ」という二つがどのように結びつくのか。一首の中で、言葉が指示内容へ近づくときの、日本的な意識の流れを手がかりに考えたい。

比喩の不透明性

日本脱出したし　皇帝ペンギンも皇帝ペンギン飼育係りも
塚本邦雄『日本人靈歌』

『現代短歌大事典』（三省堂）を見ると、坂井修一はこの歌について、「『皇帝ペンギン』を天皇ととらえ、『飼育係』に日本の国民とみる読みが、菱川によって示された。それも含めて、この歌からは、当時の日本社会の構造全体を戯画化して皮肉ろうとする姿勢を受けとめるべきだろう」という。菱川善夫の解釈を示しながらも、「皇帝ペンギン」の意味内容を一つに絞ることに慎重である。

一般的に比喩は、類似性や近接性をもとに、Aを指し示すのに、別のものBとして表現する言葉の技法である。もちろん、AにもBにも、あらかじめ社会的に定まった個別の意味があり、AはけっしてBではない。異なる両者を結び付け、新しい意味を創出する点に、比喩の独創性が光る。しかし、独創的であればあるほど、読者にとっては馴染みがないから、意味内容は不透明になり、多様な解釈や鑑賞を許すことになるのである。比喩を誤用や嘘と比べた、次の一節は示唆に富んでいる。

「比喩」は訂正を拒否し、むしろ読者に対し新しい解釈を要求します。それは既存の言語の枠を越えた新しい価値あるものとして自己を主張します。
（池上嘉彦『ことばの詩学』）

「皇帝ペンギン」の解釈も然りである。読み手は、Bとして表現された比喩「皇帝ペンギン」の指し示すイメージを、あれこれ想像し、多様な解釈を認めながらも、「よりよく」あるいは「作意に添って」解釈しようとするのである。

脱出したいのは誰か

この歌の鑑賞の多くは「皇帝ペンギン」に注目するが、わたしにはもう一つ、気になる点がある。「日本脱出したし」の主語は何かということだ。この歌の上句と下句は、はたして倒置になっているのだろうかという疑問である。「日本脱出したし」は、日本を覆う気分を指しているように、わたしには、感じられてしかたない。もちろん作者もその中にいる。そうでなければ、主観的願望の「したし」は不自然だ。「皇帝ペンギン」と「飼育係り」は、脱出したい者の一例である。だから、「皇帝ペンギン」と「飼育係り」に「も」が付いている。

日本語では、言わなくてもそれと分かる一人称の主語はわざわざ言葉にしないと、よくいわれる。いちいち言葉にして表現すると、自己主張が強くて押しつけがましいと敬遠される。表現しなくても、言外の意味は伝わっているのである。

しかし、言わないのには、それだけの理由があるだろう。一人称が言外に潜んでいるとして、日本語の「私」「僕」「吾」「われ」などの一人称を、欧米の言語における一人称のようなものとして当てはめたり、補ったりすることができるのか、またこれらの一人称が、そのまま欧米の一人称に対応するものなのかどうか。わたしは大きな疑問を覚えるのである。短歌の私性とも深くかかわる問題だ。

私見では、「日本脱出したし」に想定される主語は、英語の it に近いのではないかと思う。It seems he has failed. とか、How goes it with you today? とかいうときの it である。

このように考えるに至ったのは次のような体験による。

二〇〇〇年、アンコールワット

二〇〇〇年と二〇〇一年に家族でカンボジアを旅行した。小学生と高校生だった娘をクメール文化展へ連れて行ったら彫刻が美しいと言ったのが契機だった。わたしもアンコールワットの現物を見たかった。

当時、カンボジアでは、自国民の三分の一を虐殺したといわれるポルポト派が、まだタイ国境付近で生きのびていた。アンコールワット見学もさることながら、内戦の後の国土に生きる人々がいることを、わたしは家族といっしょに直接、見ておきたいと思った。バンコクで航空機を乗り継ぐと、それまでの観光気分から一変して、機内は、重厚な問題意識を抱えるがごとき雰囲気に覆われた。

道路はまったく整っておらず、ホテルから車で三十分ほどのバンテアイスレイの遺跡にも行けないありさまだったし、どこへ行っても、表情のない裸の子どもたちの、物売りの群れに取り囲まれた。地雷で足を失い、子どもを憐憫の道具として連れ歩く物乞いがいた。銃を抱えた警官が大きな眼を光らせて、訳のわからぬものを観光客に売りつけていた。通貨は自国のリエルよりドルが流通しており、国は疲弊の極致と見えた。しかし、物乞いの子どもも汚職警官も素朴で、濃厚な生の存在感を発していて憎めない人々だった。このカンボジアの旅は、アジアの中の日本を思うとき、わたしの脳裏に残る大切な記憶の一つである。年を経て単純化されてはきたが、人間が人間であることの原点を考えさせる、鮮やかな記憶だ。

遺跡修復の方式

前置きが長くなった。わたしたちがカンボジアを訪れた頃、つまり二〇〇〇年頃、シェムリアップのアンコールワット周辺では、内戦でクメール・ルージュが破壊した遺跡の修復が行われていた。といっても、橋を架けるのも、道路の整備も、他国の援助に頼らざるをえない国の状況である。自力で修復しようにも、費用もなく、設備は破壊され、知識人や技術者の多くは殺されてしまっている。修復事業には、日本とフランスが携わっているとガイドが説明した。修復は、出来る限り元の形を復元するのだから、誰がやっても目指すところは同じであるはずだが、説明によれば、修復された遺跡は、一瞥しただけで、手がけたのが日本かフランスか分かるという。遺跡修復に対する考え方、復元という目標へ近づく手順の違いが、形になって端的に眼前にあるからである。

たとえば、崩れた石積みのパーツの一つが見つからない場合どうするか。フランス方式は、そこをコンクリートで埋めるのだそうだ。日本方式では、そのパーツを探し回り、どうしても見つからないときは同じパーツを作って嵌めこむ。実際には、それほど大きな違いとも思えなかったが、指摘されてみると、確かにコンクリートが流し込まれていた。

両者の対照は、良いか悪いか、丁寧か粗雑かというように、どちらかに軍配を上げるものではない。フランス方式、日本方式それぞれが、修復作業をどのように考え、どこに目標を置くかという、思想の違いが可視化されているのである。フランス方式は全体から、日本方式は個々のパーツからの発想といえよう。

周縁から中心へ、中心から周縁へ

アンコールワットは、西参道正面から環濠を渡ると、左右対称の建造物が、三重の回廊に囲まれて聳えている。建物の中心は神の祀られる中央祠堂。幅の狭い急傾斜の石階をのぼりきると、はるかに地上を俯瞰する視界がひらける。日本からは、東南アジア史研究者で上智大学アンコール遺跡国際調査団の団長石澤良昭が熱心に、修復および遺跡研究に力を注いでいた。

二十年近い年月を経ても、このことを鮮明に覚えている理由の一つは、「アンコールワットの回廊を、フランス側は中心から第一回廊第二回廊第三回廊と呼んでいるのに対して、日本側は外側から第一回廊第二回廊第三回廊と呼んでいます」と言ったガイドの言葉にある。今、手許のガイドブック『地球の歩きかた』を開いてみると、やはり外側から第一回廊第二回廊第三回廊と呼んでいる。フランスの観光ガイドではどうなのだろう。

アンコールワットの回廊を、外側から内側へと（参拝者からみて手前から）数えることは、国内の神社を参拝するときに潜る鳥居を、神殿に遠いところから、つまり参拝者からみて手前から一の鳥居、二の鳥居、三の鳥居と数えるわたしたち日本人にとって、自然なことである。しかし、西洋(ここではフランス)では、数える順番が逆転するらしい。先に述べた修復作業に現れる思想の違いと関わって興味深い。

ものを数える順番は、文化が継承してきた意味の序列である。特に名指しされることのないルーティンワークの中に組み込まれ慣習となっているものについては、時間の長い堆積が感じられる。アンコールワットの回廊を、フランス方式では、中心から周縁へ数え、日本方式では、周縁から中心へ向かう。この対照性は、両者が自国の文化として継承してきた世界観や価値観が異なることを、カンボジアの遺跡修復の現場で具現しているといえよう。そして、文化の対照性は、言語体系の対照性でもある。

名前の書き方、住所の書き方

郵便の宛先は、日本では家族の名前、個人の名前の順に書く。欧米では反対に個人の名前、家族の名前である。当たり前のことだが、ここにも慣習として見過ごしている、ものの考えかた(=世界観)の投影が見てとれる。

欧米人はファーストネーム、ファミリーネームの順番で言う。すなわち、まず一人の個人がいて、その後ろに家族がいる。日本では(中国や朝鮮や東南アジアもそうだが)氏姓のあとに名を言う。これは、慣習でそうなっているだけだから、状況に応じて使い分ければよいというものではない。名前だけ見ると、はっきりしないが、宛先を、住所から一連のものと見ると、欧米と日本の対照性がよくわかる。

わたしは、日本国・埼玉県・鴻巣市・赤見台に住む、今井の家の恵子であると、個人の名前にいたるまでの住所の順番を一連のものとみると、まずは、大きな括り（ここでは日本国）を前提として示し、順番に範囲を狭めてゆく。同心円を小さくして、最後にこれ以上小さくならないところに現れるのが個人（＝わたし）である。

これに対して、西洋方式では、中心にいる個人から発想する。それに倣っていうなら、わたし（＝恵子）は今井の家の一員で、赤見台という鴻巣市の一画に住み、それは、埼玉県という日本国の一地方行政区である、という順番で認識されるということだ。

一九七〇年代、ＮＨＫの「みんなのうた」で、「山口さんちのツトム君」（作詞・作曲みなみらんぼう）という歌が流れ、ヒットしたことがあった。近年では、イチローという野球選手や、杏という女優がいて、人を指示する呼称もずいぶん変化した。ハンドルネームで発表している短歌もある。しかし依然として「山口さんちのツトム君」の感覚は根強い。「ツトム君」を言うのに、まずは「山口さんち」という前提、コンテクストがないと、何だか落ち着かない。「山口さんちのツトム君」と「ツトム君は山口さんちの子」ではまったく意味が違っている。

なお、ハンガリーでは、国外で活動するときは欧米方式で記すことも多いが、ふつうは今でも日本と同じ言い方である。これが、思考にどう関連するか、興味を引くところである。

日本語の世界観

以上のことを整理してみよう。欧米の世界観は、主体としての個人から発想される。したがって主体が明確に示される言語体系をもっている。日本語の世界観は、パーツを積み上げながら、同心円を内側に狭めてゆくようにして、そこに在るものを指示する。したがって主体と場は連続したものとして把握され、それに応じた言語体系をもっている。

さらに言えば、日本語は語順の融通性が高い。助詞や助動詞が大きな機能を付与されているのは、語順の制限が緩やかなため、語と語の関係を示す必要があるからだ。また、外国語の単語を豊富に吸収する能力があるのは、パーツの入れ替えが楽にできるからだと思われる。

「伝統主義的」の意味

島田修三のいう「伝統主義的なアプローチ」が何を指しているのか細部は判然としないが、「古典和歌からの継承を視野に入れた短歌の構想」というほどに理解しておく。

脱亜入欧の姿勢をとって押し進められた近代日本の、新しい詩歌の誕生を目ざして、近代短歌は西欧的な主体性を求めた。革新は力強い結実をもたらしたが、近代化という時代が背負った重圧は、短歌から次第に、観念を膨らませて楽しむ軽快な言葉遊び的側面を削ぎ落としていった。題詠を放逐し比喩表現を否定した。

塚本邦雄の、社会へ向けられた鋭利な批評は一刀両断である。その点は、近代日本が築いた主体の在り方を通過したといえる。しかし、短歌に内在する表現の可能性を試みることにおいては、近代以前の「比喩やレトリック」にヒントを得ている。というより、もっと根の深い日本語文体の可能性を体現しようとしていたのだと思われる。「皇帝ペンギン」と「飼育係り」が、昭和天皇と日本国民だと言われてなるほどと思いながらも、断言するに慎重にならざるを得ないことは、パーツを積み上げ、同心円をせばめて、核心に迫ろうというときになって、仄めかしで終る、相聞歌の方法を想起させる。さらに、「日本脱出したし」と、唐突に主観的願望で始まるのも、たとえば「見せばやな雄島のあまの袖だにも濡れにぞ濡れし色は変はらず」（殷富門院大輔）などの文体を重ねてみると、日本語の環境依存的な言葉の序列が明らかになる。

第四章　場所と記憶

I

「この部屋には、おおぜいの人がいるの。さやちゃんやおばあちゃんだけでなく、ほら、ここにもここにも見えないけれどいるんだよ。見えない人もいるんだよ。耳を澄ませば声は聴こえる。その人たちと話していいだった」

これは、第一五八回芥川賞受賞作の「おらおらでひとりいぐも」（若竹千佐子）の最終章に出てくる会話である。主人公が、訪ねてきた孫娘に語りかける。

主人公は夫を亡くし悲嘆に暮れる七十四歳の老女「桃子さん」で、独居生活をしながら、これまでにない「自由」「深み」「感動」を見つけてゆく。作者によれば「おばあさんの哲学」だという。老いを負のものと捉えがちな社会ではあるが、「年を重ねると喜怒哀楽や物事の良し悪しを長いスパンで味わったり、洞察できるようになります」（「文藝春秋」二〇一七年三月号の受賞者インタビュー）とある。自分の中に、矛盾をはらんで同居するさまざまな自己（作品中では「柔毛突起」と呼ぶ）を、これが自分であると一つに括るのではなく、思わぬところに浮上する自己の思いや感覚に問いかけ、思考を深めてゆく。右の引用は、そのようにして辿りついた「桃子さん」の哲学である。

自分以外に誰もいない独り住まいの部屋だが、自分のいる時空は、「おおぜいの人」「見えない人」のいる時空であると言っている。

「おおぜいの人」「見えない人」とは誰か。「桃子さん」の人生で出会った人々、つまり祖父母、両親とそれを囲む故郷の人々、夫や子どもや親しい友人たちはもちろんだが、人類発祥から現在にいたる空想の中の人々、また自分の無意識層からひょっこりと顔を出す「柔毛突起」などを指す。近い存在だけではなく、遥か遠い存在を視野に入れた「人々」である。老いは孤独だけれども、そのような「人々」との会話が可能な時間として捉えることができるのである。

「おらおらでひとりいぐも」という標題からも、また右の引用からもわかるように、文中に織り込まれている東北方言が、実に効果的に、「桃子さん」が繰り広げる「おばあさんの哲学」を表現していることにも注目したい。日本が近代国家を作るに際しては、共通言語を生むために、教育現場での方言札の使用など、強引なやり方で統一が図られたため、方言を蔑視する風潮が長く続いた。現在は、標準語では表現しきれない感情の機微や、風土に培われた豊かさと直接つながるニュアンスを含み持つ言葉として考えられるようになってきた。

「桃子さん」はしばしば、故郷の「八角山」を思う。原風景の象徴である。「八角山」は、「桃子さん」が故郷を捨てた後も、黙ってそこにある。今はもう風景が変わってしまったが、それでも「桃子さん」の一部として、「桃子さん」の現在を支えている。

「おらおらでひとりいぐも」を読むと、都会と田舎、中央と地方、意識と無意識、近代と伝統、個人と自然などの対立が見えてくる。これは、短歌において近代現代の歌人たちが背負ってきた大きな主題でもある。繰り返し長く考えられてきた。

わたしたちは何故、時間を振り返り、記憶を確かめようとするのだろうか。記憶とは、はっきりと意識に上るものを指すだけではない。人間一人の存在の奥には、個人の記憶、民族の記憶、国家の記憶、人類の記憶が意識無意識の中に蠢いている。同じように、物には物の、場所には場所の、言葉には言葉の記憶がある。しばらく場所と記憶について考えてみたい。

啄木の思郷

やはらかに柳《やなぎ》あをめる
北上《きたかみ》の岸邊《きしべ》目《め》に見《み》ゆ
泣《な》けとごとくに

石川啄木『一握の砂』

人口に膾炙した思郷の歌である。短歌では、地方から上京して故郷を思う心情は一つの型を思わせるほど歌われてきた。また読まれ愛されてきた。斎藤茂吉も土屋文明も窪田空穂も故郷を歌った。近代国家発展過程で都市人口が増え続けたということは、離郷して遠く故郷を思う人々が増えたということである。ちなみに、首都東京の人口は明治九（一八七六）年に一〇〇万人を超え、昭和三（一九二八）年に五〇〇万人、昭和三十七（一九六二）年に一〇〇〇万人を超えた。

人口の増え続ける東京の入口として話題にされるのが上野駅である。現在、上野駅構内十五番線ホーム突端には、啄木の「ふるさとの訛りなつかし停車場の人ごみの中にそを聴きにいく」の歌碑が建っている。上野駅にはもう一つ思郷の歌碑がある。一九六四年、東京オリンピックの年に発売され井沢八郎が歌った歌謡曲「あゝ上野駅」の歌詞が、上野駅広小路口前のガード下の碑に刻まれている。「金の卵」と称されてオリンピック景気を支えた、集団就職の少年少女の思郷を綴って流行した歌である。望んで離郷した人もいるし、やむなく故郷を捨てた人もいるが、寄る辺ない日々の暮しの中の寂しさを補うものとして、故郷を思う感情は、日本社会に幅広く共感を呼んだ。近代都市形成にともなう情感であった。

さて、掲出の歌である。この歌について「故郷の春の風景が浮かび上りそれで『泣けとごとくに』という思郷の心が生じたのではなく、そうした対象を持たぬ自己中心的な感動としての思郷の心を、『柳あをめる北上の岸辺《（ママ）》』という外部の素材に託して歌いあげた」（岩城之徳『短歌シリーズ・人と作品10　石川啄木』）という記述がある。つまり、啄木における思郷は、自己が故郷に対峙する点に特色があるというのである。「あ、上野駅」で、「ホームの時計を見つめていたら母の笑顔になってきた」と歌われる故郷への思いと比べると納得される。自己に対立する故郷の風景を歌う啄木と、いつか帰郷したときに、無条件に自分を抱きとめてくれるであろう故郷を歌う「あ、上野駅」。明治の文学青年と、戦後の「金の卵」。いずれも幅広く社会に共感された思郷の感情が、急速に進行する近代都市の拡大と、パラレルな関係にあったことが理解される。

ところで、掲出の啄木の歌は、五七／五七／七に行分けされている。三行書きが、明瞭にリズムを視覚化している。そのため「やはらかに柳あをめる」の下に、ふつうより大きな休止を入れて読む。一行に書けば「あをめる」は「北上の」に続く連体形と読むだろう。行分けしても意味はそれに違いないが、行分けが柳の芽吹く様を、あたかも連体止めのごとく強調する。

二行目で柳は「北上の岸邊」という場所に置かれ、ここまでが、北上という場所の川辺の風景である。明るく気持ちよい自然である。しかし、結句で暗転し「泣けとごとくに」と心情が吐露される。四句から結句への大きな飛躍に心情が激しく波打つ。語られてはいない物語が暗示されているといえよう。

五七／五七／七の三行書きは、音律の面でも印象的だ。「第一句と第二句が『や』の頭韻を、第三句と第四句が『き』の頭韻をふんで、みずから流れる流麗の調子を示している」（前掲書）。

場所・物語・音律

ウィキペディアで「記憶術」を検索すると、記憶術の例として、場所法・物語法・頭文字法が載っていた。場所法は、視覚的なイメージを、物語法は時系列的推移を、頭文字法は音律を利用した記憶法である。記憶術は、暗記試験とか道順のように、必要に迫られた場合に有効だ。けれども、思いもかけず記憶が呼びさまされることがあるものだ。そのとき、場所と物語と音律は、重要な契機である。この三つの要素は絡み合った束となってわたしたちの記憶を形づくっているのであろう。

「やはらかに柳あをめる／北上の岸邊目に見ゆ／泣けとごとくに」が広く愛誦されるのは、読者たちの胸に溢れる思郷の感情に訴えるとともに、一首に歌われている場所や物語、さらに日本語が受け継いできた短歌的音律が、読者自身の、場所や物語の記憶、さらに身についている五七調のリズムに訴えるからであろう。言葉が指し示す場所に内在する物語の記憶が、音律を通して喚起されるのである。

記録ではなく記憶として

海軍航空隊跡はいま自衛隊武器学校広々とあかるく人入らしめず　　清水房雄『老耄章句』
昭和十七年ここに着任せしその日の事ありありとしてただ澄む空の下
落下傘訓練つひに開かぬ一つありき遥か見し日のことも茫々

遥かなる記憶ともまたまざまざと頭上掠めゆきし機銃弾の触感

作者清水房雄は、戦時下に、土浦の海軍航空隊予科練に教官として赴任した。これらの歌は、戦後半世紀を経て、土浦を訪れたときのものである。『老耄章句』巻頭の連作「土浦」は、「其一」の十一首と「其二」八首からなる。四首は「其一」から引用した。一見、彼の時と此の時を重ね合わせ、深い感慨に浸りながら彼の時を回顧しているようにみえる。死んでいった若者たちを悼んでいるようにもみえる。また、歌われてはいないが、その後、日本が歩んできた戦後の時間を辿っているようにもみえる。しかし、読むうちに、作者の立つ位置は、その何れでもないように感じられた。

二〇〇七年十月号の「塔」に、永田和宏・花山多佳子・村上和子による、清水房雄へのインタビューが載っている。清水の次のような発言がある。

僕はね、茂吉の「実相観入」もね、土屋先生の「生活即短歌」もね、正面切っては受け入れてないんです。〔ラージA分のラージAイコール1、スモールa分のスモールaイコール1〕でね、俺には俺相当のものしかできねえんだと。だから「生活」「写生」とは何だっていうとね、僕は「実相観入」だって答えない。それじゃ借り物じゃねえかと思うんですよ。あれは茂吉にしか通用しないんですよ。

「アララギ」の写生写実を継承しつつ、清水は、みずからの作歌で「実相観入」や「生活即短歌」という立場をとらないという。つまり、対象と自己との一元化によって歌を膨らませたり、生活と作品の統一を図ろうとしたりしないのである。「〔ラージA分のラージAイコール1、スモールa分のスモールa イコール1〕」とはそれだろう。では、認識したとおりに現状を切り取って伝達し報告する、つまり、事実の記録としてこれらの歌があるのかと言えば、そうとも思えない。

「海軍航空隊跡」を訪れた作者は、そこが今「自衛隊武器学校」になっていることを認める。次に、「昭和十七年ここに着任せしその日の事をありありと」思い出す。そうして、「落下傘訓練つひに開かぬ一つ」や「頭上掠めゆきし機銃弾の触感」を蘇らせる。注意したいのは、それを思い出すために現地を訪問したのでもなく、思い出そうと意図したわけでもないということだ。その場に身を置いたとき、かつての経験が、記憶の奥から浮上してきたという趣である。膨らませたり統一したりせず、「〔ラージA分のラージAイコール1、スモールa 分のスモールa イコール1〕」として、言葉に転化している。そのため記憶が、自然に浮上してきたように感じられる。或る意図のもとに統一を図らない。海軍航空隊で作者が経験した見聞の記憶(記録ではなく)は、作者個人の記憶でありつつ、土浦という場所に埋め込まれた記録のように感じられるのである。個人の記憶が場所の記憶になる。

場所のもつ記憶

石川啄木にとっての北上、清水房雄にとっての土浦は、同じものではない。啄木の場合は、屹立する自我意識に対立する故郷として、場所の在り方を示す。清水の場合は、〔ラージA分のラージAイコール1、スモールa分のスモールaイコール1〕の立場を維持することで、個人の記憶を場所の記憶へと転化させている。作者の内部に蓄積されている記憶を場所が誘発するという観点に立ってみると、とても興味深い。

たとえば『水神』

田舎を旅すると水神の祀られている祠を見かける。水神は田の神や山の神と結びついて農耕用水や分水嶺付近に祀られる。人間の暮しに欠かせない水への祈りが、そこに重ねられてきたことを示している。

わたくしがゐなくなつても水神の樹はあると思ひき世界のやうに　麻生由美『水神』

水神の樹の在りしより水ぎはへくだる径ありきいまだ残れり

朝な朝な子どもの渡るこの橋の堤の上で首打たれけり

首を打つ技能持ちたる人もありき裔なる人が原付でゆく

二〇一六年に刊行された歌集『水神』は、土地の持つ記憶を主題とする。作者は東京で学び、大分へ帰郷して生活した。いったん場所の外側に立った視線を持ちながら、故郷の歴史や風土を見つめ直している。「水神の樹」はなくなってしまったが、痕跡として「径」は残っている。しかし、あらためて歴史の深みを見つめれば、斬首の場所や斬首にかかわった末裔が、身の回りに見えてくるが、それをも呑み込みつつ「世界」はある。「わたくしがゐなくなつても」が重要。自然への敬意がこもる。一四九頁で触れた「おらおらでひとりいぐも」の「桃子さん」は、湧きおこる関心に導かれてノートを携え、四十六億年前に地球が出来て間もない頃に思いをめぐらし思考を重ねた。悠久の時空の中に半生を振り返るとき、「桃子さん」は、「おらは空中に拡散して、部屋中におらとおらの悲しみが充満していぐ。おらは全体でもあり部分でもある」という穏やかな安心を味わう。これは、歴史を経る、齢を重ねる、経験を積むという時間的推移が、個人にもたらす生の意味を語っていると、わたしは思う。場所が喚起する記憶、記憶が浮上する場所。短歌の言葉に内在しているものである。

Ⅱ

「記憶」の「記」には、「①しるすこと。文字として書き付けること。②知り覚えること。③しるし。記号。④事実を書きつけたもの。文書。記録。⑤漢文の一体で、事実を叙することを主として書く文章。⑥『古事記』の略」(『新潮国語辞典』)の意味がある。「文字として書き付ける」ということは、日本語であれば漢字や平仮名で、誰の目にもそれとかるように、言葉を紙や画像に残しておく作業である。「知り覚える」は、文字に残さないまでも、意識化することを言っている。手順からすれば、「記」は「知り覚えたことを時間や場所をこえて分かるように書きつける」ということである。

「憶」には、「①思うこと。思い。②覚えていること」の意味がある（同前）。「思い」「覚え」は、意味を理解している事象だけではなく、外界の刺激を受けとめる人間の感覚や知覚、それらが心の内にもたらす感情の揺れや変化など、言葉としての輪郭に至らない、より広い領域を含んでいる。

ここでの話題を「記録」ではなく「記憶」としているのは、一人の人間の心の内の「憶」が「記」となる複雑な過程を考えたいからである。また記憶は、個人という人間一人の内側にあるだけではなく、外界の事象や場所や時代の中に物語をつくりだす。記憶は、体験や経験を覚えているというだけの受動的なものではなく、新たに物語を創造するために重要な要件ともなっている。なればこそ、個人の記憶は、深く掘り下げてゆくと、はるかな人類の記憶や宇宙の記憶へ連綿と繋がってゆくのではないかと思われる。武川忠一の作品（ここでは晩年の歌中心に）を通して考えたい。

『翔影』以後の作品

武川忠一は平成二十四（二〇一二）年、満九十二歳で死去した。歌集に『氷湖』『窯冷』『青釉』『秋照』『緑稜』『地層』『翔影』の七冊がある。平成八（一九九六）年、七十七歳で刊行した『翔影』の後は、みずから歌集を編むことがなかったので、以後の作品の約三千首は、「『武川忠一全歌集』編集委員会」によって収集され、「『翔影』以後」として『武川忠一全歌集』に収録された。これによって、武川の短歌作品のほぼ全容を見渡せるようになった。したがって、わたしたちは、晩年ほぼ十五年間に発表された「『翔影』以後」の歌は、作者自身の編集を経ずに「そのまま」読むことになる。

「『翔影』以後」は、総合雑誌に発表された「作品Ⅰ」と、結社誌「音」に発表された「作品Ⅱ」とでなっている。ここでは、「作品Ⅱ」に注目したい。「作品Ⅰ」と「作品Ⅱ」は、晩年の同時期に発表されたものだから、作者の抱える主題や素材、また価値観や文体もほぼ共通しているが、作歌意識が少し違う。依頼による制約やそれに応える構成意識に対して、折々の自発的歌作の自在さが趣を異にするのだろう。ここでは素顔に近い趣の「作品Ⅱ」を中心に読むことにする。

最後の三首

年明けて一月二十日ぼたん雪狭庭にふりて白くかがやく
さにはには雪のつもりてゆつくりと歩めばきようにやさしき音に
ゆきふりておどろきおどろきその白き雪ふみあゆむその白き雪
武川忠一

これは「『翔影』以後（作品Ⅱ）」の最後の三首である。作者は九十二歳、絶詠といっていい。それまでにも「もう徹夜など到底できねど一休み今日の終りと歌書く六首」「耳遠くテレビの声も聞えねばはやばや夜床にもぐりて今宵」「作らむと書きてまた消しまた書けどとりとめもなし浮かびくる歌」など、心身の衰えを歌ってきたが、生活の範囲がせばまり身に接する事象が少なくなるにつれ、前にも増して同じ主題や素材をくり返すなど、変化の乏しさとして老いは読みとれる。

しかし、不思議なもので、気力や体力が衰えると、否応なく余剰を削り落とさざるをえないので、作者の人間性や達成などの核心部分は明白になるものである。語彙においても文体においても、作者の抱え持っている主題や価値観や短歌観の特質がはっきりと表れてくる。

引用した最晩年の三首の「白」「かがやく」「きよら」「おどろく」は、作者にとってとても大切な語彙だったと考えてよい。夾雑物を排した後の、清澄な気韻の生動を希求するこれらの語彙は、作者武川の短歌世界を形成する主要語彙である。

また、「やさしき音に」「その白き雪」と、一首の核心部分を強調して結句をとめたり、「おどろき」や「その白き雪」の反復によって意味と音声を一元化しようとする文体には、韻律を短歌の本質と考えた短歌観がある。

さて、「その白き雪」である。「雪」を踏んで歩いている作者は、歩を進めるごとに「雪」に「おどろく」。「おどろく」は、「はっとする」「心が動く」の意味である。感覚が呼びさまされるのである。雪の朝に庭に出て歩いていると、ただ白い「雪」だけがあるのだが、一歩を踏むごとに作者の心の内に波動が生まれる。しかし、「雪」はそれだけだろうか。

「雪」が運んでくる故郷

新しき年のはじめの鐘聞けばかの冬山の凍《い》て雪恋うる　武川忠一

終りなき終《つい》の日などとつぶやきて冬山恋いの身の芯ほてる
離れゆくたましい遊ぶ雪山の蒼き凍《いて》雪恋しきろかも
踏みのぼる雪山の道山の子が背におう幼な子に唄う子守歌

『翔影』以後（作品Ⅱ）」（平成三年から平成二十四年まで順年で収録）のはじめに「雪山」七首がある。これはその中の四首。先に引用した歌より九年を遡る。七十二歳の作である。

「身の芯」が火照るほどに「恋しきろかも」と歌われる「冬山」「雪山」は何処の山なのか、作品の中には示されていない。厳冬の雪山を思い浮かべると、自身の奥に心熱が生まれるというのである。全身的に「恋う」のである。「冬山」「雪山」が、懐かしい思い出の一齣という程度のものでないことがよくわかる。

「冬山」「雪山」と作者との密接な結びつきは、「幼な子に唄う子守唄」へと歌い継がれるのだが、この「山の子」は誰なのだろう。実在の誰彼という、特定の人間ではなさそうだ。だからといって、現実とは無関係に、空想の中に作り出した人間像かというと、そうとも言い切れない。少年期、青年期を過ごした山国の風土の生活が、経験として横たわっているように感じられる。「山の子」は、村の人々であり、父祖たちであり、作者自身でもあるのだろう。武川短歌には、いつも、このような曖昧さ（＝抽象性）がまとわりついていると、わたしは思う。作者の選んだ方法である。

原郷としての『氷湖』

武川忠一は、大正八（一九一九）年、長野県諏訪郡上諏訪町の素封家の家に生まれ、二十歳で上京するまで自宅で育った。昭和三十四（一九五九）年に刊行された第一歌集『氷湖』の「あとがき」は、次のように書きはじめられている。

街はずれの城跡、細長い街並の裏山、どこからでも、少し高いところからは湖が光って見える。少年達は沼のように濁ったその湖水の中で泳ぎ、大きなカラス貝を足で掘りあて、岸には釣竿を何本も並べた。カーンと乾いた冬には、まぶしく反射する氷の張った湖水が、少年達の運動場になった。下駄スケートのぼく達は、すさまじいほど冷たく烈しい氷湖で、足先が痛くなるまで滑り廻っていた。

「冬山」「雪山」「凍雪」「山の子」が、作者の原郷であることは容易に理解できる。注目したいのは、『氷湖』の作品にも「あとがき」にも、山に囲まれた村が諏訪であるとも、湖が諏訪湖であるとも書かれていない。固有名詞が歌われていない点である。

「わが狭量」の「わが」は誰か

ゆずらざるわが狭量を吹きてゆく氷湖の風は雪巻き上げて
氷湖の雪巻き上げて吹く疾風に流されて舞うとびは鳴きつつ
ちかちかと氷湖の雪を反射するこの明るさをはばむものなく

『氷湖』の巻頭に掲げられた「氷湖」二十首より。「ゆずらざる」の歌は代表作として知られ、諏訪湖畔に建つ歌碑に刻まれている。

わたしは武川を作歌の師と仰いだ一人なので、お茶のみ話のついでに、「武川さんは、ご自分でおっしゃっているけれど、本当に狭量の人なんですか」と、この歌にふれて問われることが時々あった。もちろん、問う方も、問われる方も、俗世間の噂話を楽しむ、文芸論とは遠いお喋りではある。しかし、こういうときに、「ゆずらざるわが狭量」が、自身の人格に向き合って自省していると読まれるらしいと気づくのである。もちろん、一首において作者は、「わが狭量」を凝視し対峙している。作者個人の性格云々が歌の意味と無縁だというのではない。

問題は「わが」である。近代以降の個人単位の「われ」の観念とは異なったニュアンスを帯びているように、わたしには感じられる。村落共同体的生活がふつうのこととしてある感覚の中では、「わが」は、語意の上では自身を指しながら、同時にそれが滑らかに「われら」に繋がっているような気配をもつのではないだろうか。
『氷湖』の序文に、窪田空穂の「松本人は諏訪人というと『諏訪っ子は怖《こわ》い』と言いならわしているが私はその趣を武川君に感じているのである。『怖い』というのは、悪意からの言ではなく、善意からの言で、及び難い、敵し難いの意のものである」という一節がある。そして、次のようにいう。

父祖累代の血を継いだ作者は、自己批評の言として、「ゆずらざるわが狭量」といっている。これは氷湖を象徴とする諏訪盆地の精神的影響の結果ではないか。
（『氷湖』序文）

空穂は、風土が個人にもたらした性格として「わが狭量」を説明している。しかし、同じことを指してはいるが、作意は逆ではないかとわたしは思う。自身の中の狭量を見つめると、そこに故郷の風土を感じる。風土と繫がりながら対立する。そのようなものとして考えたい。いわば「ゆずらざるわが狭量」には、連続と切断が同居しているのである。伝統と革新といってもいいし、共同体と自我といってもいい（一三六頁「連続と切断」を参照）。

「諏訪湖」ではない「氷湖」

『武川忠一全歌集』の年譜をみると、武川は、「青の会」「青年歌人会議」「東京歌人集会」という、結社を超えた若い歌人の集まりに積極的に参加している。馬場あき子、岩田正、川口常孝、橋本喜典、篠弘といった所属結社の仲間に加えて、上田三四二、岡野弘彦、島田修二、大西民子、寺山修司、岡井隆、塚本邦雄、玉城徹など、昭和三十年代の短歌史に大きな潮流をつくった人々との交流をもった。この中には、いわゆる前衛歌人と呼ばれる寺山、岡井、塚本がいるが、武川は、短歌に比喩を駆使して日本古来の文体を崩してゆくような文体には同調できなかった。批判的立場に立ち、「近代主義批判」(「短歌研究」一九五五年九月号)を書いたことはよく知られている。中城ふみ子や葛原妙子などの例歌を引いて、次のように言った。

この傾向は直接には現代詩の影響が、おそまきながら短歌に移植されたとも見られよう。心象の造型意味を重んずるところから、音楽性(旋律)を否定する現代詩の方向に外形的には一致する方向を持つといえよう。その難解・晦渋も極度の心象の造型という努力の結果であると一応は説明されよう。然しこの音楽性を否定する現代詩の方法が、そのまま短歌に移植されて定着することは短歌の本質として決して正しい在り方ではない。

(「近代主義批判」「短歌研究」一九五五年九月号)

武川は、「短歌の本質」を音楽性に見ようとしているが、だからといって前衛短歌運動が打ち開こうとしていたものと無縁であったのではない。前衛が壊そうとしている文体を継承しつつ、自分自身の歌を模索していた。それが、「諏訪湖」とはいわずに「氷湖」という、抽象化、あるいは象徴化の方法だった。

固有名詞で「諏訪湖」といえば、地図を取り出して位置を確かめる人もいよう。産業の歴史を思い出す人もいよう。また、そこに住む知人の顔を脳裏に描くかもしれない。しかし、「氷湖」は、ただ凍った湖である。人間を寄せ付けないよう峻厳な自然の様を描き出す。場所の記憶の奥に、人間の意識を越えた物語を生み出す方法として、「諏訪湖」ではなく「氷湖」は選択されたのである。

「存在の蘇生」

そこで、「『翔影』以後」の歌。絶詠ともいえる「ゆきふりておどろきおどろきその白き雪ふみあゆむその白き雪」の「雪」は、現実の雪をいうだけではないだろう。

「雪」は、原郷に降る雪であり、今ここにある自己の存在と原郷をつなぐ物語の象徴として思い浮かべられただろう。「喪ったときにはじまる存在の蘇生に、わたしはこだわってきたかもしれない」(『青釉』「あとがき」)と言った武川は短歌を、そのようなものとして捉えてきた。記憶の奥にひろがる場所は、現実のものではないが、しかし物語として生き生きと存在するというのである。

Ⅲ

二〇一八年の二月十日、石牟礼道子がパーキンソン病による急性増悪のため、熊本市の介護施設で不帰の人となった。九十歳であった。時代の歯車が大きく動いた。

石牟礼道子の名前は、水俣病の惨状を細やかな描写で描き出した、代表作『苦海浄土』をもってよく知られているが、その文学的出発が短歌だったことはあまり知られていないようだ。『苦海浄土』にいたる石牟礼の文学活動の中心に短歌があったことは注目されていい。『苦海浄土』の作品世界を作る土台に、短歌的な言葉の積み重ねがあると考えられるからである。それは、言葉のエクササイズが役立ったとか、文章技法が身についたとかという表層のことではなく、作家が作品のなかに創り出す人間観や死生観に、密接に結びついて離れない何かである。石牟礼の文学活動における短歌的な思考や表現に触れてみたい。

石牟礼道子の文学的出発

手許に石牟礼道子歌集『海と空のあいだに』がある。平成元（一九八九）年の刊行で、昭和十九（一九四四）年から昭和四十（一九六五）年までの作品を編集している。歌集の刊行は生涯これ一冊だけである。たとえば散文へと活動の場を移した岡本かの子が、歌集を編まなくなってからも短歌から離れなかったのに対して、石牟礼は、表現形態を散文へと移行させたのである。

『海と空のあいだに』には「あらあら覚え」という長い後記がついている。短歌から離れて二十余年を経て、作歌を振り返る回想である。「ここに並べた歌は『苦海浄土』に至りつくまでの、心のあらあら書きのようなものである。一首で私小説になっていたり、フィクション仕立てだったりするが、短歌でなにもかも表現したいと思っていたのかもしれない」と述べる。

昭和二（一九二七）年に熊本県天草で生まれた少女が、どのような経緯で短歌に出会ったか、どのような環境の中で作歌活動をしたか、記憶をたどっての具体的な臨場感あふれる文章は、当時の地方の歌会の様子なども語られていて、とても面白い。すこし紹介したい。

作歌への第一歩は新聞への投稿だった。「毎日新聞」熊本歌壇の選者であった蒲池正紀に「あなたの歌には、猛獣のようなものがひそんでいるから、これをうまくとりおさえて、檻に入れるがよい」と批評を受けて、蒲池が主宰する「南風」に入会し、やがて歌会にも参加する。

今日では気軽に歌会に出かけてゆくが、戦後数年を経たころ、女性たちの置かれていた事情には容易ならざるものがあった。「歌会に出ようと思えば何ケ月も前から準備せねばならな」かった。すでに結婚をして子をもうけていた石牟礼は、「家事万端をととのえておかねばという配慮」のため、金銭的懸念やら、連れてゆかねばならない子どもの余所行き服を縫うやら、暇なく動き回る。しかし、汽車に乗って歌会へ行ってみると、大きなカルチャーショックを味わったという。歌会は「地方文化人のサロンというのか、いわゆる名士の常連を中心に形づくられ、そのまわりに、ほんとうにうぶな初心者たちが羞かみながら座をなしている。そこで交わされる会話は、わたしの生活環境にまったくない種類の内容ばかりだった」のである。次の一節は、村落共同体の狭い人間関係の外に出たことのない女性が、文学活動を通して、他の異文化社会に目を開いてゆく過程が想像されて印象深い。

いわゆる文学少女が通る読書遍歴さえわたしにはなく、階層ごとに日常生活の中味も言葉もさまざまなものだというあたり前のことを、水俣で接しはじめた谷川雁さんとの会話の中でも知ってゆくのが、なんともおそい開眼であった。

（歌集後記「あらあら覚え」）

石牟礼は、それまでの自分の生活では知り得なかった文化や言葉を、新しく知り合った人々の中に見出し、思考を深めていった。詩人・谷川雁もその一人である。

右の何気ない回想からは、「都市」と「地方」などという言葉では一括りにできない、村落共同体に暗黙の了解として形づくられている、階層ごとに異なる文化や習慣があり、それぞれに所属する人々の生活を強く規定していたことを思わせる。他所へ出て交流する機会のない多くの女性たち（女性だけではないかもしれないが）は、所属の文化や習慣に規定されていることさえ無自覚のまま、生涯を閉じて行ったであろう。

石牟礼の生家の稼業は石工であったが、実務学校を卒業して代用教員となり結婚して主婦となった。次のように書く。

当時の家事というものはみな重労働で、洗濯も炊事も風呂も、水はみな洗足になって遠い釣瓶井戸から天秤棒で担って来ねばならず、山や渚から拾い集めて来た薪で煮炊きをするので、釜も鍋もまっくろになる。この鍋の底を磨くのがたいへんだった。いま爪を切るたびおもうが、爪などわざわざ切らずとも、クレンザーがわりのシラスをタワシにつけて磨くので、爪がすり切れ、のびる間などなかったのである。

（同前書）

階層によって「日常生活の中味も言葉も」異なることに気づいた石牟礼は、自覚的に自分の位置を明確に定め、その場所に身を置いて言葉を発してゆくのである。「猛獣のようなものがひそんでいるから、これをうまくとりおさえて、檻に入れるがよい」という蒲池の言葉が思い出される。自分の場所を得るために、短歌の形式また様式は、実に有効であったに違いない。

寺山修司『空には本』の新しさ

石牟礼と同時代に、歌壇で脚光を浴びていた寺山修司は、『空には本』（一九五八年刊）の後記「僕のノオト」に、「作意の回復と様式の再認識」の必要を説いた。「この定型詩にあっては本質などなくて様式があるにすぎない。様式はいわゆるウェイドレーの「天才の個人的創造でもなく、多数の合成的努力の最後の結果でもない、それはある深いひとつの共同性、諸々の魂のある永続的なひとつの同胞性の外面的な現われにほかならないから」である」。

続いて「「私」性文学の短歌にとっては無私に近づくほど多くの読者の自発性になりうる」という、新しい短歌を構想したことは周知のとおりである。篠弘の解説によれば「自分を超えることのできる『私』の設定、これが昭和三十年代の熱気溢れる動向において、いかに新鮮で魅力的であったことか」「短歌を小市民の日常的な告白の器から、さらに社会性をもった文学表現にしようとする、その劇的なイメージの可能性を明示した」（篠弘『残すべき歌論』「寺山修司」の項）ということになる。

海を知らぬ少女の前に麦藁帽のわれは両手をひろげていたり
やがて海へ出る夏の川あかるくてわれは映されながら沿いゆく
母が弾くピアノの鍵をぬすみきて沼にうつされいしわれなりき
夏蝶の屍をひきてゆく蟻一匹どこまでゆけどわが影を出ず
一本の骨をかくしにゆく犬のうしろよりわれ枯草をゆく

寺山修司『空には本』

このように歌われた寺山の「われ」は、作者の私生活から解放されて、「社会性をもった文学表現」に置き直された。読者はつかのま、両手を広げたり、水面に映されたり、蟻を見つめ、犬の後ろをついて歩き、主人公たる「われ」になる。様式の「共同性」「同胞性」によって、「読者の自発性」を刺激する。様式の中に新たな「われ」を仮構して、言葉のイメージを読者に委ねるのである。言葉としての「われ」は、多種多様な「われ」を内包している。石牟礼も、同時代の「熱気溢れる動向」の中にいた一人である。

体験の下敷き

石牟礼は、蒲池正紀主宰の「南風」や谷川雁の「サークル村」に作品を発表するとともに、「短歌研究」の五十首詠に応募するなどして短歌の活動に力を傾けていた。昭和三十一（一九五六）年に入選作となっている。寺山が「チェホフ祭」五十首で特選となったのが昭和二十九年であり、多くの刺激を受けていたにちがいない。

『海と空のあいだに』の用語や方法には、昭和三十年代に盛んになった前衛短歌の時代の抽象化や虚構化などの影響がみられる。たとえば、自作の「めしひたる少女がとりおとす鉄の鍋沈めば指を流る冬の川」について、石牟礼は「フィクションだが、当時の生活の実感ではある」と述べている。文芸的虚構を当然のものと考えて作歌していることがわかる。

「主題曲うしなひしまま鳴りつづく或る夜きりきりと高音の干潟」「ひき潮にしたたる牡蠣を吸ふまにもわが内に累々と女死にゐき」などにみられる観念性や抽象性への志向は、昭和三十年前後の時代の動向の中にいたことを思わせる。

しかし、石牟礼は、虚構によってはいても、寺山の、「読者の自発性」を予測する演劇的な方法論へは向わなかった。作品が、どこまで事実に忠実なのかは確かめようもないが、体験の現場性を色濃く感じさせる作品が多い。結婚後の歌に、「歌を詠む妻をめとれる夫の瞳に途惑ひ見ゆれわれやめがたし」「純粋の言葉はなきや息継がず小鳥のごとく歌ひたしわれは」がある。今日からみると、時代に生きる人間の、存在の奥から漏れてくる叫び声が聞こえて来るようだ。歌わずにはいられなかったのである。

歌集『海と空のあいだに』

わが脚が一本草むらに千切れてゐるなど嫌だと思ひつつ線路を歩く

石牟礼道子『海と空のあいだに』

おどおどと物いはぬ人達が目を離さぬ自殺未遂のわたしを囲んで

舌を刺ししかの毒薬の酸ゆにがき味をこのごろまた思ひいづ

二十歳の頃の自死の歌だ。ショッキングな内容であるが、ここでは自己および自己に起った事象を突き放して見据える強靱な視線に注目したい。誰かに事象を伝えるのではなく、歌うことによって、つまり言葉によって、自己を周囲の事象の中に確定しようとしている。文芸的虚構はその上に築かれているのである。

手ぶくろをはめてねむれど寒の指骨さらけでてしきりにとがる

（同前歌集）

まあたらしきゆばりのにほひ冬の野に残りて大股にをとめ去りゆく

頸ほそき坑夫あゆみくるそのうしろ闇にうごきゐる沼とおもへり

しづくして壊《く》えゐる石にむきあひぬボタ山に生ふ毛のごとき草
咽喉あかくいたむひるよる水のむに小さき穴ぐらのやうなる音す

「しきりにとがる」「大股に」「頸ほそき」「毛のごとき草」「穴ぐらのやうなる音」をとらえる観察は、第三者に事実を伝えるための描写ではない。そこにはおのずからそれを見てしまう関心に突き動かされた凝視がある。歌の素材となっている対象が、作者の生活に密着しているからである。自身の生きる場所に営まれる生活に根ざして、突き動かされて歌わずにはいられない。場所の巾に身をおいて、場所に生じた数々の事象を見つめながら、自分の身についた文化環境の言葉をつづるのである。石牟礼は体験を広げつつ、水俣の漁民の眼と自身の眼を重ねながら奥へ奥へと分け入っていった。石牟礼は『苦海浄土』の「あとがき」で「（登場する人びとは）この国の農漁民の、つまりわたくしたちの、祖像であり、ひとびとの魂には、わたくしたち自身のはるかな原思想が韻々と宿されているのである」といっている。ちなみに『苦海浄土』の原題は「海と空のあいだに」であった。

『苦海浄土』の詩歌性

『苦海浄土』講談社文庫本の解説「石牟礼道子の世界」（渡辺京二）によれば、「石牟礼氏はこの作品を書くために、患者の家にしげしげと通うことなどしていない。これが聞き書きだと信じこんでいる人にはおどろくべきことかも知れないが、彼女は一度か二度しかそれぞれの家を訪ねなかったそうである」。「彼女が自分の見たわずかの事実から自由に幻想をふくらませたもの」だというのだ。

渡辺が具体的場面を問いただすと、石牟礼は、「だって、あの人が心の中で言っていることを文字にすると、ああなるんだもの」と答えたそうだ。「膨大な事実のデテイルをふまえて書かれた」ことを前提に次のようにいう。

石牟礼氏にはうたおうとする根強い傾向があり、それが空転する場合、文章はひとりよがりな観念語でみたされ、散文として成立不可能になってしまう。彼女の世界が散文として定着するためには、対象に対する確実な眼と堅固な文体が必要である。『苦海浄土』が感傷的な詩的散文に堕していないのは、その条件がみたされているからである。

（渡辺京二「石牟礼道子の世界」）

短歌でできないことを実現しようと散文に転じて後もなお、臨場する自己を主軸に書きすすむ短歌的発想が、色濃く保たれていたと指摘する文章である。短歌的発想によって増幅される空転の危うさと、日本の近代化の過程で隅へ押しやられてゆくナショナルアイデンティティーの記憶を、あらためて考えさせる。「海と空のあいだに」は、「詩歌と散文のあいだに」でもある。

Ⅳ

一度、身を置いたことのある場所は、単なる情報ではなくなる。経験として記憶される。経験は別の経験と干渉しあい、繋がり、融合して、ときに、まとまりをもった一つの物語を創りだす。『今昔物語集』『宇治拾遺物語』などの中世説話集、また各地に伝承されてきた昔話を思い出せば、名も知れぬ誰かの経験が、膨らんだり縮んだりしながら融通無碍に語り継がれる過程を知ることができる。物語の生成過程である。それは、物語の中に個の記憶が埋め込まれてゆく、つまり歴史化の過程でもある。

新しい物語の生成は、新しい道ができる過程と似ている。人が目的に向って歩いたり走ったりする頻繁な往来によって道ができる。

人は歩くたびに、走るたびに、異なった状況に遭遇して異なる風景を見、未知の人を既知の人とする。はじめは、山へ柴刈に行くというような単一の用途のための道が、利用者や物流が増え、他の道に連絡するにつれて、さらに新しい用途を生む。バイパスを作ったり、支道ができたりする。道の重要度が増し活動が複雑になる。反対に、時代の潮流から外れて用途がなくなりひっそりと消えてしまう道もある。道の盛衰のイメージを、物語の生成に、重ねてみると理解しやすい。

物語は、国家の歴史にも、民族の文化にも、個人の生涯にも生成される。それらの物語には類似の構造があると思う。一つの土地、一人の人物といった具体に由来するにしろ、歴史や文化という抽象的な概念を支えるものであるにしろ、物語があるということは、それが人間にとってとても重要だという証である。

前節で石牟礼道子の水俣という土地について考えた。今回は、辺見じゅんの歌集『雪の座』を中心に物語の生成をめぐって考えたい。

記憶の種子を拾う

この胸の奔馬の思い鎮めいて夕暮れのなか点をみつむる　辺見じゅん『雪の座』
過ぎゆきの記憶の種子を拾いつつ子に語るとき奔馬となれり

「奔馬」の語がつかわれた歌を引いた。前の歌は、具体的状況が述べられていないが、「奔馬」が、抑え難い感情の迸りの表現だと分かる。「点」に集約される外界と対峙して、何かを見極めようとしているようだ。

後の歌は、散在する過去の記憶を、一つの文脈のなかに組み込みながら、子に語り聞かせている。語るうちに「奔馬」となってゆくという。この「奔馬」のイメージも、前の歌の「奔馬」に通じているだろう。抑えがたい感情の迸りである（『雪の座』には、馬に関わる語彙が多く歌い込められている）。

それを受けて、歌集の次の歌は「物語はこれでおしまい樅の木の結末はながく胸に棲むべし」「黄金の回転木馬よ子どもらをのせず陽のなか廻りてゆきぬ」と続く。

では「奔馬となれり」の主語は、何か。歌の上では作者（＝語り手）で、制御できない昂りをいうと一応は考えられる。しかし、わたしは読むうちに、語り手という個人ではなく、ふと芽を出した物語と考えられないかと思った。物語の誕生を歌っているのではないか。

『雪の座』が刊行されたのは昭和五十一（一九七六）年。角川書店が企画した新鋭歌人叢書全八巻の中の一冊だった。八冊はいずれも第一歌集。叢書中ただ一人の女性の歌集である。他の七冊は、下村光男『少年伝』、高野公彦『汽水の光』、小野興二郎『てのひらの闇』、成瀬有『游べ、櫻の園へ』、玉井清弘『久露』、杜澤光一郎『黙唱』、小中英之『わがからんどりえ』であった。

父への挽歌

新鋭歌人叢書の八人は、その後歌壇で大いに活躍した。この企画は、その点でも注目されるが、特筆したいのは、いずれにも、評論の第一線にたつ論客の長い解説が付されていることだ。第一歌集でありながら、論客たちの、力のこもった歌人論が展開されている。従来の、結社の主宰者や先輩が、弟子や後輩を世に出すために、また初めての歌集編集を祝福するために付される序文や跋文とはまったく違う。

『雪の座』の解説（「蔵のなかのふるさと」）は岩田正が書いている。岩田は、自ら抱える評論テーマである土俗の視点から、辺見の作品世界に広がる止むに止まれぬ情感の意味を丁寧に位置づけている。

魂魄の雪ふるかなた雪みんとただそれだけの旅より帰る
遠山にきれぎれの虹つなぎつつわが父の座に雪は降りつむ

巻末に収められた、この父への挽歌二首を引用して、岩田は、「従来の数多くの挽歌はほとんど、死者のもとへ、死者の周辺へ回帰することでうたわれているのであるが、民話や民俗の探訪に出向いたその地から、逆に辺見は父の死んだ東京を遠望してうたうのである。そしてそれはまた同時に、短歌の世界になにほどか付加するものをもっていることを意味する」と、指摘した。

喪失と同時に見えるもの

『雪の座』は、刊行の前年に他界した父角川源義の挽歌で締めくくられ、一冊が挽歌集の趣をもっている。辺見は父を遠望しつつ、しかし、父への感情は、娘が父に抱く敬慕や親愛の情といった通りいっぺんのものではない。

喉ぼとけことりと落ちて逝きたまう昼サイレンの鳴りいずるかな

この歌には「昭和五十年十月二十七日、午前十一時五十八分、父、肝臓癌のため死去。秋空の晴れた日であった。行年、五十八歳。」の詞書が付く。克明な時刻と死因の記述、「喉ぼとけ」「サイレン」という具体の描写によって、死の一部始終を凝視する目に、情緒への没入をくいとめる、強い意志が読みとれる。それは、父の死を契機として、故郷の土地や戦中戦後という時代を生きた家族の物語が、紡ぎ出されるはじめのように、わたしには思われる。

誰にでも父母があり、それぞれに家族の物語があるとはいいながら、家族間で味わう感情をうたって、読者の心に中に、個人的出来事への共感以上のものをもたらすには、「なにほどか付加するもの」がなければならない。岩田の指摘はそのことを思わせる。何が作品世界に創造的膨らみをもたらすかということである。

岩田の指摘は、辺見が、民俗探訪を手がけた父の仕事の痕を訪ねるうちに得た、父への哀悼の視点へと向かう。次のようにいう。

日常の生活のくさぐさを媒介として、従来の挽歌の多くが成立するなら、辺見の挽歌は辺土へのあこがれと熱いまなざしをくぐりぬけるところで成立するという、いわば二次的というか高次元的生活をその背景としているのである。

（岩田正『雪の座』解説）

岩田正の土俗への眼差し

このように解説する岩田正は、昭和四十八（一九七三）年、「土偶歌える――風土・その心の系譜」（「短歌」八月号）を発表し、『雪の座』刊行の前年、『土俗の思想』としてまとめている。折口信夫、斎藤史、岡野弘彦、前登志夫、馬場あき子の作品を引き次のように記した。

折口信夫によって、極めて客観的にひかえめな形で提起された、民俗・風土・土俗を中心課題とする短歌作品の萌芽は、なんら類似系列にない斎藤史によってうけつがれ、そこにはじめて、一貫したテーマ制作の意図につらぬかれた作品を生むに至った。そして言葉自体、言葉の斡旋によるところの思想という、従来のイデオロギー、特定の思想にはみられない文学的主張が、短歌の世界に登場してきたのである。

（岩田正『土俗の思想』）

今、読むと、「思想」「イデオロギー」の概念や、折口信夫についての説明は分かりにくい点があるが、主張の要点は二つ。師系につながらずとも、「民俗・風土・土俗を中心課題とする短歌」は現れてくるのだということと、昭和五十年代前後に現れた「民俗・風土・土俗を中心課題とする短歌」が、短歌に新しい創造を生むだろうということである。

昭和五十年前後

昭和五十（一九七五）年前後をすこし振り返ってみよう。この年、サイゴン陥落によってベトナム戦争が終結した。五年前の大阪万国博覧会によって強く印象付けられた日本の経済成長は、社会に活気と安定を生み出していた。いわゆる右肩上がりの明るさがあった。たとえば、小学生の学習塾・進学塾通いは六十二％、中学生が四十五・六％（『近代日本総合年表』岩波書店）になったという。今から見れば、塾通いの過熱化は、学歴や収入の格差問題を生むなど、深刻な負の側面を抱え込むことになるが、経済成長のもたらす「ゆとり」は、まだ、人々に、物質的な豊かさとして受け止められていたように思う。身を乗り出して社会や政治に関わるよりは、新しい家電を具えて便利で清潔な住宅を得ることや、知的な子女の育成に力を入れる人々が増えたのである。加速度を増す進学への熱は、卑近な生活の質的向上へ向かった関心の一端を見る思いがする。

物資の不足や生命の維持をとりあえず担保された社会の安定が、人々の関心を身辺生活に向かわせるのは必然のことといえよう。戦後三十年間、高く掲げられてきた貧困の解消や反戦の旗は徐々に、日常の小さな満足の陰に遠のいていった。新鋭歌人叢書を含む、台頭してきた若手の歌風に対して、篠弘が内向化を批判的に指摘したのが印象に残る。歌人たちは、外部にあった対立項を、自己内部に生み出すようになった。

岩田の視線は、父の死を悼む辺見の歌に、死者に回帰する従来の挽歌と違うものを見た。その向こう側に、自己を乗り越えてゆく「思想」を見ようとしていた。作者が、卑近な生活の中に揺れ動く心の機微を語り、読者がそれに共感するという短歌の在り方を退けたことは銘記しておいてよいだろう。

『呪われたシルク・ロード』の物語

辺見じゅんの名前は、後年『男たちの大和』『収容所《ラーゲリ》から来た遺書』などのノンフィクションで広く知られることになるが、歌集『雪の座』刊行の前年にはすでに、『呪われたシルク・ロード』を上梓していた。東京・八王子に近い鑓水を舞台に、近代日本の生糸産業の盛衰を追ったドキュメンタリーである。同時期に書かれた散文の『呪われたシルク・ロード』と『雪の座』は、辺見の思想の表と裏といえよう。

『呪われたシルク・ロード』は宅地化がすすむ多摩の地に繰り広げられた生糸の民俗史である。というと、歴史研究書のように感じられるかもしれないが、そうではない。フィールドワークのレポートという体裁だ。

土地の人が口を噤む殺人事件をきっかけに、地図を広げて現地を歩き、偶然に出会った人の話に耳を傾け、その話に導かれて古老の体験談や機織り唄を採集し、すでに消えてしまった古道を探り出す。道は、明治維新以前から始まっていた生糸の密貿易に使われていた。横浜と八王子を結ぶ裏街道である。そこは、正史には決して書かれることのない、男と女の欲望や情欲や駆引きや陰惨な謀略の跡である。富国強兵を推進する近代日本の殖産興業の目玉商品である生糸をめぐって、男も女も野太くしたたかに生きた土地の記憶をたどる。

明治政府によって打ち出された国策のもとに、江戸から明治へ移る国家構造の変化を好機ととらえて抜け目なく躍動する商人の盛衰を、辺見は街道の生成と衰退に重ねている。そして、瞬く間に消えてしまった〈絹の道〉を掘り起こすのだが、学術的研究とは対照的に、自身の郷愁（＝思想）と繋ぎながら、一つの物語に仕立てている。『呪われたシルク・ロード』が読者を引きこむのは、そこに、筆者自身が内包する「民俗・風土・土俗」への深い郷愁が添うことによる。

時代に一本の道を見出すことと、自身の物語を紡ぐことが、重層的に語り出されているのである。埋もれた〈絹の道〉の探索を、辺見は次のように記している。

〈絹の道〉を考えることは、道よお前は一体何ものなのだ、と問い直し、迷い、模索することであった。〈絹の道〉を歴史の外に追いだし、忘却させたのは、文明の進歩ではなく、口ごもらざるを得なかったタブーの道であったからだ。近代日本の人々は、その道を、沢山の「おんぶおばけ」を背負って往き来していたのである。

（『呪われたシルク・ロード』）

「おんぶおばけ」の物語

道行く人が、誰も顧みることのない些事、あるいは目を背けて無かったことにして過ぎて行くもの、「おんぶおばけ」は、そのようなものの総称であろう。しかし、記憶は、過去の時間の闇に埋め込まれてしまったとしても、ふとした折りに、「過ぎゆきの記憶の種子」として自覚されるのであり、「拾いつつ」「語る」とき、ふいに「奔馬」となって物語を作り上げる力を秘めている。「おんぶおばけ」は、路上で何食わぬ顔をして、とりつく相手を待っているのかもしれない。

日なたくさきにおいにわれの坐りおればくらき声の根かたわらに立つ　辺見じゅん『雪の座』

わたすげの実りかかげて川昏らむいつより蔵《くら》はわれを招きし

辺見じゅんは、「くらき声の根」を聞く耳と、時間が堆積する「蔵」に招かれる郷愁によって、「おんぶおばけ」を拾い上げた。短歌が物語と結び創造を促す様を具現しているかのようだ。

V

北上川のほとり、渋民公園に大正十一（一九二二）年に建立された啄木の第一号歌碑がある。「やはらかに柳あをめる北上の岸邊目に見ゆ泣けとごとくに」の歌が、三行書きで刻まれている。文字は土岐善麿の提案により、当時の朝日新聞社の活字が使われたという。

盛岡市内をながれる中津川に架かる上の橋のほとりには、大西民子の歌碑がある。平成二十一（二〇〇九）年に建てられた。歌は「きららかについばむ鳥の去りしあと長くかかりて水はしづまる」で、こちらは民子自身の筆跡である。中津川は雫石川と合流して北上川となり太平洋に注ぐ。

啄木も民子も故郷を出て、今日にいう首都圏の東京や埼玉で没した。歌碑建立の是非については賛否がわかれるところ（ちなみに、善麿は歌碑建立という行為自体に意味を見ていなかった）だが、また、全国にどれほどの歌碑が建てられているのか知るべくもないが、建立にいたるには多くの人の並々ならぬ労力があるだろう。そこには、作者一人の人生や業績をこえるものが潜んでいるように思われる。建立の意味を考えてみようという気になる。

第一号啄木歌碑

平成三十（二〇一八）年は、日本歌人クラブ創立七十周年にあたるというので五回の記念シンポジウムが企画され、六月二十三日に、盛岡（以降、松山・大阪・東京・福岡と続く）で第一回目が行われた。五回の統一テーマは「短歌を次の地平へ」、盛岡でのテーマは「短歌は救済になり得るか」。基調講演「啄木が短歌に求めたもの」（三枝昻之）を受けつつ、多様な作歌の位相をめぐり、トークセッション（パネラーは三川博・千葉聡・梶原さい子、コーディネーターは今井恵子）を行った。盛岡あるいは東北という土地ならではの熱意あふれる交流であったと参加者の感想があった。前記の啄木歌碑の話は、翌日の文学散歩での見聞である。石川啄木記念館館長（森義真）の案内で常光寺・宝徳寺・歌碑などを巡り歩いた。現地に立ったときの発見の多さ、感銘の深さを今さらながらに実感した。

歌碑のたつ北上川畔は、渋民駅ができる以前に、啄木が、ここから好摩駅まで歩いたという場所である。今では盛岡をはじめとして全国にたくさんの啄木歌碑があるが、はじめて建立されたのは、北上川の岸辺。故郷の人々をはじめ、啄木のファンが啄木を語り継ぐ場所となった。

以前に来たときには、活字で彫られた文字が、近代短歌の一翼を担った啄木の「近代」をよく体現しているとは思ったものの、それだけだった。今回、岩手山と姫神山を望みながら、歌碑が朝日新聞の活字で彫られた経緯を聞いた。そうと知って見上げていると、文字はただ活字だというだけではなく、字体そのものに啄木の社会的時代的生活が潜むのだと思われてくる。歌碑は、歌を知らしめたり、業績を顕彰するという表面的な意味だけではなく、社会性を帯びたモニュメントだと知ったのである。そういえば、東京浅草の等光寺（啄木の葬儀が行われた土岐善麿の実家）の入口の啄木歌碑も同じ活字であったと思い出す。

盛岡周辺地域の歌人と一緒に、階段をおりて北上川に架かる鶴飼橋を渡る。足下に北上川の水音が響く。東北訛りの会話が聞こえてくる。小鳥の鳴声を、あれはカワラヒワだと教えてくれる人がいる。柳の枝が風に揺れている。何げない会話から、この地域の「やなぎ」は、正しくは「楊」であると知る。ほらあれです、と指さし教えてくれる人がいた。

「楊」の枝は枝垂れない。啄木が「柳」と書いたので、今では河畔に植えられた「柳」が、川風を受けて、青青と葉を揺らしているのだそうだ。こうして、わたしたちが「やはらかに柳あをめる北上の岸邊目に見ゆ泣けとごとくに」を読むとき、「柳」の風情が、歌に欠かせないイメージとなっていったのである。

小さな情報の一つ一つは、いかにも研究者好みであり、ことさらに言挙げするものではないが、いっぽう、歌の言葉の厚みは、このように現場に立って得た見聞の蓄積によって増すのだとも思うのである。言葉は、小さな経験の持続的な積み重ねによって膨らむ。

大西民子歌碑

大西民子にかぎらないが、民子世代の、つまり大正の末に生まれて、戦後、昭和三十（一九五五）年ごろに第一歌集を刊行した女性歌人たちについて、語られる機会が少なくなった。直接謦咳に接して是非とも次世代に手渡したいという熱意ある人が少なくなったのだろう。たとえば次のような名前が頭に浮かぶ。

火の要らぬ夜夜となりつつわが縫はむ註文服も柔かき色調となる　三国玲子『空を指す枝』
抽象的な人間と人に言はれしことまた思ふ夕餉のサラダまぜてゐて　大西民子『まぼろしの椅子』
みづみづしき林檎の皮をむき落す真白き皿はかくも美《くは》しき　富小路禎子『未明のしらべ』

この世代は、日本に家父長制が浸透してゆく時代に生まれ、洋服の仕立てや台所仕事は女がするものとの社会通念が強固な時代に育った。同世代の男たちには兵役が課されていた。家を守り国を守って戦う者として男には男の役割が、戦う男を支える者として女には女の役割があった。社会に生きる前提にまず、男女のゆるぎない役割分担が横たわっていた。誰もが、それを身につけて育った世代である。女は、家事一般を難なくこなす母たちを範型として成長した。家事をこなす女が自分自身にもどる時間や場所をもつこと、そして表現手段をもつということは、多くの困難をともなったはずである。社会的制裁を覚悟しなければならなかったろう。

女たちは、洋服の仕立てをしながら春の温かさに明るさを見出したり、「抽象的な人間だ」と（おそらくは知的言動を揶揄されたのだろう）言われた自己を台所でかえりみたり、剝き落される林檎の皮を受ける皿に美を感じたりして、それを短歌という小詩形で表現した。裁縫や料理は、今日ではカルチャー教室で習う趣味であるが、かつては、女に課された必須の家事であった。時代の潮流のなかで書き遺された身近な家事の意味は、急速に移り変わる時代にあまり理解されなくなったのだろうか。平成が終ろうとしている今、ますます過去の時間に埋没してゆくような感がある。

大西民子は盛岡で生まれ育った。盛岡の中津川のほとりの歌碑には、「きららかについばむ鳥の去りしあと長くかかりて水はしづまる」（『無数の耳』）の一首が刻まれて、平井丈太郎の作曲した譜面と共に建っている。毎年ここで、碑前祭が行われているという。故郷で息づいている民子は、優秀な地方公務員として辣腕をふるった才女とは別の顔をして、川のほとりに佇んでいるようであった。

東京三井本館の「くびれ部分」

過去となった時間は取り戻しようもないものだ。そして過去にとらわれすぎると発展がない。しかし、過去は、表面的には見えないかもしれないが、絶えず日常に大小の裂け目を作っている。それをとらえられるかどうかは、現在生きている者たちにかかっている。

過日、日本橋に行ったついでに辺りを散策した。再開発がすすむ中央区日本橋室町付近は、外国人観光客でにぎわっていた。二年後の東京オリンピックに向けて、東京の街はどこへ行っても工事中である。

散策の目的は、大正十二（一九二三）年の関東大震災後の三井本館増築計画に屈しなかった久能木商店があったという場所に立ってみることだった。三井本館は、江戸時代に越後屋のあった場所、日本銀行の斜め向かいにある。ここは團琢磨暗殺事件の現場でもあるが、それよりも、わたしは、甲州商人（金銭に細かく保守的、勤勉で行動力があり独立心が強いといわれる）の久能木商店の三代目久能木宇兵衛が、本拠地の増強を考えた日本最大の財閥三井の買収にめげず、居座り闘い続けたため、現在の三井記念美術館入口部分に、変形空間の「くびれ部分」を作ることになったという逸話に興味を覚えた。

建築史家・鈴木博之の著書『東京の地霊《ゲニウス・ロキ》』に詳しい経緯が述べられている。それによると「東京の町を見て、江戸以前から現在にいたるまで、ずっと同じ人が住みつづけている土地というのはほとんど見出せない」そうだ。三井本館の、「最高の場所での三百年というのは、東京の土地の歴史のなかで、ビジネスの土地の最長不倒記録ではなかろうか」という。結局、戦災にあって現在は三井の建物となっているのだが、それでも、強大な財力をほこった戦前の財閥を相手に、後世に残るほどの痕跡をとどめたのは、物語として痛快である。建物の「くびれ部分」を、そうと知って眺めると、歴史の奥深さに、わたしは感銘を覚える。痕跡は、歴史とは何かを考えさせる場所でもある。次のような記述がある。

都市とは、為政者や権力者たちの構想によって作られたり、有能な専門家たちによる都市計画によって作られたりするだけではない存在なのだ。現実に都市に暮らし、都市の一部分を所有する人たちが、さまざまな可能性を求めて行動する行為の集積として、われわれの都市はつくられてゆくのである。

（鈴木博之『東京の地霊《ゲニウス・ロキ》』「まえがき」）

『東京の地霊』のちくま学芸文庫版の解説で建築家・石山修武は、都市の歴史への鈴木の視点について、「都市という社会的現実は膨大な死者の歴史の集積によって成立している事が視えてくる。不思議だナア実に。この書物は都市という総合体を眺める歴史の股眼鏡のようなものだ」と、他の都市論と比較して、着想の斬新さを述べている。

視点の転換によって視えるもの

二〇一八年の盛岡のシンポジウムは、日本歌人クラブ創立七十周年記念行事の一つであったが、わたしはこれまで、日本歌人クラブの組織についても活動についても、あまり関心をもたずに来た。よく言われる、現代歌人協会は専門歌人たちの職能的団体であり、日本歌人クラブは歌人同士の懇親を目的とした団体であるという以上の関心を払ったことがなかった。七十周年だというので、ちょっと調べてみると、組織のイメージがずいぶん変わった。

日本歌人クラブの創立は昭和二十三（一九四八）年である。戦後復興が始まり、次々と短歌雑誌の復刊や創刊への意欲が高まったとはいえ、まだ、日本は占領下にあって出版物はＧＨＱの検閲を受けていた。第二芸術論が勢いをもっていたころのことである。

しかし各地には、短歌を通じた大小の団体が次々と生まれていたのであった。団体は激しく生まれたり消えたりしたが、やがてそれが、相互に連絡しあい、一つの組織に整備された。日本歌人クラブの創設を概括すればそういうことになるらしい。しかし、団体組織である以上、利害関係や短歌観の相違や信条の食い違いが生じ、力の駆け引きや分裂が生じるのは止むを得ないところであった。昭和三十一（一九五六）年には、文学的理念を高く掲げて現代歌人協会が設立されたのである。

以来、二つの歌人組織は、前述のような特色をもって棲み分けて来たが、役員選挙の方法や賞の設定など運営の仕方には共通項がかなりある。両者のもっとも大きな違いは創立の動機にあるだろう。日本歌人クラブは自然発生的に生まれた集団の組織化をはかったものであり、現代歌人協会は中央の短歌活動へ働きかけて短歌の文学的高揚を目指した。

日本の近代化は、中央からのトップダウンによって押し進められた側面が大きい。それは、より中心へ、より高いものへという心性を培ったから、前述の両者の大雑把な特色は、エリートと大衆というような区分けに近いイメージで捉えられたかもしれない。
しかし、今、ちょっと立ち止まってみてもいい。

考える場所、感じる場所

次のような窪田空穂の記述がある。

　理解はしているが、しみじみ感じてはいないという事は、その物を手のうちに摑んではいないという事である。言いかえると理解という程度では、まだ人の物である。感じるという段になって、初めて自分のものになるのである。単に理解しただけでは、何にもならない。と言っても過言ではない。
（窪田空穂『作歌問答』）

大正四（一九一五）年、空穂は会心の歌集『濁れる川』を出版した。「理解」より上位に「感じる」があるのだという認識は、歌集の抒情を支えるものであろう。空穂の念頭には「アララギ」の写生があった。もちろん、短歌は抒情であるとはいっても、事実や描写という写生すべてを排するわけにはいかないが、「理解」すなわち主知は、「感じる」すなわち主情にいたる入口であるという主張である。

啄木や民子の歌碑の前に立つとき大事なものは何か。三井本館の「くびれ部分」を知ったときはどうか。また、現代歌人協会や日本歌人クラブなどの団体組織の歴史を繙くとき、わたしたちは何を考え感じられるのだろうか。本章で述べてきた三つは、わたしの身の周りの近時の出来事であるが、気分の上では、それぞれ短歌作品の比喩、あるいはイメージである。

歌碑は、自分勝手な価値観や個人的利益を満足させる俗物的代物だという考え方もある。偉人の業績を誇示して、あたかも自分たちが偉いかのごとき感慨に浸りたいのだという人もいる。歌碑にもいろいろあって、このような否定的歌碑観も一概にしりぞけられないとも思う。が、それにもまして、わたしたち後から来る者にとって、その前に佇むことができる場所ができることは、大切なことと思われる。

歌碑が、故人（＝個人）を偲んだり、業績を讃えたりするだけではつまらない。それは空穂の言葉でいうなら「理解」の段階だろう。前に佇む人がその場所において、主体的に作品の言葉を「感じる」ことこそ歌碑の意味というものだ。

仮に、長い歳月の後、作者が忘れられて詠み人知らず同様になってもなお、その場所に残る歌（＝言葉）があることを想像してみる。何だか嬉しい。新しい物語が生まれるかもしれないのである。

二〇一七年七月二十八日、異例な進路をたどる台風の接近する中、竹柏会「心の花」の一二〇周年記念祝賀会が開かれた。鼎談、講演、シンポジウムと、とても充実したプログラムの内容に、老舗短歌結社竹柏会が内蔵する持続の力を思った。

竹柏会の結社理念は「ひろく、深く、おのがじしに」である。「おのがじしに」という個性尊重は、濃淡はあれ、現在多くの結社に受け容れられているだろう。今日のインターネット時代には、ますますそうならざるを得なくなっている。対して「ひろく、深く」は、言うに易しいが、「ひろく」と「深く」の双方の均衡をとりながら結実させるのはなかなかむずかしい。「ひろく」を目指せば表層的になりがちだし、「深く」と思えば偏狭に傾く。二つを同時に成してゆくのは、長い時間の持続と、営為の蓄積が必要とされる。「心の花」の特色は、「広く」、すなわち水平方向に外部を遠望する視野と、「深く」すなわち堆積した時間を垂直に掘り下げる洞察をもっているところにあるだろう。「ひろく」と「深く」について、近年刊行の、岩田正『柿生坂』と北沢郁子『満月』の到達を考えたい。いずれも大正生まれの作者の歌集である。

北沢郁子『満月』

切られても伸びつづけたる竹煮草つひに絶えたる跡に来て見つ
欅木の黄葉のなかを一葉一葉丹念こめて散りゆく落ち葉

北沢郁子『満月』

北沢郁子は大正十二（一九二三）年生まれ。青少年期を戦前戦中に送り、価値観や社会秩序が一変した戦後民主主義の時代を生きた。大西民子や富小路禎子とともに、芯の強い自立した女性歌人の一人として知られている。右の歌が収録されている『満月』は、九十四歳を迎えた平成二十九（二〇一七）年の刊行である。

一首目は、写実とも比喩的な暗示を含んだ歌ともとれるが、いずれにしても、上句の、竹煮草からすれば無惨な仕打ちの終焉を、四句「つひに絶えたる」というばかりでなく、結句「跡に来て見つ」とさらに確認している。ここには、かつて伸びようとして懸命に生を保っていた竹煮草を回想する以上の、酷薄さすら感じられる目線がある。見尽くす意志といってもよいだろう。

二首目は、「丹念こめて」に万感がこもる。美しい秋の黄葉の中に繰り広げられる生の酷薄を、そこから目を背けずに描く。この歌も、写実とも比喩的暗示を含んだ歌ともとれる。

二首に共通する見尽くす力に注目したい。「写実とも比喩的な暗示を含んだ歌」と感じられるのは、写実を突きつめてゆくと抽象に至るという絵画の方法を思い起こさせる。北沢は「さびしめるわれの背後にあたたかくかばふごとく立てるその人を知らず」（『その人を知らず』）のように、初期から寂しさを歌い続けてきた。引用の歌を読むと、寂しさの内容の違いが明らかだ。

岩田正『柿生坂』

「あなにやし」よき語「すつぴん」「すつぽんぽん」自在で俗で美《うま》し日本語

笑つてるなんでと言はれはつとする老いわれにまだ笑ひのこれり

岩田正『柿生坂』

岩田正は大正十三（一九二四）年生まれ。兵役経験がある。作歌から離れて短歌評論に専念していた時期があり、歌作を再開してからも、状況論的な社会観察の目が、歌にも現れる。歯切れ良い言い切りの弾みが、悲惨を歌っても決して絶望にいたらない。『柿生坂』は、没後の平成三十（二〇一八）年刊行され最終歌集となった。

一首目は、日本語の麗しさ。「自在で俗で」に作者の価値観がみえる。とくに「俗で」。「俗」は、「雅」の対義語だから一般には「雅」を否定しているとも解せるが、岩田正の「俗」は、民衆のもつ湧きあがるエネルギーをいうのである。硬直した善悪美醜にこだわらず、柔軟に何でも呑み込んでゆく言葉の力強さを賛美している。これは戦後の民衆短歌論に深くかかわる問題でもある。

二首目は、他から指摘された「笑ひ」によって、「老いわれ」に明るい希望を見出している。作者は他者のいる、あるいは他者の気配のする場所にあって、他者との交流によって新しい「われ」を発見した。

『柿生坂』には、「長寿者の話に耳を貸すなかれ半分忘れ半分は嘘」「紙鉄砲うちてあわてて肩竦めるいたづら好きのこのおばあさん」など、周囲の老いを材に、嘆きや立腹や喜びが次々に打ち出される。パチンコ玉が飛んでくるようで楽しい。いっぽうに深い老いの自覚がありながら、深みにずぶずぶと足を踏み入れることがない。踏みとどまる。天性の向日性とも言えるが、それだけではない。

高齢化社会が引き起こす社会問題が声高に議論されている。それはそれで問題だが、人類の直面したことのない高齢者の歌には、これまでになかった何か新しいものが確実にある。

「奴隷の韻律」の後

第二章「短歌の声について」でも触れたが、短歌界で小野十三郎の名前は、昭和二十三（一九四八）年の「八雲」に発表された「奴隷の韻律」によってよく知られている。短歌様式に、主体性を無自覚に預けてしまう危険性を警告し、さらに文芸の外に広く深く浸透している「短歌的抒情」への生理的嫌悪感を述べていた。

「奴隷の韻律」では、「あの三十一字音量感の底をながれている濡れた湿っぽいでれでれした詠嘆調、そういう閉塞された韻律」という一節がよく引用される。しかし、小野は前登志夫との対談「言語と文明の回帰線」（「短歌」一九七二年十二月号）で、ここからは想像しにくいことを語っている。

「奴隷の韻律」から二十四年後のことだ。前登志夫の歌集『霊異記』が三月に刊行された年である。

かなしみは明るさゆゑにきたりけり一本の樹の翳らひにけり　『子午線の繭』

さくら咲くその花影の水に研ぐ夢やはらかし朝《あした》の斧は　『霊異記』

前登志夫は大正十五（一九二六）年生まれ。「二十代の情熱のほとんどを、現代詩に注いでゐた」（『子午線の繭』後記）。前は、みずから「異常噴火」と称する言葉の迸りを経て、「ぼくの歌ふべき最後のものは何か、といふ認識は、ぼくの生とともに存在する定型の繭それじたいをほかにしてはない。宇宙的な全体をふくみ、恒なるものの棲家たることばそのものである」（同前）といった。言葉と定型と自己の存在の位置関係を説明してみせた。

『霊異記』は、「山霊を歌う歌人としての作風が確立し、七〇年代におこったいわゆる土俗短歌ブームの中心的な役割を担う」（『現代短歌大事典』前登志夫の項・日高堯子）こととなったといわれる第二歌集である。吉野の山を舞台にした山の生活を歌った右のような前登志夫の短歌世界に注目が集まった。

一九七〇年という時代

昭和四十五（一九七〇）年、万国博覧会が大阪で開催された。アジアで初めて開催される国家イベントとして、東京オリンピックが各方面に多大な興奮と影響を及ぼしてから、わずか六年後のことである。また、この年には川端康成がノーベル文学賞を受賞し、戦後日本の成長を強く人々に印象付けた。しかしまた一方で、光化学スモッグやヘドロといった公害問題など、近代産業によってもたらされた負の側面も顕在化していった。三島由紀夫の割腹自殺、よど号ハイジャック事件もこの年の事件として忘れられない。七〇年代の日本は、国際社会へ飛躍拡大する表向きの繁栄とともに、激しく変化する状況の中に生きる人間が、抱き込まざるを得ない矛盾や懐疑を孕んでいた。時代は、そのようなものへ深く潜行する新たな手掛かりを求めていた。

ちなみに、この年にわたしは大学に入学した。目の前に起る出来事も、自分をとりまく状況も、意味を十分に把握する力のない小娘だったが、ミーハー気分で万国博覧会を見に行った。暑い中で何時間も長い列に並んでひどく疲れた。けれども、後年になって振り返るとき、お祭り広場で、丹下健三の大屋根を突き破る岡本太郎の太陽の塔の、得体の知れない力の相克を見たという記憶が生々しく蘇る。それは、万国博覧会のお祭り広場という場所に具現化された、時代を象徴するモニュメントだったと思われる。

太陽の塔

岡本太郎は、第二次世界大戦までフランスで青年期を送った。帰国時の日本文化の印象を、次のように記す。

ながいあいだヨーロッパに暮らして、世界の非情でたくましい、さまざまな伝統に慣れてきた私は、帰国いらいふれる日本の文化、ことに「伝統」などというレッテルのはられたすべてが、ひどくよわよわしく、陰性であるのにがっかりしたものでした。

（中略）

その私が思わずうなってしまったのは、縄文土器にふれたときです。からだじゅうがひっかきまわされるような気がしました。やがてなんともいえない快感が血管の中をかけめぐり、モリモリ力があふれ、吹きおこるのを覚えたのです。たんに日本、そして民族にだけではなく、もっと根源的な、人間にたいする感動と信頼感、したしみさえひしひしと感じとる思いでした。

（岡本太郎『日本の伝統』）

ル・コルビュジエのモダニズム建築様式を日本に根付かせ、「世界の丹下」と評された建築家の設計する大屋根を突き抜ける太陽の塔の話は、岡本太郎を語るうえで、よく知られたエピソードである。「世界の」は、他にも「世界の小澤」とか「世界の黒沢」というふうに使われる冠言葉だが、当時の人々が「世界の」と冠するとき、そこには日本にだって世界（＝欧米先進国）に肩を並べられる権威がいるのだという、誇らしい心持が濃く寄り添っていた。

万博が終わり各パビリオンとともに大屋根は取り払われたが、お祭り広場における丹下健三と岡本太郎の力の相克は、一九七〇年代の日本をめぐる論議そのものであった。日本人による日本人論が活発になった。

今は、太陽の塔だけが丘の上に残っている。「人間にたいする感動と信頼感」を力強く呼び起こそうとするかのようだ。

対談「言語と文明の回帰線」

こうした時代背景をもって、前登志夫と小野十三郎の対談「言語と文明の回帰線」は行われている。二十余年前には、短歌的抒情を嫌悪していた小野が、現代詩から短歌へ移行した前の作品世界を読み解き、詩歌発生の端緒を探っている。

対談のはじめ、小野が、前の暮す山中の生活を、「現代社会とか、いまの体制にたいするやっぱり一種の抵抗ですよ。（中略）単にこもっているんじゃないということね」と理解をしめし、前は、「山に住むことは回帰であると同時に、私にとってはかなり意志的な脱出でもあるわけです。ですから杉山の風も蟬の声も、すべてせいいっぱいの文明への告発にちがいないのです。でなかったら、歌に書く根本衝動が出ませんわ」と応じている。

前が、山中の自然を歌うとき、そこには社会や体制に対する「抵抗」や「文明への告発」が、大きく横たわっているというのである。この「抵抗」や「文明への告発」が、先に述べたような一九七〇年代の、日本の時代状況を指していることは明らかである。

さらに、話題は言語の二つの機能に移る。「指示伝達の手段としての機能」と、「自分の存在を確認していくためのことば」である。二つは、それぞれ、伝達＝社会的＝外部性と、創造＝個人的＝内面性と言いかえられよう。「心の花」の掲げる「ひろく」と「深く」にも通底する。簡単に分けられるものではないが、そう考えると、小野十三郎は「ひろく」に、前登志夫は「深く」に、詩的根拠を見ているようだ。前の、次のような発言がある。

無意識的な自然、こういう一つの庶民の情念のかたまりみたいなものが歴史を動かす実体であったと思うんです。そういうものをいま表現の形で文明にスパークさせている最も強い力というものは、現代詩でもなければ俳句でもない。やはり短歌だと思う。

（「短歌」一九七二年十二月号）

お祭り広場の太陽の塔を髣髴とさせる発言だ。岩田正が、斎藤史、山中智恵子、前登志夫、岡野弘彦、馬場あき子の歌を引きながら、「土偶歌える」を書いたのは、この対談の翌年のことだった。

時間の溜まっている場所

彼処にはジギタリス咲くある夏の豪雨のなかに見しは忘れず　　北沢郁子『満月』

座敷わらしに久しく会はねばなつかしと思へどかつて会ひしことなし　岩田正『柿生坂』

主題は時間である。生きて来た時間がもたらした場所でありイメージである。実在のものかどうかが問題なのではなく、生きた時間の集積として、ここに言葉がある。

近来の合理主義と現実主義は、文学、なかんずく短歌の世界にあっては、その生活性と日常性への、あくなき傾斜が、文学を平面的な浅い報告性の中に埋没させてしまっている。わたしは不可知論をよしとしているのではない。私には民俗的なもの土俗的なものへの指向が、白日のもとに曝されてもはや人の耳目を惹かなくなった日常的生活的詠嘆の場から、もっとふかみのある場へと、短歌を置き換える有力な契機と思われてならないのである。

（岩田正『土俗の思想』あとがき）

岩田は、土俗や民俗による、短歌の日常的生活的詠嘆からの脱却をはかったのだった。今日では「平面的な浅い報告性」はとどめようのないものになった。しかし、もう一度、時間の溜まっている場所を歌の原動力とするために、民俗や土俗は考え直されてよいと思われる。

Ⅶ

短歌は「詠嘆」の形式であるという斎藤茂吉の論を引きながら、佐藤佐太郎は次のようにいう。

斎藤先生のいう「衝迫」というのはつまり、生命の律動、感動であるが、「衝迫」にはもともと言葉がない。しかし言葉を持たないが、それは内部から聞こえる声である。その声が捌口を求めて、表現の欲求によって言葉に翻訳されるのである。言葉のない「衝迫」が言葉に翻訳されるということの中に詩が純粋な形として「詠嘆」であり「告白」であるべき性格がある。（中略）詩の原形（内容）となる「衝迫」は単なる渾沌ではなく、詩として深められた感情であり、渾沌の中に世界を蔵しているものであることは既に言った。（『短歌を作るこころ』「純粋短歌」の章）

文中の「言葉に翻訳される」には、わたしは抵抗感を覚える。「翻訳」は、既に形をもった意味内容を別の手段に置き換えるというものだ。言葉を、意味内容を盛る手段としてとらえている。短歌は、「翻訳」ではないだろう。しかし、この一節は、「衝迫」が表現に結びつく段階がわかりやすくイメージ化されている。佐太郎の「純粋短歌」をコンパクトに説明している。

佐太郎の言に従えば、個々の作者の中に、たとえば地中のマグマのようなものがあり、時としてそれが表現を促す。そこに言葉や形式が求められるということになるが、ここで注目したいのは、「衝迫」が「単なる渾沌ではなく、詩として深められた感情であり、渾沌の中に世界を蔵している」という点である。とくに「深められた感情」が重要である。さらりと言っているが、「詩」は言語化できないものだから、さらりとしか言えないのである。それは秘密の扉のようなもので、「詩」の不可思議はいつでも暗黙の了解の中に様々な表情をもっているのである。

ところで、佐太郎の「純粋短歌」は、「作者」の存在が疑いのない前提となっている（もっとも、それは近代短歌以来のことで佐太郎にかぎらないが）。佐太郎にとっての作品は、作者から生まれるものであり、その作者は、身体をともなって時間や空間を貫いて生きる人間として思い描かれているようだ。

現代は、「人間」「身体」などの定義が問い直され更新されざるをえない時代である。しばしば採り上げられる臓器移植やＡＩの話題は、「人間」とは何か、「身体」とは何か、という問いを生活のあらゆる局面でわたしたちに突きつけてくる。経験を溜める場所としての「身体」について考えたい。

藤田嗣治歿後五十年展

藤田嗣治の歿後五十年展があるというので見に行った。できる限りの作品を一堂に集めたという。大規模な力のこもった展覧会であった。

藤田というと、丸眼鏡の自画像や乳白色の裸体やアッツ島やサイパン島の戦争画が思い浮かぶ。藤田の代表作になっているそれらの作品を繋ぐように置かれた、習作期の小品や下絵、乳白色とは対照的な原色の作品など、これまで知らなかった作品を見ていると、藤田の独特の手法が、西洋で話題を呼んだ必然を少し理解できるような気がした。

藤田は、東京美術学校で西洋画を学び、大正二（一九一三）年に渡仏してパリに住んだ。日本に輸入された西洋画と、パリを中心に新しく起ってきたキュビズムやフォービズムの現場との落差に衝撃を受けながら、面相筆（日本画で、人の輪郭、眉など細い線を描くのに用いる、穂先のきわめて細長い絵筆）で輪郭線を描く、独特の乳白色の裸体画を生みだし、パリの画壇で高い評価を得た。

猫と裸体と自画像

展覧会場を見て回ると、わたしが思い描く印象派以後の西洋画に比べて、藤田の乳白色の作品はとても平面的に感じられた。描かれている人と物（皿や机や眼鏡など）、人と動物（猫や犬）、人と人は、遠近法で描かれる絵を見慣れている目には、見る者の視線を一点に収斂させることをことさらに忌避しているように感じられた。視線がカンバスの一点にとどまることなく動くように仕組まれている。たとえば「猫のいる自画像」（一九二七年）。白い壁の前で机上の白い紙の上に手を置き、右手の指に面相筆を挟んだポーズで白いシャツを着た藤田の自画像である。絵の前に立つと先ず、おかっぱ頭の黒髪が、黒い塊として目を引き、輪郭線で描かれた身体へと視線を動かす。細密に描かれた猫が肩越しにこちらを見ている。自画像であるから、丸眼鏡をかけた「自分」が中央にいる。しかし、その

「自分」は表情がなく輪郭化され、身体には重さが感じられない。淡く塗られたセピア色を介して、カンバス全体は、白と黒の対照である。視線は、画面から浮き上がるような黒、つまり頭髪と、猫の顔と、机上の硯で構図をなしている三角形を行ったり来たりする。

そのような観点に立つと、藤田の乳白色の手法は、立体から平面へ、存在から関係へ、個人から状況へと移行する時代の潮流を色濃く反映していることがわかる。ピカソやブラックのキュビズムが、人や物を多視点的にとらえたのと対照的に、藤田は、人や物を、状況から切り離した個々のものとしてではなく、置かれた場所における関係としてとらえようとしている。

展覧会図録の解説に、「藤田未亡人の君代氏が生前、藤田の名前はレオナール・フジタと記載し、作品は日本人の画家とではなく、欧米の作家たちと一緒に陳列してほしいとしばしば語っていた」（尾﨑正明）とあった。日本の面相筆を使った輪郭線が主張する手法（＝思想）は、欧米の絵画の流れに置いてこそ精彩を放つと言っている。合点のゆく要望である。

「絵」と「画」

わたしたちは「音楽や絵画」と一言で括ってしまうが、「絵」「画」にはそれぞれ次のような由来があるという。

「繪（絵）」の字は、「糸」と「會」からなり、五色の糸をあ（會）わせて縫模様をすることをいった。つまり「繪」の字には、色彩をもつことが属性として字義に内包されているのである。一方「畫(画)」の字は、もともと田の界を作ることに発し、田の下の「一」は限界、「聿」は「筆」の本字で、界をしるすことを意味した。これから、分ける、はかるといった意味が生まれ、絵画に転じると、種々に区分して物の形を写すことを言った。(中略)
こうした字義の状況は、歴史的に色彩中心の大和絵系の作品に「絵」、水墨を中心とする漢画系には「画」の字が多く使われてきたこととも符合する。

(佐藤道信『〈日本美術〉誕生——近代日本の「ことば」と戦略』)

「絵画」が色彩と形でなることは誰でも知っている。しかし、一人一人の画家が、色彩と形のどちらに傾いているか、その傾きが如何なる思想を反映しているかを考えることは、一枚の作品の前に立つとき、重要である。

輪郭線を消す意味

わたしが色彩を意識した初めは、子どものときの一つの出来事である。
小学校の教員だった父は、箱根の職員旅行に就学前のわたしを連れて行った。子どもを預ける場所がなかったのである。参加した教員たちは大人たちだけで麻雀に興じ大いに楽しんでいた。子どもはわたし一人。父は、そこで絵でも描いておれとばかりに、持参した画用紙とクレヨンを渡し、麻雀の輪に入らない若い先生に、「君、この子に絵を教えてやってくれ」といった。その先生はしかたなさそうに、わたしを窓辺に連れて行き、向うに見える紅葉の始まった山を指さして、二十五色のクレヨンの中から、山にある色を取り出してごらんと言った。わたしが一本ずつ机の上に並べると、先生は、画用紙の上に色を置き、塗ってみようと言った。輪郭線を描く前に色を塗る初めての体験だった。そののち暫くの間は、塗り絵のように輪郭線の中に色を流し込む描き方は、とても子どもっぽいのだと思い込んだものだった。

物や人から輪郭線を消す、すなわち意味内容を境界線から解放することは、作者（＝人間）の意識の束縛から、物や人を解き放ち自由に息づかせることであった。セザンヌやゴッホやゴーギャンの目指した方向であり、写生写実を根幹とした日本の近代以降の図画教育は、その流れの中にあったといえようか。大和絵や水墨画に見るような輪郭線を取り払ったのである。

輪郭線の復活

輪郭線の解消を試みた横山大観や菱田春草が、画壇から「朦朧体」と呼ばれ揶揄されたことを思い浮かべても、近代日本美術史のなかで西洋画の手法を取り入れることは簡単なことではなかった。平面から立体へ、関係から存在へ、状況から個へなど、思考回路の転換を図らねばならなかったからである。

日本の西洋画に、それが行き渡る頃、藤田はパリで輪郭線を復活させた。それはただの輪郭線ではなく、人間や事物の、個々に盛られた過剰な集中を御破算にする表現だったのではないだろうか。

佐太郎の歌

それでは、近代以降の短歌で絵画の輪郭線にあたるものは何だったのか。すぐに思い浮かぶことの一つは、言葉がどうしても負わなければならない意味の規定、もう一つは短歌定型という枠組みである。

近代短歌を旧派の和歌と引き離す要因の一つに、伝統継承の美意識からの解放を考えるとき、本節冒頭に引用した佐太郎の一節を思い出す。

やや牽強付会かとも思うが、佐太郎が文中で、「表現の欲求によって言葉に翻訳される」というのは、言葉で輪郭線を引くことに似ているとわたしは思う。その後に急いで「詩として深められた感情」の一文を追加しなければならなかった理由がここにある。輪郭線（＝形）だけでは「詩」とはならず、「深められた感情」が必須であるというのである。

薄明《はくめい》のわが意識にてきこえくる青杉《あをすぎ》を焚《た》く音とおもひき　『歩道』
地《つち》ひくく咲きて明らけき菊の花音あるごとく冬の日はさす　『帰潮』

佐太郎の歌った「音」である。自歌自註によれば、前の歌は「説明を排して強く言うのが詩である」と、後の歌は「初冬の日光について『音あるごとく』と言ったのが平凡でないだろう」という。『歩道』の刊行は作者が三十一歳、『帰潮』は四十三歳だった。並べて見ると、おおよそ十年間の作者の彫琢がうかがえる。

前の歌は、発表時に評判がよかったらしい。「意識」「青杉」が、佐太郎らしく着想に鮮度がある。が、後の歌と比べれば表層的。歌一首が説明だともいえる。後の歌は、自註で「平凡でない」という以上に、「音あるごとく」に含蓄が感じられる。視覚を聴覚に転化するといえば、それらしい説明になるが、そういう短歌マニュアルでは得心できない鋭い感覚の動きがある。これを佐太郎は「深められた感情」といったのだろう。それでは「感情」はどうすれば「深められる」のかという問いは愚問だ。短歌入門書を読んでもそういうことは書いていない。

時間の堆積としての老い

急速に少子高齢化がすすむという予想が報じられるたびに、子どもは掛替えのない貴重な存在で、高齢者は何か対策を考えなければならない困り者、あるいは敬して遠ざけるべきものという抗しがたい暗黙の了解が濃くなる。誰が発しているのでもなく何となくそこに出来ていると感じる禁忌が、個々の発言を妙に歪めている。わたしたちは、誰かが感覚や感情や意味概念を言語化（＝分節化）すると、安心してそこに内容を流し込む傾向がある。つまり既にある輪郭線の形のなかに、自分の色を塗って、そこに自分の居場所を見出す。しかし、短歌における「詩」、佐太郎のいう「深められた感情」は、自分の中に時間をかけて溜めてゆくものであろう。佐太郎の「音あるごとく」は、瞬間の発見のように見えて、体験による練磨の堆積が作り出したものを見る目がある。確かに高齢者の身体は衰弱して助けが必要だが、衰弱した身体には、豊かな体験が積み重なっている。百年の生が珍しくなった今日、それは未開拓の生の形であるといえる。

しやんと立つ今日の背骨を愛《いと》しまむ一人前の人体として
日に映ゆる草紅葉すつぽり影に入れかがやきてあれわれの臓腑も
　　　　　　　　　　　　　　　　　　　　　　　　春日真木子『水の夢』

けさ生《あ》れて土より上る一ミリのまひまひ一ミリの貝負ふあはれ
　　　　　　　　　　　　馬場あき子「文藝春秋」(二〇一八年九月号)

あさがほの葉にのせやれば安らぎてそのまま眠る小さきまひまひ
あそぶ風葉ずれ囀り人の声きこえねばつねに雪の夜のごと
椅子のきしむ音が誰かに呼ばれゐる声にきこえてまたも振りむく
　　　　　　　　　　　　　　　　　　　　　　　　橋本喜典『聖木立』

それぞれの作者の近年の歌を拾った。春日真木子の「背骨」「臓腑」に示される身体は、自立した一個の人間として生きたいという願いや、現在に至るまで生きて来た矜持と自愛の思いが艶やかに感じられる。馬場あき子の「まひまひ」に発する「あはれ」には、小さな命への愛惜が横溢して感じられる。橋本喜典の聴覚障害の悲しみは、高齢のもたらす世界の様相を描いている。これまで生きて来た世界と隔絶してしまった自己の置かれている場所を歌っている。

このようにして今、高齢者たちは、「詩として深められた感情」の歌の領域を広げている。時間を溜める（＝老いを深める）場所としての「身体」の未踏の領域である。

第五章　和文脈の中の〈私〉

I

「和文脈」は、短歌の中核にあって、短歌なるものを規定しつづけているものとわたしは考える。しかし、本書の副題に「和文脈」を掲げておきながら、これまで一度も「和文脈」という語を使わなかった。短歌を短歌たらしめているものを「和文脈」によって明らかにしたいのだが、それは、定義しようと図ったとたんに、するすると手の内を抜け落ちてしまう、捉えどころのない不可思議な短歌の生理であるように思われるからだ。その不可思議さゆえに、追い続けるしかないのであるが。

短歌を語るとき、わたしたちはしばしば、歳時記に集められるような語彙、新聞紙上を賑わせるような事象、人間いかに生くべきかというような人生論、生活の内におのずから湧き出る喜怒哀楽などを話題に掲げ、短歌の生理を追いかける手立てとしてきた。「桜はどう歌われたか」とか、「3・11の歌」とか、「厨歌の再評価」とかいうように。それらを繰り返し歌い語りながら、時代時代の言葉と定型の特色を作ってきた。

しかし、短歌を短歌たらしめているものの理解は、短歌だけを視野においてできるものではない。日本文化、日本語、日本の歴史への理解、また、科学や哲学や言語学や民俗学など他分野への幅広い理解が必要になる。短歌は、ときに、あらゆるものを呑みこんでしまう底知れなさを秘めた、日本語の詩としての綜合的な精神活動である。だから千三百年という長い時間を生きのびてきた。近代以降、たびたび滅亡論を生みながらも、まだわたしたちは短歌を捨てていない。

長い歴史は、短歌が、日本の美質を体現する素晴らしい表現形式であり、手軽で分かり易く感情や経験を盛りこむに有用であるというだけで生きのびてきたのではないことも想像に難くない。不用意に踏み込んではならない深い闇を抱えてもいる。そのことも常に意識していたい。

短歌の総体を覆う生理は茫漠として、遠く山容を望むようなものだが、その一面を「和文脈」という語でとらえてみたいと思うのである。

鉄幹と晶子

1　われまどふこれかりそめかわれまどふ終にわりなの忘れがたなの　『紫』

2　われ忘れずうすき月夜を池にそひて二人めぐりしひともと丁子《ちやうじ》

『みだれ髪』

3　髪五尺ときなば水にやはらかき少女《をとめ》ごころは秘めて放たじ
4　なにとなく君に待たるるここちして出でし花野の夕月夜かな

与謝野鉄幹の『紫』は明治三十四（一九〇一）年の刊行である。晶子の『みだれ髪』も同年の刊行。近代短歌の嚆矢となった、鉄幹と晶子の歌を改めてこのように並べて見ると、二人の文体の違いに注目しないではいられない。鉄幹と晶子は干渉しあいながら、対照的な文体をもって近代短歌史に現れる。

1は、「この恋はかりそめのものかと思い悩む。途方に暮れるばかりの忘れ難い人である」、2は「ほんのりと月のさす夜に二人で巡った池のほとりの一本の丁子の木さえ私は忘れられない」という歌意。主語、述語、目的語がはっきりとしている。対して、3は「長い髪を水に解いたときのように柔らかい少女の恋心は胸の奥に秘めて明かすことはない」、4は、「あなたを思っていると何だか貴方が待っているような気がして出てきたら花野にうつくしい夕月が上っていた」の意味で、主語が示されていない。

短歌は一人称で詠まれるとよく言われる。1〜4も、その意味では一人称の歌といえる。しかし、1と2は主語が「われ」と表記され、3と4は言葉としては出て来ない。一首の中に「われ」が表記されるかどうかは、とても大きな問題だ。

1の「われまどふ」、2の「われ忘れず」で始まる文体は、わたしたちに、中学の教科書で「子曰く学びて時に之を習ふ」などと習った漢文体を思い起こさせる。文頭に主語を置き、主語、述語、目的語の語順をとる。自他の区別は明瞭に意識されている。1と2が漢文体であるとすれば、3と4は和文体といえる。主語はあるようでなく、ないようである。あいまいである。「少女ごころ」を秘めている人や「君に待たるるここち」を感じている人は、第一義には作者だと考えられるが、そのとき想定される「われ」は、1や2で明示されている「われ」のように、他と明確に区別された「われ」ではない。それは、歌の読者が、恋の情趣を容易に仮託できる物語の主人公といったものだ。1と2の読者は、一人の「われ」(＝自己)と対面する。3と4の読者は、物語のなかに同化してゆく。

正岡子規の「われ」

5　吉原の太鼓聞こえて更くる夜にひとり俳句を分類すわれは

6　いにしへの故郷人のゑがきにし墨絵の竹に向ひ坐すわれは

『竹の里歌』

明治三十七(一九〇四)年に刊行された正岡子規の『竹の里歌』の「明治三十一年」の項に、「われは　八首」がある。八首すべて結句が「われは」で終っている。そのうちの二首を引いた。「われ」に対する子規の強い関心が窺える。「楽しそうに遊ぶ吉原の太鼓がきこえてくる深夜に独り俳句分類をしている」自分、「同郷人の描いた竹の墨絵を見ている」自分という「われ」の意味内容に注目するのはもちろんのことだが、ここでは、結句の「われは」に試みられている短歌表現上の工夫について考えたい。

結句を「われは」で終るというような、一首の或るフレーズを固定して歌った群作は、すぐに橘曙覧の「独楽吟」を連想させる。「たのしみは珍《めづら》しき書《ふみ》人にかり始め一《ひと》ひらひろげたる時」とか「たのしみは妻子《めこ》むつまじくうちつどひ頭《かしら》ならべて物《もの》をくふ時」など、「たのしみは……時」の枠の中に、内容を書き入れてゆく歌の作り方である。子規は、『万葉集』以後の優れた歌人四人のなかに、源実朝・田安宗武・平賀元義とともに橘曙覧を数えている（『墨汁一滴』）。表現上の影響は当然のことと思われる。「われは　八首」は、曙覧の作法に触発された子規が、結句に「われは」を据える形をもって「われ」の表現方法を探ったものといえよう。

5・6は、1・2のように、読者に「われは……」と自己をいきなり対面させるのではなく、「吉原の太鼓聞こえて更くる夜」「いにしへの故郷人のゑがきにし墨絵の竹」というように、場所や時間や事象を目の前に描きだす。いわば舞台装置の設えられたところに、「われ」が登場してくる趣である。あたかも、和文体に漢文体を包摂させようとする試みのように思われる。それは、遠い昔、日本語の文章として和漢混淆文体が成立した過程に似ていないだろうか。

「文体」の定義

「文体」という語も厄介だ。多くの場合、筆者によって意味する内容が多様で、しかも細かい定義なしで文中に使われているからだ。文学芸術の分野の評論ではよくある。「漢文体」「和文体」「和漢混淆文体」と書いた。これは、本来、「文体」とは何かが明らかになっているという前提がなければならない。しかし、あまりそれに拘ると、隘路に迷う事態となる。ここでは簡単に触れたい。

「文体」を定義することは容易ではない。ここではさしあたり、文章の意味内容ではなく、その形式的な性質のなかで、文法的性質を除くものの総体を指すものと考えよう。文法的性質は、すべての文章に共通である。文体は、一つの文章と他の文章を形式的に区別する。この定義は、漠然としているが、包括的で、たとえば「適当な語を適当な場所に措く」のがよき文体であるというたスウィフトの定義と、矛盾しない。また文体を分けて「和文体・漢文体・和漢混淆文体」とするわが国での慣用（英仏語にいうstyleの用法とは少しちがう）とも、折り合う。

（日本近代思想史大系『文体』加藤周一「明治初期の文体」）

くりかえして強調すれば、言語で書かれている以上、模倣を含むものだから、社会的、時代的要素は作品の中に、貫入している。しかし、書く行為がすぐれて創造行為であるという刹那に、全面的に個人的な、特殊個別的なものが文学作品を貫いてゆくのだ。

それが文体である。

（篠沢秀夫『文体学の基礎』）

加藤の論は、「文体論」として、篠沢の論は「文体学」として書かれた一節である。「文体学」を創設した篠沢によれば、「十九世紀から言われた『文体論』は言語学の一分野であって、日本語なら日本語にどういう表現手段があるかを論じるのが目的」なのに対して、「文体学は、窮極的には、個々の文学作品を一つの総体として把握し、記述する」学問であるという。「文体学的視点は読者と共にある」ともいい、文学作品を読む視点提供の学問として「文体論」と区別した。

右の二つの引用で、加藤は、「文法的性質を除くものの総体を指すもの」「一つの文章と他の文章を形式的に区別する」ものといい、篠沢は、「特殊個別的なものが文学作品を貫いてゆく」ものであるという。両者は、「文体論」「文体学」と立場が異るといいながら、「文体」を、その文章表現を他と区別する個別的性格だとしている点で共通している。これを念頭に、ここでは、「文法のように分析可能で他の表現に移行できるものではない、創作上の特殊個別的な特色」をさすものと考えておく。

「文体」と「文脈」

わたしが考えようとしているのは、「和文体」ではなく「和文脈」である。「和文体」には、「書く行為がすぐれて創造行為であるという刹那に、全面的に個人的な、特殊個別的なものが文学作品を貫いてゆくのだ。それが文体である」（篠沢秀夫）というように、窮極には、作者個人の創造的特殊性を想定する「文体」がある。「漢文体」を用いるか「和文体」を用いるかというように、表現された形体に注目しているニュアンスも感じられる。「和文脈」「漢文脈」は、「和文体」「漢文体」に比べて、それを取り出して分析したり、体系を形作ったりすることが困難でありながら、多くの人々に暗黙のうちに受け入れられている言語表現上の特質をさしている。とはいいながら、「和文脈」「漢文脈」は、具体的には「和文体」「漢文体」として論じるほかはないのではある。

和漢混淆文について

橋本治は、日本文学史の流れを、日本語の文章の問題にそって、三部に分けて構想している（『失われた近代を求めてⅠ　言文一致体の誕生』）。第一部は、「中国渡来の漢字という文字と、漢文という文章論理を得て、「かな」という文字を作り出し、「日本語の文章」を完成させてゆく」までの過程である。『徒然草』や『方丈記』や『平家物語』に代表される和漢混淆文の成立である。

第二部は、戦国時代がおさまって文芸が盛んになる江戸時代。「文学史は、改めて微妙な二重構造を抱え込む」（二重構造とは、近代以降に明確になる、文語文と口語文、和文脈と漢文脈、古典文学と近代文学などの対立を内包しているということ）。先行する文芸への関心がたかまり国学が生まれる。

第三部は、「言文一致体の創出――つまり「口語文」を誕生させることによって、それ以前を「文語文の時代」とする近代以降。「（近代は）「古典の位置付け」を明確にしようとする時代」といい、「古典は明治になって古典になった」と記す。三区分は次のように総括される。

日本の文学史は、「和漢混淆文の完成」に至るまで、一筋の川となって流れて来る。その流れは室町時代になって終わり、後は「池」になる。その後の作品は、池に浮かぶ小島のようなものである。日本の文学史は、大筋でこういう考え方で出来上っていると思うし、このような考え方をすれば、「和漢混淆文の完成」は、そのまま「言文一致体の完成」と重なる。

（橋本治『失われた近代を求めてⅠ　言文一致体の誕生』）

漢文脈と和文脈

橋本治は、日本語の文章進化の中で、「和漢混淆文」に大きな意味を見ており、それは「和文脈」が「漢文脈」を包摂した過程であると見る。先述した子規の「われは　八首」で試みられている、結句に「われは」を据える表現上の工夫は、和歌革新の中心的課題の一つ、短歌に、個人としての「われ」をどのように登場させるかという問題を一歩前に進めたといってよいだろう。

図式的にいえば、5・6の「われは」という「われ」の歌い方は、1・2の漢文的な「われ」と、3・4の和文的な「われ」(?)との間に生まれた、極めて近代日本語的な「われ」であったと思われる。

「ますらおぶり」「たおやめぶり」、「男歌」「女歌」

性差による社会的役割が強く規定された時代に、賀茂真淵が、万葉集のような雄々しい歌風を指して「ますらおぶり」といい、歌の指針としたことはよく知られている。これに当てはめれば、1・2と3・4は、それぞれ従来の「ますらおぶり」「たおやめぶり」に照応する。「ますらおぶり」「たおやめぶり」の概念は、そのまま「男歌」「女歌」として現代に引き継がれている。しかし、現代では、「男歌」「女歌」の用語は、ときに、男が作った歌、女が作った歌という分類にも用いられている。

ジェンダー論が盛んになり、人々の性差への意識が変化し続けている現代では、「ますらおぶり」「たおやめぶり」にしろ「男歌」「女歌」にしろ、このような性差による区分を先立てる用語によって表現を論じるのは紛らわしい。ジェンダーに規定されない用語、「たおやめぶり」「女歌」「和文体」ではなく、日本語で書かれる短歌の生理を「和文脈」という語で、その一面を明らかにしたいのである。

Ⅱ

平成三十年が終わることに、ことさらな思い入れはないが、「親の跡を継いで子に譲るまでのほぼ三十年を一世代とする」（広辞苑）と考えれば、三十年という単位は、わたしたちが立っている今を捉えるにはよい機会かもしれない。

「短歌研究」二〇一八年十月号に、「平成じぶん歌」五回目が特集されていた。永井正子、小嵐九八郎、渡辺幸一、加藤治郎、東直子、吉川宏志、横山未来子、山崎聡子、野口あや子がそれぞれ三十首を寄せている。個々の「わたし」に起きた大小の出来事を通して、時代の、あるいは短歌の、また言葉の表情が見える。同時代を多視点で捉えようという企画である。

初句の「わたし」、結句の「わたし」

「平成じぶん歌」を読んでいると、「わたし」から発想する歌と、「わたし」へ収斂する歌があることに気づいた。歌には、語として表現されていなくても「わたし」「われ」はいる。作中主体とか、作者とか、登場人物とかいろいろの呼称で、その都度分類される。ここでは語として使われた「わたし」「われ」に着目したい。まず、「わたし」から発想する歌、つまり、初句に「わたし」が置かれている歌である。次のような歌がある。

わたくしがつけた玩具のような名でみんながお前を呼ぶよ、熱風
わたしがきみの傷となるかもしれぬ日を思って胸を叩いて寝かす　　山崎聡子

「わたし」から歌いだして、一息にまっすぐ読み下す。「わたし」は母となった自分、「お前」「きみ」は生まれた子である。作者は、いきなり「わたくしが」「わたしが」と歌い起こす。「わたし」に

修飾語をつけて、たとえば「母われが」とは言わない。「わたしが」と「母われが」のニュアンスの違いはとても大きいとわたしは思う。母としての「わたし」、母である「わたし」、というような限定を設けずに、すっくりと「わたし」が立っているような感じがする。ストレートで爽快だ。一人の「わたし」が、一人の「お前」「きみ」に、一対一で向き合っている。

前節で、わたしは、鉄幹、晶子、子規の歌の作中に、「われ」という語が現れる位置に注目し、「和文脈」と「漢文脈」の文体を図式化してみた。それにあてはめれば、右の歌は「和文脈」の歌ではない。「漢文脈」ともいえないだろう。しいていえば、近代になって、日本の知識層に長く培われてきた「漢文脈」に取って代わった西洋語の文体に強く影響されて生まれた「欧文脈」といえようか。「平成じぶん歌」では、右のように「わたし」から始まる歌に対して、次のような歌がある。

ロンドンを埋《うづ》め尽して「NO WAR」を叫ぶ群衆《くんじゅ》の一人ぞわれも　渡辺幸一
「元凶は日本社会の冷たさ」と遠き国にてつぶやくわれは

前の歌には「二〇〇三年　イラク戦争勃発。」、後の歌には「津久井やまゆり園事件。」の詞書がある。作者渡辺は、障害を持つ子を育てる環境を得るべくイギリスに渡り、ロンドンの金融街に勤務し、やがてイギリス国籍を得る。渡辺にとって日本は、故郷ではあるが自国ではなくなった。イラク戦争への関心の強さ、障害者への対応に、国民性の隔たりを見ている。

二首は、結句で「われも」「われは」と集約される。ロンドンの状況を描き出して「群衆の一人」である「われ」へ、また、「元凶は日本社会の冷たさ」と、認識を述べたあとに「つぶやくわれ」に焦点化される。結句に「われも」「われは」が置かれる文体で思い浮かぶのが、「吉原の太鼓聞こえて更くる夜にひとり俳句を分類すわれは」「いにしへの故郷人のゑがきにし墨絵の竹に向ひ坐すわれは」（正岡子規）という近代日本語的な歌の形である。

ちなみに渡辺幸一「雲と丘」三十首には、「わが」「われ」が十一首に使われていて、「平成じぶん歌」の作者八人の中では最も多い（われ・わたし・わたくし・吾・我・おれ・俺・わたしたち・私・わが・自分など、一人称の使用が多かったのは、渡辺についで、横山、山崎、永井、吉川、加藤、東、野口、小嵐の順であった）。意味の軽重や歌われる「われ」の距離感は、それぞれ位相が違うので、使用頻度によって直ちに作者の歌柄を語れるものではないが、「われ」へ集約する意識の強さがうかがえる。

渡辺は、八人の作者の中でただ一人、日本語を日常言語としないロンドンの英語社会に暮らす。日本および日本語の外側で、日本の詩（＝短歌）を日本語で作っている、そこに、作者の「われ」「わたし」が強く刻印される。

山崎のような「欧文脈」の歌の形と、渡辺の歌のような近代日本語的な歌の形は、「われ」「わたし」の意識において対称をなしている。

「ただ一人だけの人の顔」

短歌の「私性」の論議で、岡井隆の「短歌における〈私性〉というのは、作品の背後に一人の人の——そう、ただ一人だけの人の顔が見えるということです」（「私をめぐる問題」）という一節が、ひところよく引用された。「ただ一人だけの人」というのは、作者と歌われている人が近接し、重複しているということだろう。今日では、「人」の位相を、作中主体とか創作主体とか細かく分析分類して、創作の機微が追究されているが、ここでは踏み込む余裕がない。

引用した四首の歌の「われ」「わたし」は、前述のように「われ」「わたし」にいたる意識過程が逆方向にある。しかし、少しカメラを引いて眺めて見ると、作者（＝「われ」「わたし」）としての揺るぎない一人の人が印象づけられるという点では、岡井のいう「ただ一人だけの人の顔」のなかに、四首はすっぽりと収まっている。それは、旧派和歌を脱却しようとした近代短歌が、「われ」「わたし」を通して強い伝達性を内包させてきた方法といえよう。

没理想論争・逍遙と鷗外

ここで話は百年以上前に飛ぶ。森鷗外と坪内逍遙との間で行われた没理想論争というのがある。原文を読み解くには手に余る論争だが、英文学研究者の逍遙とドイツ医学を学んだ鷗外の、「西洋」を如何に摂取するかという主張が双方一歩も譲らず火花を散らしたとして、近代日本文学史上有名な論争である。研究者によると、この論争での逍遙と鷗外の違いは、帰納主義対演繹主義、現実主義対理想主義、あるいは論争者それぞれの親しんでいた西欧諸国の思想の違いに帰し、英国的経験論対ドイツ的観念論、また伝統主義者逍遙対近代主義者鷗外という図式対立で理解されてきたという（大嶋仁「没理想論争の今日的意味」）。ちなみに、逍遙も鷗外も短歌を作っている。ちょっと紹介してみよう。

煮えきらぬ真摯遊戯のごつた汁まつまぺこつく老いのすき腹　坪内逍遙
老柿のいささ五百枝《いほえ》のをち方の青海原は見れど飽かぬかも
寫眞とる。一つ目小僧こはしちふ。鳩など出だす。いよよこはしちふ。　森鷗外
をさな子の片手して彈《ひ》くピアノをも聞きていささか樂む我は

両者の歌を並べるだけでも、創作における主張が相いれないものであることは、想像に難くない。没理想論争の逍遙の主張は、簡単に整理すると次のようになるそうだ。

シェイクスピアのような優れた文学にはこれといった「理想」はない。その点で、優れた文学は自然、と似ている。つまり、自然、のように、どんな解釈も許し、その真意が我々には測り切れないのである。この奥深い芸術の極致を「没理想」と名付けよう。なぜなら、それは「有理想」ではないが、また「無理想」だとも言えないからである。「有」か「無」か分からない。その微妙を「没」というのである。

（大嶋仁「没理想論争の今日的意味」）

創作物と作者の関係を考えるときに、作者の「理想」が「有」でもなく「無」でもなく、どちらともいない「没」という概念を設けた逍遙と、「没」を論理矛盾だとした鷗外の応酬であった。

「没」という思想

逍遙が「没」という言葉で表した文学作品と作者の関係は、近代短歌百年を経た今日、もう一度思い出してよい態度であり、方法であると思われる。逍遙と鷗外の論争で明らかになった、「没」を認めるか否かの主張は、今日の短歌の「われ」「わたし」を考える際に、重要であることを示唆している。乱暴を承知でいうのだが、たとえば引用した山崎や渡辺の歌は鷗外的である。森鷗外・齋藤茂吉・岡井隆などの歌の言葉に、端的に読みとれるイメージの鮮やかさをもっている。鮮やかな輪郭をもった「ただ一人だけの人の顔」が印象付けられ、作者の意図を明確に伝える。

対して「没」は、読者の意味づけによって、いくつもの解釈を許す。立場が違えば解釈も意味も変わってゆく。これは、意図的に企てられた捻りやズラシや韜晦とは違うものである。近代主義的な時代の後押しもあって、逍遙のいう「没」の思想は、どこかに置き去られてきたのではなかったか。

「蝶の真白き」と「真白き少女」

髪どめの蝶の真白き少女ゐて風鈴売りにまとひつきたり　　河田育子

夏になると風鈴売りが風鈴を売り歩いたのはいつ頃のことだろう。風鈴売りは涼やかな音を振りまく。風鈴売りに限らず、路上をゆく行商の物売りの後には、好奇心に目を光らせた子供たちがついてまわったものである。蝶の髪どめをつけた少女も、風鈴の音を聞きつけて後をついて回るのである。映画か演劇の一場面のようでもあり、遠い日の追憶のようでもある。

そう思って読むのだが、この歌、何度も読んでいるうちに、少女が蝶になってしまうような、また見ている人が、読んでいる人が蝶になって、風鈴売りの周りを飛んでいるような不思議な気分に捉われる。

「髪どめの蝶の真白き少女」に注目してみると、「髪どめ」と「蝶」と「真白き」と「少女」の言葉の並べ方だけでは、語の係り受けが確定できないことに気づく。文脈を追う過程で意味は明らかになってゆくのである。読者は、語順を追いながら「真白き」は「蝶」にかかっても「少女」にかかってもおかしくないが、ここはやはり「蝶」であろうと意味を確定してゆく。第二句「蝶の真白き」を一つの纏まりとして読むということも大きい。

次に「ゐて」が作り出す捩れがある。仮に「をり」と三句切れになっていれば、「その少女」がまといついたと、迷いなく理解するところだが、「ゐて」というと、例えば「母がいて父もいた」というように、何か別の主体が用意されているようなニュアンスが生じるのである。そこに「蝶」がふっと舞い込む。また「まとひつく」という語の選択も一役買っている。

河田育子『園丁』が提起する問題

引用した風鈴売りの歌は二〇一八年四月に刊行された河田育子の『園丁』に収められている。『園丁』は、現在刊行される多くの歌集の中で異彩を放っている。理由はいろいろあるが、主なものを挙げると、編集の対象とした歌作が三十年分の歌であること。しかも第一歌集である。編年体でないこと。編集構成が、和歌集の体裁、すなわち春・夏・秋・冬・恋・雑を下敷きにしていること。したがって、歌一首を歌集から取り出して巧拙や意義を鑑賞するのではなく、歌集一冊の中に置かれた歌を、置かれた順番にそって大切に読みたくなるなどである。

特に、編集構成には作者の短歌観が如実に投影されているので、目次を書き写しておく。「巻頭歌、巻 春、巻 夏、巻 秋、巻 冬、巻 世界、巻 日本、巻 人、巻 神、巻 私Ⅰ、巻 私Ⅱ、巻末歌、『園丁』附語」となっている。四季歌は古典和歌（親炙した歌風も含めて特に新古今集）を髣髴とさせる。さらに、各小題に、「巻」を付しているのも注目したい。巻物を読むように読み進む、つまり、前の歌を前提に次の歌を読むという順番を示唆しているように思われる。歌集はたいてい、一ページ目から順番に読むのではあるが、一首の独立性が強調される場合、何処からでも読める。

「巻」は、巻物を広げてゆくように読むようにという指示であろう。各巻の歌は時間軸にそって読まれるように配置されているのである。さらに世界→日本→人→神→私という順番にも意味がある。

纏足のおぼつかなげに歩みゆくそを愛でたるを無残と思はず　巻　世界
解体の途中のビルを空爆のやうとふ人らベビーカー押して　巻　日本
病む父とつまらぬ話をすることが母はうれしく父は楽しき　巻　人
朝戸出に見る朝顔の咲かざるが失せものありて探すさびしさ　巻　私Ⅰ

「巻　世界」は地球上の世界を視野に、「巻　日本」は日本という限定で、歴史や事件や社会の歌が時間の流れに添って並ぶ。「病む父」の歌や「朝戸出」の歌には、「われ」「わたし」の心情を読むことができるが、そうした「人」「私」は、纏足という文化を生んだ世界や、ビル解体を見上げるベビーカーを押す人の歌を読んだ読者が、出来事の一つとして味わうのである。そこには、相対化された「われ」「わたし」が描く重層的な曼陀羅のような時間が流れている。近代主義が見過ごしてきた言葉の位相が見えかくれする。

Ⅲ

短歌を語るとき、短歌定型については繰り返し論議される。レトリックについても多大な熱意が注がれる。短歌史や歌壇史についての検証も怠りなく続けられる。しかし、その全てを覆っている日本語の生理からくる、言語の構造や発想や規制については、正面からあまり論じられずにきたと思われる。定型やレトリックや短歌史を論じれば、必然的に触れざるを得ないことはもちろんある。しかし、短歌が日本語で書かれており、否応なく日本語の特性に規制されているということは、重要な論点として考えられてよいだろう。

短歌作品が外国語に翻訳されることに意味がないとは思わないし、外国語で作られる短歌もあってよいと思う。けれども、日本語によって作られてきたということは、文化や風土と同じように大きく短歌そのものを規定してきたはずである。

短歌の文体をいうときには、〈ますらおぶり〉と〈たおやめぶり〉、〈万葉調〉と〈古今調〉、〈アララギ派〉と〈明星派〉などの対立概念をもって作風を説明してきたが、現代の作品を、こうした性差や時代やエコールが内包していた特色で説明することに、わたしは大きな抵抗を感じてきた。たとえば、近年、「男前の女性」などと、誉めているのか揶揄しているのか判然としない評語を聞くことがあるが、「ますらおぶり」「たおやめぶり」は時代の遺制のように思える。

定型論のもう一つ外側の枠である日本語（日本人だけではない）による短歌という視点が必要である。日本語が内包する特性に規定され、わたしたち日本語話者が、無意識のうちに依拠している文体や発想や様式などを、「和文脈」と言っておく。

'I think' と 'It seems to me'

日本語はことさらに人称表現を使わずにものが言える言語である、といわれてきた。いちいち、

「わたしは」「あなたは」というと、自己主張が強く感じられる。聞いていても理屈っぽく感じられる。しかし、近年では、責任の在処を明確にするためか、強い自己主張に仕事ができる人というイメージがあるためか、あるいは、発想そのものが外国語に強く影響されているのか、日常会話の中にも「わたしは」「あなたは」が増えてきたように感じる。わたしも、その場の雰囲気を読んで暗黙のうちに了解し、満場一致ということにして事を進めるようなやり方に、気持ち悪さを感じる方だ。

しかし、日本語が変わって来たとはいえ（それは見逃すことの出来ない大きな変化ではあるが）、日本語という言語の根幹は、そう簡単に変わるものではない。短歌や俳句のような日本語の特性に依拠して継承されてきた詩形においては殊更である。英文学者の、次のような一節が興味深い。

よく日本語で「ワタクシ（ボク）は……と思います」という言い方をする。これはかならずしも'I think…'と同じではない。'I think…'にもかなり軽い'I'のないことはないが、それでも「ワタクシは……思います」の「ワタクシ」よりもはっきり主格の強さをもっている。日本語の「ワタクシは……思う」は、'I think'よりも'It seems to me'に近い。'I think'と'It seems to me'では、「ワタクシ」の比重が違う。

日本語の発想の特色のひとつとして、「する」という他動詞ではなくて、「なる」という自動詞が中心になっていると指摘されたことがあるが、'I think'は「する」に通じるのに対して、'It seems to me'は「なる」に似たところがある。

（外山滋比古『英語の発想・日本語の発想』）

英語を「する」言語、日本語を「なる」言語と捉えた発想の違いについては、以前（本書六九頁）にも触れたことがある。『「する」と「なる」の言語学』（池上嘉彦）に詳しい考察がある。「わたし」「われ」が、歌の中で「する」言語的に登場するか、「なる」言語的に相対化された人格として登場するかは、その作者が、短歌の和文脈にどのように接しているかを示している。「われ」「わたし」「わたくし」「おれ」「ぼく」などの一人称が、言葉として一首の中に明確に表れているかどうかは、注目すべきことだろう。

近代日本語の「われ」「わたし」

吉原の太鼓聞こえて更くる夜にひとり俳句を分類すわれは　　正岡子規

いにしへの故郷人のゑがきにし墨絵の竹に向ひ坐すわれは

ロンドンを埋《うづ》め尽して「ＮＯ ＷＡＲ」を叫ぶ群衆《くんじゆ》の一人ぞわれも　　渡辺幸一

「元凶は日本社会の冷たさ」と遠き国にてつぶやくわれは

前々節、前節にも引用した歌である。改めて、結句の「われは」を見ると、この「われは」は、大変に強い。引用の言葉でいうならば、'It seems to me' よりも 'I think' の響きをもっている。個としての「われ」がいる。

このような結句の「われは」は、子規の漢文体、渡辺の英文体のように、日本語以外の文体と接触した日本語が呼び込んだ「われ」の形だと考えられる。近代日本語的意識が感じられる。「なる」言語である日本語の構造に、「する」言語である外国語の発想を導入した。もちろん、それは子規一人の発案でもないし、渡辺一人が引き継いでいるのでもない。日本近代の百五十年間に、わたしたちは、文末に至って結論が出る日本語の中に、「われは」という「する」言語的発想を置くことで、短歌の中に「われ」「わたし」を生み出して来た。

ポジティブな「する」言語

何年か前のことでどのような番組の誰の声だったか覚えていないが、朝のカーラジオから女性の声が聞こえた。女性は英語と日本語を話すバイリンガルだという。わたしは日本語しか話せず、バイリンガルの言語感覚が全くわからない。そこでちょっと耳を傾けた。その声によると、日本語で話しているときよりも、英語で話しているときの方が、気分がポジティブになるという。前向きになっている自分がいるというのであった。

この感覚がバイリンガル全般にあてはまるのかどうか確かめた訳ではないが、その声が語った、英語の中に内包される推進力は、「われは」「わたしは」から発想するときに生まれる力と関わっているにちがいない。たぶんそれは、日本が近代国家として国力を高めてゆくときに必要とした力に通じているだろう。

英語がポジティブなのはいい。違う言語脳にスイッチを切りかえられるバイリンガルはほんとうに羨ましい限りだ。しかし、‘I think’の「われ」「わたし」が、和文脈の中に収まるには、一定の条件があると思われる。前掲の、日本語自体が、作者によって相対化されていることもその一つである。

現在の日常会話に、「する」言語的な「わたしは」「あなたは」が増えたといってもなお、違和感を覚えることがあるのは、話されているのが日本語であるからだ。

「電撃」されたのは誰か

二〇一八年の「短歌」八月号に小池光の「碍子」二十八首があった。次のような歌がある。

五歳児が書きたる文が電撃す「ゆるしてください　おねがいします」　小池光

中公新書『プロテスタンティズム』読みつつ蒙啓《ひら》かるることの楽しさ

前の歌は、平成三十（二〇一八）年三月、東京都目黒区で起きた両親による幼児虐待事件に取材している。五歳児が書いたノートの文言が報道された。歌は「書かされし文」とも書かれておらず、虐待事件への示唆は薄い。わたしの担当している講座で、この一連を読んだところ、読者が事件を記憶している間はいいが、時間が経つと分からなくなるのではないかという意見が出た。時事的な作品には常について回る問題である。歌から事件の個別性が除かれていることは、二首目の歌で、「中公新書『プロテスタンティズム』」と、詳細に本の体裁や書名を詠み込んでいるのと比べると明らかだろう。意識的に一般化していると考えるのがよさそうだ。

事件の残虐性は大きな驚愕をもたらしたが、事件を離れても、就学前の五歳の子どもが「ゆるしてくださいおねがいします」と綴ることは異様である。形骸化した謝罪の型を心に焼き付けられた子どもの姿が浮き上がる。「電撃す」は、「強い電流をからだに受けたときに感じる衝撃」。主語は「文が」である。では電撃されたのは誰か。ふつうに考えられるのは「われを電撃す」であるが、ここで「われを」とすると、私的なニュアンスが強くなる。それを嫌ったのではないかと思う。自分一人ではなく、自分を取り囲む社会空間に対して、という含意があるのではないか。二首目の歌の下句が、「蒙啓かるるわれは楽しも」などとせず「ことの楽しさ」と、私的体験表現を避けていることと通底している。

「悲しいだった」と「途端に歩けなくなる」

あじさいで知られた庭をおとずれてひたすら空を見ている秋に
三越のライオン見つけられなくて悲しいだった　悲しいだった
平岡直子

その靴で歩けるのかと聞かれたら途端に歩けなくなる浜辺
山川藍

自転車の荷台になんで置いてあるコップが割ってから現れる

平岡直子の歌は『桜前線開架宣言』（山田航編著）からの孫引き、山川藍の歌は『いらっしゃい』からの引用である。いわゆる口語短歌（厳密にいえば、日常の喋り言葉を取り入れたもの。短歌として書いた時点でそれは、一般の口語とは違うステージに置かれるものと、わたしは思うので、口語体短歌とか会話体短歌などと呼びたい）である。

平岡の歌世界について山田航は次のようにいう。「単純な二項対立には収まろうとしない。（中略）平岡直子には、生身の身体性を積極的に押し出したりするような典型的な『女歌』の手法も、しばしば『少女的』と言われがちな夢想も、あるいは『働く女』『自立した女』としての自己を打ち出したりしようという傾向もすべて薄い。実はそこに『新しい世界』の本質がある。平岡直子は論じることが難しい歌人だが、従来の『女性の歌』の論じ方では対応しにくい部分が多いからだ」。この山田の指摘は、平岡の歌の核心をついているだけではなく、短歌論議がともすると、既成の評語の概念で掬いとり易い作品に集中してしまうことを、やんわりと批判している。

「あじさいで知られた庭」には〇〇庭園とか〇〇院とか名前があるだろう。多くの人は紫陽花の花期に訪れる。有名な〇〇庭園で美しく咲いた紫陽花を堪能して帰る。この歌は、そのような一般に向けて、あらかじめ用意されたコースから逸れている。固有名詞で想起されるイメージによらず、花のない季節に行って、「あじさい」ではなく「空」を見ているのである。それも「ひたすら」。この読みを前提に、二首目を読む。

「三越のライオン」は象徴的だ。誰でもが知っている場所だ。待ち合わせ場所によく指定される。それが見つけられない。「悲しいだった」には、既成概念で掬えないものこそ大事にしたいという作者の工夫がよく見える。従来の「正しい日本語文法」の「悲しかった」では、かき消されてしまう心理の微動の表現だ。現在に立って「悲しかった」と回想するのではない。「悲しい」という現場感覚をありありと蘇らせてから、それが過去の体験だといっている。事柄は過去のことだが、感情は現在のものなのである。

山川の『いらっしゃい』は、総合誌でも話題になった。同時代を生きている者の共感を呼ぶ。共感を呼ぶというのは、核心をつく何かがあるということだ。

「その靴で歩けるのか」という問いは、「歩きにくそうな靴だね」くらいの軽い感想だったろう。その問いに特別な意図はない感じだ。しかし、言われた途端に、無自覚だった靴の歩きにくさが自覚された。靴が、右脳から左脳へ移されるや否や、それまで出来ていたことができなくなるというのは、わたしたちのよく経験するところだ。いったん意識の回路に乗ると、そこから逸れるのはとても難しい。

山川の二首目の「コップ」も「靴」と同様、意識外にあったものが唐突に意識化される瞬間である。見えなかったものが見えた。交通事故を起こすドライバーや、医療事故に至るオペレーターの「ヒヤリハット」の心境である。コップでよかった。人間は、一点に意識を集中して見ていると、その意識から逸れることが難しい。意識の外にも、世界が広がっていることを忘れている。けれども、意識しなければ、何も見えないのである。歌は、人間の見るという機能と意識／無意識の関係について気づかせる。山川の歌は、瞬間の細部が、一切の夾雑物を差しはさむことなく、直覚的に普遍を摑んでいく。平岡や山川の歌にみられる、既成路線からの逸脱表現は、「われ」「わたし」を、自明の存在として強く主張する近代短歌表現からの脱却とみえる。

主語は人間

擬人的投出法の價値は抽象的事物を具體化するにあるも、一方には折角具體的物體より抽出の方法を以て作り出されたる無形の質或は觀念を無理に再び元に捩ぢ戻す傾きなきにあらず。されば此點に於て到底人工的たるの譏りを免れざるべし。（中略）不自然もまた甚しと云ふべし。

（夏目漱石『文学論』）

日本語の動詞は、だまっていれば、人間、あるいは擬人化されたものを主語にとることが前提となっている。人間の中でも、もっともしばしばあらわれるのが、第一人称と第二人称の代名詞であるから、これらを落とした表現が成立することになるのである。
英語の動詞にはそういう人間的傾斜は認められない。ほとんどの名詞が主語に立つことができ、動詞はそれに呼応するようになっている。

（外山滋比古『英語の発想・日本語の発想』）

漱石が「人工的」「不自然」と感じた「擬人化」は、極論すれば、日本語の動詞には人間が含意されているので、あえて「われ」「わたし」といわない相互の忖度が生まれる。近代短歌が前提としてきたその日本語が、近年揺れ動いている。

Ⅳ

時間について考えるとき、わたしたちはしばしば、一方向に流れ動く川や雲をイメージする。「月日は百代の過客にして行き交ふ年もまた旅人なり」というように。不可逆的でとどまることがない時間は、生命の活動とともにある。生きることは時間を内包することである。

木の間よりもりくる月の影見れば心づくしの秋は来にけり　　読み人知らず『古今集』

たとえばこのような歌。「秋が来る」という。「ある」ではなく「来る」である。「来る」には、遠くから近くへという距離と方向がある。ものの動きに方向があるのは当たり前だ。けれども、わたしたちにとって時間は、来ては過ぎゆくばかりのものだろうか。もう少し違ったイメージを描くこともあるのではないか。実際、わたしたちは、川や雲のイメージから離れて、時間を案外自由に、様々な感覚で捉えている。日常の暮しの中の時間は、特に現代においては、過去現在未来と、一直線上に折り目正しく順番に整列してやってくるのではない。時間は、人間によって「時間」として整理され、記憶を生み、意味づけられるのである。時間は、意識によって〈私〉を〈私〉たらしめる主要な概念また秩序であると考えられる。

たとえば元号という区分

改元が迫っている今（二〇一九年）、「平成最後の」という冠をつけた言葉があちらにもこちらにも溢れている。「平成最後の紅白歌合戦」を見て、「平成最後の福袋」を買い、「平成最後の国会」が開かれる。昭和のときと違って、天皇の退位があらかじめ決まっているから堂々と「平成最後の」と言える。

もうすぐ平成が終ることへの注目が、今上天皇在位のうちに、平成の三十年間を先取りして振り返らせる。三十年という時間は一つに括られて、纏まった「時間」として意味づけられ整理されようとしている。時間が「時間」になる過程を見ているかのようだ。

明治以降、元号は天皇一代限りのものとなった。それ以前は、天災や大事件を契機に改元が行われたので、改元がただちに一人の天皇を想起させるのではなかった。日頃あまり意識もせず、明治時代、大正時代、昭和時代と言っているが、元号による時代区分は、そのように区分することで、すでに近代国家日本という強固な枠組みの中に組み入れられているのである。向う側には、透かし彫りのように一人の天皇の存在がある。端的に言えば、元号という時間区分は、国民あるいは国家の時間が、一人の天皇に集約されているということを意味している。天皇が、神であっても人であっても象徴であっても、この点は変わらない。「時間」の区分の大きな意味は近代日本天皇制の奥深いところにあると思う。

『モモ』の時間

時間とはすなわち生活なのです。そして生活とは、人間の心の中にあるものなのです。人間が時間を節約すればするほど、生活はやせほそって、なくなってしまうのです。

（『モモ』ミヒャエル・エンデ作、大島かおり訳）

集約された「時間」の統括というと、わたしは児童文学作家ミヒャエル・エンデの『モモ』を思い出す。『モモ』は、子ども向けの童話だが、年齢に関係なく、どの世代の人が読んでも楽しい。顔の見えない灰色の集団に、「時間」を、知らず知らずの内に吸い上げられてゆく現代社会の病根を批判している。「時間」の節約を目標に掲げられた現代人（＝個人）が、主人公の少女モモの活躍によって、自分の時間をとりもどすという話である。時間についての洞察が読みどころだ。

右の引用部分には、時間と生活についての、エンデの思想が述べられている。「時間」を他者へ売り渡したり、目標の達成のために時間短縮を強制したりすれば、人間に豊かな生活はない、生きていないも同然だというのである。エンデは、総ての時間を司っている人物マイスター・ホラに、次のように言わせる。

人間というものは、ひとりひとりがそれぞれのじぶんの時間を持っている。そしてこの時間は、ほんとうにじぶんのものであるあいだだけ、生きた時間でいられるのだよ。（同前掲書）

「時間とはすなわち生活なのです」「それぞれのじぶんの時間を持っている」というときには、人間一人一人を個人とみなし、個人は尊重されなければならないという前提がある。その発想に注目したい。時間と生活が一体化して個人がある。個人の一人一人には違う顔があり、違う生活があり、違う心があると、考える。その「違い」を生み出すものが時間である。違う時間の過ごし方がそれぞれの個性を生む。外から見れば効率が悪く無駄の多い生活であっても、他者との「違い」は、それ自体が個性であり、その個性を認めることは、個人の尊重につながる。時間が個人から切り離され、誰にでも一様な「時間」となって売り渡されれば（『モモ』では、都市の合理的目標にそって節約された「時間」が時間銀行に貯蓄される）、生産性は上がるが、同時に個人が内包している多様な思想や表情は痩せ細った単一なものになってしまうというのである。個人に時間が委ねられているところに、人間の自由がある。そう言っているように思われる。

たっぷりと満ちる時間

ぼんやりとしてゐるからだは気持よしたつぷりとした時間の海だ
馬場あき子『あさげゆふげ』

秋空にうごくともなき雲ありて「時」は隈《くま》なく満ちわたりゐむ
橋本喜典『聖木立』

このような歌がある。二〇一八年に刊行された歌集に収録されている。作者はともに昭和三（一九二八）年生まれ。

前の歌は、身体が感じる時間の感触を捉えている。場所は何処か、何を見ているのか、どういう状況なのか、暗示する事物は何も語られない。語れば内容はぐんと想像しやすくなるが、しかし、表現はそうなっていない。風景や人物が描かれていないために、「ぼんやりとしてゐるからだ」は、最後までぼんやりとしたままだ。歌われる身体には輪郭がない。何処までが自分の身体で何処からが外界なのか曖昧で、その曖昧さを気持ち良いと歌う。まったき解放感である。

結句の「時間の海だ」という強い断定的な比喩は印象的だ。海（＝自然）の、果てもない広がりや、深さや量感とともに、原初の生命を連想させる。時間は、海に喩えられることによって、人為的に整理されたり、統括されたりせず、それ自体が生きて活動し始める。『モモ』の物語で、人々が「灰色の男」たちから取り戻した時間の感触は、このようなものだったかもしれない。

後の歌は、秋空の雲を仰いでいる。作者の時間認識を歌っている。「うごくともなき雲」は、何気ない表現ながら、雲の動きをやんわりと否定する表現が効果的だ。たとえば、「ゆく秋の大和の国の薬師寺の塔の上なる一ひらの雲」（佐佐木信綱『新月』所収）に比べると、違いがよくわかる。この歌は、季節と場所が大づかみに示されたのち、一息に「一ひらの雲」に焦点化される。雲はひたりと静止して、一枚の絵を見ているようだ。

一方の「うごくともなき」は、動かない雲に動きを期待あるいは予感させる表現だ。「動」を内包した「静」といえばいいだろうか。「上なる」の「なる」と、「うごくともなき」の表現の違いが、歌のニュアンスを大きく違ったものにしている。ちなみに、このような違いに現れる作者の創作姿勢を、窪田空穂は「態度」といい、短歌を態度の文学ととらえた。文体の創造を重要視したのである。

秋空を仰ぐ作者に、時間についての感慨が湧きあがる。それは、一方向に流れて行く時間のイメージではなく、「満ちわた」るという、時間の在り方として描かれる。時間が、世界のあらゆるものに満ちわたっているだろうとは、一つの観念ではある。しかし、そうした時間に包含されていたいという、庶幾された時間でもあるだろう。「一ひらの雲」が絵画的印象を残すとすれば、「うごくともなき雲」は音楽的印象を残す。「一ひらの雲」の歌が明瞭な輪郭をもつのに対して、「うごくともなき雲」は曖昧でぼんやりとしている。

ちなみに橋本喜典は、この頃から視力聴力ともに著しく衰えた中で作歌している。その身体的条件が発想を大きく規制しているともいえるが、わたしはむしろ身体的条件によって得た、時間の気づきであると考えたい。

豊かな時間の裏側

「たつぷりとした時間の海だ」「「時」は隈《くま》なく満ちわたりゐむ」には、豊かな時間の発見がある。しかし、また同時に、引用歌を収める『あさげゆふげ』『聖木立』には、老いを深める作者の寂寥がみちている。豊かな時間の背後には深い孤独が貼りついているのである。

忘却は涼しき風穴おもひでの縁にもろこし食みこぼしつつ　　馬場あき子『あさげゆふげ』

「日常」の音のきこえぬ中にゐて長閑《のど》にはあらぬ一日《ひとひ》また一日　　橋本喜典『聖木立』

このような寂寥と孤独を、老齢のゆえと片付けてしまってはあまりに表面的に過ぎるだろう。たっぷりと満ちわたる時間を味わうことが即ち、寂寥と孤独を連れてくる。それは近代人の寂寥と孤独に通うものと思われる。

孤立する近代人

十七世紀は個人的存在がその孤立を発見した時代である。（中略）人間の思考は、もはや事物に属するという自覚をもたない。事物を考えるがゆえに、それは事物とは区別される。したがってそれはもはや事物の持続にささえられることはない。人間の思考を休みなく不可解変形させて行く肉体の運動からの離脱を、人間の思考が自覚するのは、そのような肉体の運動を自分に考えることができるというそのことのみによってであり、またその運動を考えることにより客体であるその運動のそとに自分を置くことができるというそのことのみによってなのである。外的な時間から孤立した人間の思考は、内心の生活からもやはり切りはなされているという自覚をもつ。（中略）人間の意識は、事物の持続からも、意識の実在の様態の持続そのものからも切りはなされて、持続のない一つの実在に還元される。人間の意識はつねに現在の時点にある。近代人の本質的な経験はそのようなものだ。

（ジョルジュ・プーレ『人間的時間の研究』序文、篠田浩一郎ほか訳）

理解に手間取る右の引用の言うところは、つまり、十七世紀以降の近代人は、意識という「現在」に孤立して佇むばかりであるということだろう。意識は、外界の事物はもちろんのこと、「内心の生活」をも切り離して客体化する。自己を問うことは自己を意識によって切り離すことである、ということがよく分かる。

『あさげゆふげ』『聖木立』の寂寥と孤独は、かならずしも老齢のみに生まれているのではないと思われる。自己を問えば問うほど客体として切り離されてゆく自己の、近代人的意識が生み出しているのではないか。

うらがえる時間、乱反射する時間

夜梟《よぼくろ》のやはらかき声そのむかしそのむかしへとうらがへりゆく　日高堯子『空目の秋』

娘らの幼きころの思ひ出に出てくるわれの乱反射せり　伊藤一彦『光の庭』

二〇一八年刊行の歌集より、時間に関わる歌をもう少し。前の歌は、夜中に梟が鳴いている。梟の声は膨らむように静かな夜の闇に広がってゆく。それを一人で聞いている。「一人」と感じるのは、作者の意識の中に梟の声以外のものがはいって来ないことによる。梟の声が聞こえる。その声をきっかけに、時間が「そのむかしへとうらがへりゆく」という。まるでオセロゲームの駒が次々に裏返るような感じである。この時間は、過去から現在未来へと連続的に一方向に流れる時間ではない。現在の裏側にひたりと貼りついているような「むかし」という一かたまりの「時間」をイメージさせる。

後の歌は、家族団欒の一場面。成長した娘たちの話題に、若き日の父が語られる。「われ」は、思い出のアルバムを繰るような気持ちで聞いているのだろう。色々な顔の「お父さん」が出てくる。「乱反射せり」と端的に表現されている。会話に若き自分が顔を出すたびに、懐かしくもあり、苦くもあり、照れくさくもある。様々な感情が浮沈する。

「乱反射せり」に注目したいのは、歌われている内容は何処にでもある日常的な場面ではありながら、意識によって客体化された「われ」が歌われている点である。「われ」は、自然に流れる時間で滑らかに現在の「われ」に繋がる「われ」ではなく、それぞれが、意識によって、現在の「われ」から切り離されて客体化されている。「娘ら」という他者の会話の中の「われ」であることも、その感を強めている。

このような、裏返ったり、乱反射したりする「時間」の把握は、きわめて現代的だ。言われてみれば、わたしたちは、日頃そんなふうに時間を感じていると思う。日常会話体の語法や語彙の使用が増えるにつれて、時間は、流れゆく川や雲のイメージからほど遠くなる。このことに、「外的な時間から孤立した人間の思考は、内心の生活からもやはり切りはなされているという自覚をもつ」という十七世紀以降のヨーロッパで形成されていった「近代人」に通じていよう。

明晰な意識は、無意識の奥に埋もれていた事物に光をあて、人々に輝かしい発見をもたらす。しかし、同時にそれは、時間を切り離すことであり、寂寥と孤独を抱え込むことでもある。わたしたちは、これから、より深い寂寥と孤独を生きなければならないかもしれない。

V

「角川短歌年鑑」（2019年度版）の座談会（島田修三、川野里子、大松達知、川野芽生、阿波野巧也）

をおもしろく読んだ。テーマは「生きづらさと短歌」だった。生きるのが辛いと思うのは何時の時代の誰にでもあることだが、それを「生きづらさ」という言葉で語り、共感を呼ぶようになったのはここ数年のことだろう。時代状況に名前がついたのである。座談会は、現代の「生きづらさ」とは何か、違う世代の意見が交錯して興味深かった。その中で、「短歌で表されている生きづらさが、根拠のない雰囲気だけではないということを思います。同時にこの生きづらさには、それ以前と明らかな違いがある気がして、それは生きづらさの外があるのか無いのか、ということだと思うのです」という川野（里子）の指摘に注目した。「外がない」という感覚はとてもよく分かる。

さらに座談会では、大松が「生きづらさって何だろうと思うと、やはり日本国内の経済状況の悪化、インターネットの普及、グローバル化の三つが主な原因かなと思います」といっている。「『ソイ・ラテのあったかいのをトールで』と痛みに耐うるごときこの声」（染野太朗『人魚』）の一首を引きながら、インターネット社会の選択肢の広がりが、人々に大きなストレスを生んでいるという大松の分析は、川野の「外がない」という指摘に具体的イメージを加えている。コーヒー一杯を注文するのに、大きさ、産地、種類などいくつもの選択をしなければならないということは人々の大きなストレスにつながっていると大松はいう。細かい差異を競って販売を促進させる商品開発は、売る方にも買う方にも、林立する選択肢の通過を余儀なくさせる。生活の隅々までインターネットが浸透しているシステム社会に生きるわたしたちが、そのシステムの外に出るのは、とても難しい。難しいだけでなく、「外」を想定することもできなくなっている。「外がない」とは、反対から見れば、すべてが

「外」になったともいえるだろう。逃げ場がないというに等しい。

机上にパソコンが来た日

この原稿をわたしは今、自室の机上のパソコンを使って書いている。パソコンを使うようになって二十年余りになる。手書きからワープロへ移行したときはそれほど抵抗がなかった。ペンを機械に持ち替えただけだ。しかし、ワープロをパソコンに替えたときには、「外」が脳内まで侵入して、人格の変更を迫られているようだった。機械に疎いこともちろんあるが、抵抗感の源はもっと深層より発していた。

机上にパソコンを置いた日にうっすらと感じた浮遊感は忘れられない。今もその感覚が残っている。それまでは、玄関ドアの向こう側に「外」があった。物理的にも意識的にも、「外」は、ドア一枚を境として、「内」と接続しながら対立していた。「外」と「内」には、明確な境界があった。「内」とは、すなわち自分であり、「外」とはすなわち他者である。どんなに郵便物や電話器を家の中に持ち込んでも、それは、いつでも取り出せる「外」としてあった。だから、自分は自分であり続けるという確信が持てた。

その明確に仕切られていたわたしの「外」と「内」を、パソコンは綯交ぜにしていった。何時でも何処でもパソコンで世界につながれるという、輝かしい無限性は、同時に、それ以前に築いてきた、わたし個人の時間や空間が、何の断りもなしにいつの間にか侵されてゆくという、漠とした、しかし拭い去りようのない大きな不安を連れて来た。自分の脳内が液状化してゆくようなとりとめなさが、たった一台のパソコンを机上に置いただけで家中に満ちたのである。それは直ちに、言葉のとりとめなさに反映した。端的にいえば、自分の意見や価値判断を言い切ることに大きなストレスがかかり、ちょっとした発信にも勇気と覚悟が要るようになった。

「可能性」という言葉

先日、電車の車内広告（日能研）に、「その判断を失えば取り返しのつかないことがおきる可能性があるからです」という一文があった。中学校入学試験問題の文章である。少年少女の文章能力を判断するに相応しいとして、試験問題に採用されたのだろう。しかし、なぜ筆者は「その判断を失ってはなりません」「その判断を失えば取り返しがつきません」と、率直に書かないのだろう。精確を期そうとしているのは分かる。が、このような文体が生まれるのは、筆者の個人的な書き癖ではないだろう。これは、インターネットの普及に強い関わりがある。

価値判断や状況報告などをする際に断言しようとすると途端に、それを言い切る根拠はあるのか、という内なる声が聞こえてくる。たいていの人がそうなのではないか。不確定要素をかかえながら発言する。それを解消しようとすると、今日では誰でも手軽に調べられるインターネットという手段を手中にしているから、書き手は、即刻インターネットを検索し、細部へ細部へと嵌りこんで行かねばならない。文脈上そこまでの詳細は必要ないが、文章の客観性を保っておきたいというとき、「取り返しのつかないことがおきる可能性がある」と、迷路のような文体が生まれるのではあるまいか。断言を避けるのである。

内実ということ

「われわれは多様化という名において、自己喪失の危機にさらされている」と武川忠一が書いたのは、一九七一年のことだった（「短歌」十月号）。いわゆる右肩上がりに経済が成長してゆくときの「多様化」と、現在のインターネット社会の「多様化」とは、イメージがまったく異なる。とはいえ、一個人の見聞を通して湧き上がる自己意識への危機感には通い合うものがある。

武川は、歌の評価軸の一つとして、しばしば「内実」をいった。批評用語として明確に定義しているのではないが、次のような一節がある。自作「舞う雪のこぶしの白き花びらに消えなんとするときの間が見ゆ」の一首をなした過程を例に、拠って立つ歌論を述べたものである。

> 眼前の情景や事物のままに表現しなくても、どこかで、そのときの内実―実感の奥にあるものは歌にひびくはずである。それは、その作の調べ、ひびきとして作者の内実の声を伝える、それが短歌ではないか。情景や事柄ありのままは実感ではない。歌のひびきとともに、伝わるのが、ひびきの奥から聞こえるのが短歌という詩形ではないかと思うようになった。
>
> （『短歌の本　Ⅱ』）

武川は、師窪田空穂と同じように、実作者であると同時に、近代短歌研究も評論も書いた。短歌の作品世界の内側にたって主情を述べる立場と、作品世界の外側から研究・批評をして歌論を組み立てる立場、つまり作品を挟んで主観と客観の往来をしていたということである。多くの短歌作者は作者であると同時に読者であるが、特に、歌論において、武川はそのことにきわめて意識的であった。全体と部分・分解と綜合・主観と客観という、対立する視点を往来しながら洞察を深めることが大事であるとは空穂の説くところであった。実作に没頭するだけでは作品が深まってゆかないというのである。武川もこれに従って、一時期、作歌に際しては「複眼の〈私〉」が必要だといった。内側に、相反するいくつもの自己をすまわせるという意味だ。しかし、相反する自己をそのまま作品にするだけでは歌にならず、一元化してはじめて、作者の「内実」が作品上にあらわれるのだというに至る。武川にとって「内実」とは、作者の胸に去来する実情ではなく、それに向き合い観察する自己によって、いったん堰き止められ消し去られながらなお、作品上に「調べ」や「ひびき」として聞こえてくるものをいうらしい。

半世紀前に武川は、「多様化」によって自己が脅かされているといった。短歌表現の〈私〉の問題としての発言である。

うなずきてかなしみて怖れ　声にしてわが口誦さむ「狂夫老《イテ》更《ニ》狂」

地に伸びてビルの影あり量感なきこのしずもりのくきやかにして　　武川忠一『秋照』

前の歌の「狂夫老《イテ》更《ニ》狂」は、杜甫の七言律詩「狂夫」の最後の一行である。「狂夫」とは杜甫自身のこと。自己を見つめる自己がいる。律詩を読んでいると「うなずく」「かなしむ」「怖れる」という感情がおそい交錯する。杜甫の思いでありながら作者のなかに湧き上がる感情でもある。それぞれ異なった感情でありながら、どれとも言い切れない。それを一元のものとしているのが〈私〉である。一首においては「声」すなわち「調べ」「ひびき」である。

後の歌は、「あり」と「なき」、「しずもり」と「くきやか」というように、一見対立するかに感じられる言葉が凹凸を感じさせる。人は対象を前に、これといった一つの纏まった認識や感情や意見をもつわけではない。対象にまつわるいろいろな表情を見たり聞いたり感じたりして経験する。それが言葉になるまでには、段階があり、時間の経過がある。表現された言葉はその多くが捨象されている。しかし、捨象がすぎれば言葉の現実感までも拭い去ってしまうことになる。対立や矛盾を含みながら、作者という〈私〉に一元化することで、歌に深い陰影を生むことを、武川は考えたのだろう。

この歌はわたしに、一九四〇年代のアメリカの画家エドワード・ホッパーの絵を連想させる。

〈私〉という器

武川の歌論における「内実」や「自己喪失の危機」は、近代短歌が培った〈私〉を前提にしている。しかし、「眼前の情景や事物のままに表現しなくても」といっているように、この〈私〉は、歌の内容（＝作者）と考える、虚構を許さない写実主義者の〈私〉とは違う。

武川の〈私〉を、わたしは次のように理解したいと思う。自己存在を疑わず、自己の「内」に立って、短歌定型を守るべく言葉の単純化をはかっていると（実作だけに力を入れていると、ついそのようになりがちである）、複雑に交錯する感情の襞が、一色に均されてしまう。現実の凹凸が、見えなくなり、味わいが淡くなる。そうかといって、現実に密着取材した「ありのまま」では、文芸のおもしろさはない。わざわざ短歌に表現する必要もない。現場取材の詳細は、短歌は散文に及ばないだろう。〈私〉の中に渦巻くいくつもの異なった目（武川のいう「複眼」）を認め、それを受け容れる器としての〈私〉という、〈私〉の在り方を武川は考えていたのではないか。はじめから疑いようもなく存在する〈私〉でもなく、現実から浮き上がった概念の〈私〉でもなく、体験を受け容れる器としての〈私〉である。であればこそ、「内実」が、作品の評価軸として重要なものとなる。器は満ちていなければならない。器を満たすものは、対立がもたらす緊張と、それによって活性化される心の動きである。「複眼」は、空穂のかかえた自我意識を一歩先へ進めたものといえようか。

定型と日本的〈私〉

人間の心の中に生起し交錯する様々を、枠で囲い込むようにして生まれる〈私〉は、とても短歌的だ。外国のことを殆ど知らないわたしがいうのもどうかと思うが、言い換えれば日本的だ。百人一首には内容より前に百という枠が設けられ、今年の十大ニュース選定にあたっては、はじめに十という枠が掲げられる。思考や行動には前提としての枠組みが設けられる。「内」として囲い込んで場所をつくる。そこで、豊かな内実を得る。やがて枠組みに定型が生まれる。日本語の変遷を経てなお短歌定型が消えずに残っている大きな要因であると、わたしは思う。

近代短歌の相対化

和歌史短歌史をイメージしてみる。当たり前のことだが、年表のように一本の線上に事象が次々と並んでいる現実はない。本流が支流になったり、そこに別の支流からの流入があったり、本流のつもりが何時の間にか取り残され消えてしまったが、奇特な人が現れて発掘するや否や輝かしい金字塔を立てたりする。年表や短歌史は、理解を共有するために分かり易く整理された手引きである。

明治の開国とともに、西洋を範とした（あくまでも日本から見えた西洋である）「近代的自我の確立」が叫ばれ、近代短歌でも〈私〉のあり方をめぐって、議論が重ねられた。「明星」や「アララギ」に見られるような、近代的自我を追求した近代短歌は、近世和歌の軽妙な遊び心を欠いていった反面、重厚な力強い現実を手に入れた。そこでは、「われとは何か」が問われた。現代短歌は、そのような近代短歌の〈私〉を引き受けてきたのであったが、現在ふたたび、短歌における〈私〉の問題が、別の視点から浮上している。インターネットにイメージするような「外」と「内」の境界が消えて、何処までが「内」（＝自分の領域）で、何処に行けば「外」に出られるのか、想像のつかない閉塞的な時空間に生きる現実がある。「角川短歌年鑑」の座談会で川野里子が言った「外がない」という現実である。そのことは、表現の問題としていえば、近代短歌が追求してきた〈私〉を相対化する。さらに、近代短歌も、和歌史短歌史の上では、一つの変則的な支流であったのだという感慨を抱かせる。

岡井隆はかつて「やさしさが傾いてくる黄昏は遠《とほ》のむかしに滅んだんだよ」（『宮殿』）と歌った。滅んだはずの「黄昏」はほんとうに滅んだのだろうか。むしろ簡単に甦るものとして日本社会のなかに潜んでいるように思える。すでに「昭和」が「三丁目の夕日」のような懐古の対象と化してしまうように。それと「外がない」は決して無関係ではないだろう。

「黄昏」を如何に歌うか

ゆふぐれの地上がほつと口を開くわが登りゆく階段の先　　牛山ゆう子『しぐれ月』

ここは昔ガソリンスタンドだった場所　今は立葵の咲いている場所　　黒﨑聡美『つららと雉』

「外」がなくなったとき、日本社会のなかに潜んでいる「黄昏」は蘇り、ともすると扇情的に自己増殖を促す。「黄昏」を如何に歌うか。「内実」をもった歌はそこに埋没しない。

VI

前節で、武川忠一の空穂短歌の発言を引いて、「武川にとって『内実』とは、作者の胸に去来する実情ではなく、それに向き合い観察する自己によって、いったん堰き止められ消し去られながらなお、作品上に『調べ』や『ひびき』として聞こえてくるものをいう」と書いた。「内実」についてもう少し考えたい。

武川忠一の初期空穂論

武川忠一に、窪田空穂の『まひる野』(明治三十八〔一九〇五〕年)から『濁れる川』(大正四〔一九一五〕年)までの初期活動について考察した論文「大正初期の空穂」(「信濃教育」一一二八号・『窪田空穂研究』所収)がある。この論の中で武川は、『まひる野』に収録されている三十三編の新体詩に注目して、空穂短歌の成り立ちを探っている。

空穂は、同じ信州出身ということで島木赤彦、太田水穂としばしば並び称される。青年期の三人には濃い交流があった。空穂は「この花会」(水穂の作った新派和歌の会)の会員になり、信州松本和田村（空穂の故郷）の小学校に赴任してきた水穂と盛んに文学を論じ合った。しかし、水穂がはじめから短歌を目指していたのとは違って、空穂は作歌を始める前に新体詩を書いていた。今日どれほど知られているかはわからないが、空穂の創作活動が新体詩から出発したということは心に留めておいていい。そして、作歌を始めた空穂が、そのまま真直ぐ短歌に邁進したかというと、そうではないことも。

空穂短歌が確立したといわれる『濁れる川』まで、空穂は、作歌を中断して小説を書いたり、旋頭歌を作ったり、短歌に句読点を使ったり、かなりな曲折を経たという。武川の言葉でいえば「散文と詩の間で揺れていた」。武川が指摘しているのは、小説か新体詩か短歌のどのジャンルを選ぶかという選択の問題ではない。散文と韻文の間で、何処に表現者としての主体を設定するか、作品世界をどのように構築するかという、根の深い、文学と自己の問題であった。

空穂の「作者の個人性」

空穂が『濁れる川』刊行の後、「『濁れる川』の評者に答ふ」（「国民文学」一九一五年十二月号）で、作歌上の二つを否定したことは、よく知られている。否定した一つは「人情の歌」、もう一つは「写生の歌」である。

空穂のいう「人情の歌」とは「華やかで、底に寂しさをたたへた、読んでゐるうちに思はずほろりとさせられる、丁度夏の夜尺八を聴いてゐるやうな」歌だという。武川は「空穂のいう人情の歌は、

『作者の個人性』を失わさせるという点から否定されているのが特徴的である。甘い悲哀への自己埋没を否定しているのだ」と指摘した。空穂が、作品における個人性をとても重要だと考えたことは、生涯を通じて一貫しており、空穂を読む上では重要事である。

「写生の歌」について空穂は、「私には『写生』を愛する人の歌は、こちらのそのときの心持次第で如何やうにも変化する自然を、直ちに自然その物の姿と思つてゐるやうに感じられて、その自己を没してゐる態度と唯物的に自身や自然を観てゐる態度とが連想されて、或る程度の面白みは感じつつも本当のものだとは思へずにゐる」（前掲の文中）といった。空穂の「写生」は、正岡子規の唱えた「写生」すなわちスケッチという意味である。斎藤茂吉が「実相に観入して自然・自己一元の生を写す」という以前の、主観を排して外界の事物を即物的に捉える方法を指している。「写生」を全否定しているのではないが、自身がそれを目指すことはない。武川は、こうした空穂の歌論について次のようにいっている。

> はっきりいえることは、少なくとも空穂は、主観の具象化を意識していることだ。対象は、自然でも自己自身でも、主観あっての存在であり、抒情詩としての短歌は、主観による対象の具象化に他ならないという態度の再認識ともいえる。ものそのものの凝視による対象への参入からにじませる主観の方向は、空穂の方向ではない。
>
> （前掲「大正初期の空穂」）

つまり、「写生の歌」が、自己と関わりなく存在する自然を客観的に捉え、その後、実相と自己を関係づけ、一元化しようとするのに対して、「主観の具象化」は、自己の中にある感情の揺れから出発して、自然の表情をとらえる。そのときの自然（＝外界の事物）には、折々の異なる表情が現れるのである。創作のめざすところは同じ峰でありながら、入口が違う。そうして、どの入口から出発したかということは、作品世界を大きく規定する。客観から入るのが赤彦や茂吉、主観に発するのが空穂の立場である。

赤彦・水穂・空穂

赤彦と水穂と空穂は青年期に親しく交際しながら、長じて象徴派、写生派、生活派という具合にそれぞれ立場を鮮明にした。

日ざかりの暑さをこめて楢《なら》の木の一山は蟬のこゑとなりけり　太田水穂『雲鳥』
夕焼空焦げきはまれる下にして氷らんとする湖の静けさ　島木赤彦『切火』
湧きいづる泉の水の盛《も》りあがりくづるとすれやなほ盛りあがる　窪田空穂『泉のほとり』

大正期の歌集から拾った。いずれも自然を歌っている。口語自由律や前衛短歌や現在のネット短歌などを見知った現在の目で読むと、何となない印象の違いはあるものの、これらの歌を一読して、それぞれの拠って立つ歌論を明瞭に指摘するのは難しい。ともすると近代短歌の自然詠という分類に一括されてしまいそうだ。

歌を読むときには、自然詠は自然詠として味わえばよいと思うし、あまりに目くじらを立てて作者の歌論的立場を云々すると、文芸本来の味わいから遠ざかるようで抵抗を覚える。評価を下そうとか、どのような技法が使われているかとか、現代的な意味は何かとか、そういうことは横に措いて歌の情趣を満喫したいと常々思う。しかし、あえて右の歌を再読三読すると、作者が、自然と自己と作品との関係をどのように位置づけようとしたか理解できるだろう。

水穂の歌は、夏の日の照りつける楢山全体から蟬が一斉に鳴きたち、深淵な感じが山を覆っている。余白の多い一幅の墨絵を見ているかのようだ。水穂が芭蕉を熱心に研究し崇拝していたという知識も手伝って、「閑さや岩にしみ入る蟬の声」を即座に連想する。しかし、水穂の歌は芭蕉の句とは違った短歌らしい滑らかな調べと広がりがあり、「暑さをこめて」「こゑとなりけり」に水穂短歌らしい工夫がある。自己を離れて普遍的情趣を追求するといった感じだ。

赤彦の歌は、壮絶な自然風景である。赤彦が諏訪の出身と知っていれば、「湖」は諏訪湖だろうと想像がつく。しかし諏訪湖といわず、固有名詞を省いた点に、鍛錬道を唱えた赤彦の面目があるのだろう。諏訪湖のスケッチではなく、日常の夾雑物を捨て、普遍的核心へと集約してゆく。「焦げきはまれる」という窮極、「氷らんとする」という刹那へ収斂し、自然の峻厳を描いている。客観に徹している。

空穂の歌は、湧き出す水の様態を細かく観察している。泉の様は、誰でも一度は見たことがあるだろうから、ああ あれだと、一読して水の動きの像を明瞭に思いうかべることができるだろう。けれども、一首の眼目は、誰でも知っている泉の様態ではなく、それを観察している作者の目の働きにある。水の動きに惹きつけられている作者がそこにいる。

水穂の「こゑとなりけり」、赤彦の「湖の静けさ」は、一首が結句によって纏まりを持つように作られているので、絵画でいえば額縁の中に納まったという印象が残る。それは、良し悪しの問題ではなく、作者の短歌観によるものだ。対して、空穂の「なほ盛りあがる」は、一首に纏まりをつけるのではなく、更に水の力に惹きつけられる作者の心の動きが印象的である。

空穂は観察や描写の大切さを説くと同時に、「写生の歌」に賛同しない。「描写」を、「写生」と区別して次のように言っている。

> 描写といふ事は、何の選択もなく、見たままの事をごたごた書き並べたといふことではない、そんなのは、如何に外見は描写のやうでも、心持から言へば一種の説明だ。畢竟描写、といふ事は心持の問題で、描写しなくてはゐられない所までその人の心持が進んで行くといふ事が大事だ。芸術は其所に至つて初めて生める。
>
> （窪田空穂『作歌問答』）

「心持の問題」とは人間としての作者の感受性や洞察力が問われているということだろう。

このように読んでみると、水穂や赤彦に比べて、空穂の歌では（もちろん、歌人論としてではなく、三首に限っていえることであるが）、人間（＝自己）の主観が捉えた自然という、自然との対し方が理解できる。武川の指摘した「主観の具象化」である。

漱石の（F＋f）

夏目漱石の『文学論』は、日本ではじめての近代文学論だといわれているそうだ。漱石は明治三十三（一九〇〇）年から二年間ロンドンに留学した。そこで漢籍における文学と、英語における文学との違いに悩み、「余はこゝに於て根本的に文学とは如何なるものぞと云へる問題を解釈せんと決心」（『文学論』）した。その成果を一冊としたのが『文学論』（明治四十〔一九〇七〕年刊行）である。次のように始まる。

> 凡そ文學的内容の形式は（F＋f）なることを要す。Fは焦點的印象又は觀念を意味し、fはこれに附著する情緒を意味す。されば上述の公式は印象又は觀念の二方面即ち認識的要素（F）と情緒的要素（f）との結合を示したるものと云ひ得べし。吾人が日常經驗する印象及び觀念はこれを大別して三種となすべし。

漱石は文学の構成要素を、認識的要素と情緒的要素に分け、両者それぞれの種類や用法、複雑に入り組む関係、そこに生れるレトリックや表現の方法を展開している。文中に言われている（F＋f）

は、『文学論』をつらぬく文学の公式である。続いて日常経験を①Fありてfなき場合、②Fにともなってfを生じる場合、③fのみあってFがない場合に分類するというように、漱石の筆は進むにつれて、膨大な用例をもとにした分析と分類、体系づけが行われ、専門的に細分化する。

漱石全集の栞で、亀井俊介は「東西両洋の文学に通底する普遍的特質に迫ろうとした時、漱石のとった方法は、当時、心理学や社会学で成果をあげてきていた科学的な分析法であった。文学的内容をFとfとに別けて考えるのは、その一端である」と記す。FはFocus，fはfeelingと考えられる。

人は外界のさまざまな刺激に対して局面ごとに違った反応をする。同じ花を見ても、深く心に沁みるときもあるし、そうでないときもある。好きな人を疎ましく思ったり、これまで素通りしていた樹木の形に強い関心を抱いたりする。そして、そのような心の動きの一々が、必ずしも一貫した流れを作っているわけではない。水を張った樽の中に放り込んだ芋洗いの芋のように、大小さまざま形の違う芋が、浮いたり沈んだりするように、時間や場所や状況によって異なる考えや感情や感覚が多様な表情を見せる。これがfである。

旅の途上で風景に心を動かし、肉親を失っては心を動かす。そのときの心の動きは、美しいとか悲しいとか、言葉で簡単に一括できるものではなく相当に複雑だ。自分自身でありながら、刻々と変化する感情のうねりの中にいる。どれほど瑣末であっても、また不本意なものであっても自己の心のfである。感動は、感動しているときは、どれが本当でどれが瑣末なものか見当もつかない。第一、言葉にならない。そこで、複雑雑多な断片のfを作品化するには、全体を俯瞰するもう一つの自己であるFが必要になる。

『草枕』の冒頭に「智に働けば角が立つ。情に棹《さを》させば流される。意地を通せば窮屈だ。兎角に人の世は住みにくい。住みにくさが高じると、安い所へ引き越したくなる。どこへ越しても住みにくいと悟つた時、詩が生まれて、画が出来る」という有名な一節がある。「どこへ越しても住みにくいと悟つた時」は、経験を重ねた結果ということだ。「詩」や「画」は経験を内実として成り立つと解しておきたい。このとき、漱石の「詩」や「画」と、空穂の「芸術」とはきわめて近いと思われる。

漱石と空穂の共通点

空穂を中心とした十月会の発表機関誌「国民文学」は、『濁れる川』刊行の前年（大正三年）に創刊された。空穂は各号にエッセイを寄せている。そのころの空穂の短歌観を、次のように伝える。

如何なる境も、その輪郭だけは智識によつて知る事が出来るが、その内容は、親しくその中に処して見なければ分らない。

（『窪田空穂全集　第五巻』）

言葉といふものは、その境を見、その境を感じ、その境を知つたが故に出せるものではない。その境を支配し得て、初めて出せるものである。

（同前書）

「智識」と「内容」、「見」「感じ」と「支配」いう言葉の相を対立的に整理して述べている。「智識」「支配」は、漱石のFにあたる。「内容」「見」「感じ」は漱石のｆであろう。言語芸術は、言葉では言い表せないものを、限りある言葉で表現するというパラドックスを抱えている。特に、俳句・短歌という、短くて形の定まった詩は、輪郭を組み合わせるだけでも、つまり概念や観念だけでも共感できるものが出来るのである。空穂は、その前に内容＝内実（漱石のｆ）が必要だというのである。内容はすなわち自己である。

Ⅶ

信濃毎日新聞社の主幹であった坂本令太郎が、昭和五十五（一九八〇）年に「意志の人、便乗しない人」（「信濃教育」の窪田空穂特集号）という短いエッセイを書いている。「西南戦争の明治十年ごろ、奇しくも信州から、相ついで三大歌人が生まれたのであった」と始まる。三大歌人とは太田水穂、島木赤彦、窪田空穂である。水穂と赤彦は明治九（一八七七）年、空穂はその翌年に生まれた。続けて坂本は「お世辞でなく、私にとってもっとも好ましいタイプとなったのは、窪田空穂であった。なぜ空穂が好きになったのか。それは時局便乗タイプではなかったからである。象徴詩人としてはおもしろい水穂であり、人柄にも好ましいところのある水穂だが、時局、権力に乗りかかるところが嬉しくなかった。そして赤彦はといえば、いささか道徳家ぶるところが気になる。説教的になるのは、当時の教育家として致し方ないところかもしれないが」とある。坂本は時局に便乗しない空穂を好ましく思ったという。作家には様々なタイプがあり、読者の好みも様々だが、掲載雑誌が空穂特集だということを勘案しても、坂本のような視点に立つと、水穂は分が悪い。戦時下の日本文学報国会をめぐる一連の行動を「時局便乗」といわれても仕方がないし、最近では中西亮太が長年の疑問に答えを出した「桐谷侃三」問題もあった。しかし、坂本が何気なく書いた好悪の問題は、坂本個人の好みや相性、また水穂の個性以上に、水穂の掲げた歌論が内包する、短歌の、もっと言えば日本の詩歌そのものの、何か奥深いものを指し示しているのではないか。

水穂の「この花会」

水穂が「この花会」を始めたのは明治三十三（一九〇〇）年だった。信州の松本で内山真弓をはじめとする桂園派の旧派和歌が主流だったときに、二十代の文学青年が新しい詩歌を求めて気焔をあげたのである。同時期に、東京では根岸短歌会や東京新詩社が生まれている。

水穂は師範学校を卒業ののち、東筑摩郡和田村（現、松本市）の尋常高等小学校に赴任した。和田村には空穂がいて、空穂とも親しく交流するようになる。水穂は師範学校で同級だった赤彦とも深い親交があった。農村地方に長男以外の男子として生まれた青年たちが、明治の中ごろ、北アルプスの山々を遠望する同じ風土の下で、自己と向き合うべく、親しく短歌を語り合い、新しい文学を夢見たのである。後年、三人は袂を分ち、個性のはっきりした自分の歌世界をつくることになるが、出発時に濃密な交流があったことは記憶しておいていい。赤彦は写生、水穂は象徴、空穂は生活を作歌理念として、それぞれ三人は異なった歌論を打ち立てることになる。

水穂の『短歌立言』

水穂は、大正十（一九二一）年、自身の歌論を一冊にまとめた。『短歌立言』である。水穂はその序で、「短歌の根本」をもとめて、「実質」「形式」「態度」について次のように言った。

実質、形式、態度の事は凡て同一の根本から発するもので、此の根本を為すものは作者の心情の帰趨に他ならない。心情の帰趨とはその心情が何を目懸けてゐるか何れへ向つてゐるかと云ふことである。それに依つて作物の質と形と態度との差を生ずるのである。今の世に行はれてゐる短歌の作法書に述べてゐることは多くは之れ以下の心得に関することで、質と云へば材料の事を、形式と云へば、用語、語調の事を、態度と云へば叙景、抒情、凝視、写生等の事と解して、殆んどそれ以上の世界に及んでゐない。言葉を換へて云へば人の心情の帰趨の世界が無いのである。それ故に作られるところの者は凡て皮相な現象本位の歌――皮相な現象本位の上にたゞ才分の敏慧を競ふ歌となる。作るところ愈々多ければ多いに従つて、現象への不自然な分析が行はれて、物の性を虐げるとともに作者の心情をも傷つけるのである。（『短歌立言』、原文旧漢字）

右に見るように、水穂は短歌創作に関わる論評（作品の批評鑑賞をする際の評言や指南書入門書の解説や説明）に対して、大いなる違和感を抱いていた。論評のほとんどが、「実質」「形式」「態度」についてのみ述べていることが不満だった。それを纏め統括する「心情の帰趨」について語る言説がないというのである。もっとも大事なものを語っていないというのである。水穂は「心情の帰趨」を「実質」「形式」「態度」の上位に置き、「短歌の根本」とした。水穂が何に向ってこのような立言をしたかは明らかだ。大正歌壇の潮流に対してである。

大正歌壇

大正時代の短歌動向については木俣修の『大正短歌史』が詳しい。木俣は、大正短歌の始発を大正五（一九一六）年としている。明治短歌から大正短歌を区別する視点を「アララギ」の歌壇制覇におく論説である。木俣の大正短歌の概観は次のようなものである。

近代短歌史における大正期の主要な問題点は、思潮的に見て、子規の写生現実主義を継承した『アララギ』派が、新詩社『明星』派およびその系統につながる浪漫主義短歌、牧水・夕暮を代表とする自然主義短歌その他の明治末期以来、歌壇に興起して主流的立場をとってきた諸流派を制して、歌壇に主流的立場を形成していく過程と、その歌風の一完成というところにあるといってよいだろう。一方また歌壇現象的に見るならば、ようやく文壇圏から離脱して、歌人たちがそれぞれの主義主張を奉じ、あるいは自らの宗匠的立場の拠点として結社を組織し、あたかも封建時代における諸侯のように相対峙した。

（木俣修『大正短歌史』序章）

木俣は、大正短歌史の始まりを大正五年におく指標として赤彦の上京を挙げた。『万葉集』の再評価と回帰を説くことによって、歌壇の大勢をまとめ上げていったと述べている。

今から見れば、この「アララギ」対「明星」、また「写実主義」対「浪漫主義」という図式は、短歌史を語るにやや物足りなくもあるが、木俣のような短歌研究者の作った短歌史の骨格はゆるぎない。事実、この大正期に形づくられていった「アララギ」の歌論や方法論また技術論は、昭和平成と続く短歌論議の重要な主軸となった。空穂系結社にいるわたしのごときも、ときどき赤彦の『短歌小見』や茂吉の『童馬漫語』を読んで、心開かれる思いがする。

水穂の芭蕉研究

水穂がいう「短歌の根本」は作者の思想と言いかえてもよいかと思う。勅撰集などへ連なる滑らかに流れる調べや、角をたてない情趣を否定し、『万葉集』を質実剛健な「写生」「写実」という理念のもとに統合し技法論や素材論を、主要な論点とすることに大きな齟齬を感じたのであろう。今日的にいえば、デジタル的分析に満足できなかったのである。旧派和歌から続く短歌の調子や情趣の上に、近代的な思想を築こうとした。それは、作者の思い付きや瑣末な体験ではなく、人間の普遍に繋がるものでなければならないと水穂は考えた。象徴主義である。象徴主義という語は、十九世紀フランスなどに起ったサンボリスムを指すことが多いが、西洋輸入の象徴主義に対立するものとして、水穂は日本独自の象徴主義を唱え、芭蕉をその中心に据えた。

『短歌立言』刊行の前後、水穂は芭蕉の研究に没頭する。自宅に阿部次郎、安倍能成、小宮豊隆、和辻哲郎などを集めて芭蕉研究会を行うなど情熱を注いだのだった。

ブラックホール

二〇一九年四月十日、ニュースで、人類史上初めて撮影に成功したというブラックホールの写真が公開された。アインシュタインの指摘から百年、存在は分かっていたが視覚化出来なかった像である。地球から約五五〇〇万光年離れた銀河「M87」にあるという。視覚化によって見えない宇宙の彼方の出来事が一気にイメージし易くなった。天文に疎いわたしも好奇心を刺激された。

写真は、世界八か所にある電波望遠鏡を繋ぎ、周辺部のガスの光を集めたのだそうだ。それ自体は写らないブラックホールが、周辺の赤い光によって中心に円形が浮かぶ。わたしはこの写真を見たとき、水穂のいう「短歌の根本」を思った。

先述の坂本令太郎から「時局、権力に乗りかかる」と見えた水穂の振る舞いは、「短歌の根本」というブラックホールに呑み込まれてしまったのではなかったか。もちろん、戦時下で時局に呑み込まれたのは水穂一人ではない。日本全体が抗しきれない渦の中にあった。だからといって事情を斟酌するのではなく、同じ轍を踏まぬよう、対立項を立てておくことが必要だ。情趣に流されるのではなく、事実の認識を用意しておきたい。

新元号「令和」

二〇一九年四月一日に「平成」に次ぐ元号が「令和」になると発表された。以来「令和」の出典とされる『万葉集』に関連する書物が増刷され書店では品切れになるほどだ。「令和」は概ね好感をもって迎えられているらしい。

報道で繰り返されたことだが、「令和」は、大伴旅人が大宰府の邸宅で開催した観梅の宴で、詠まれた三十二首につけた漢文の序章による。『万葉集』巻五にある。読んでみると三十二首は中国渡来でまだ珍しい梅花を讃えて、いかにも楽しそうな酒宴の様子が想像できる。『万葉集』に集まる注目が、短歌への関心の高まりにつながれば嬉しいとは思う。

しかし同時に、『万葉集』をはじめとする和歌短歌は、政治利用され易いということも忘れたくない。「朝日新聞」は、『万葉集の発明』の著者品田悦一の次のような言葉を報じていた。

「問い直したいのは、万葉集そのものの価値ではなく、利用のされ方です」「(万葉集の歌は)貴族など一部上流階級にとどまったというのが現在の通説と言えます」「(万葉集の歌に曲をつけた「海ゆかば」など)忠君愛国と万葉集は切っても切れない関係にある」

(四月十六日、朝日新聞朝刊)

『万葉集』の価値を認めるとき、同時にこのような過去があったという事実を知っておくことはきわめて重要である。事実を曖昧にしたまま先入観の上に立って美化喧伝するとき、そこにブラックホールが口を開けている。

本書は宮中歌会始のレポートに始まった。偶々得た機会だったが、それを書こうと思ったのは、歌会始がどういう手順で何が行われているか伝わらないまま、論議されていると感じたからだ。見たままの事実を書いておこうと思ったのである。

その後、何人かに声をかけられた。わたしも陪聴に行きましたよという。行ったけれども公言するに憚られる雰囲気があって黙っていたというのである。黙らせるような雰囲気が歌壇にあったのだ。いわゆる同調圧力である。わたしたちは同調圧力がとても強い社会に住んでいる。そのことと、たとえば、水穂が「短歌の根本」を掲げながら「時局便乗」してしまったことと関わりはないだろうか。

今日、『万葉集』の価値を認めないという人はいないと思われる。品田がいうように近代国家日本の国民詩として再構築された経緯があったとしても、政治利用されただけではなく、詩歌として共感できる感情が根付いていよう。しかし、同時に、何処かにブラックホールを抱えていることも事実だろう。

近代日本の〈私〉

日頃、わたしたちは気軽にネット短歌という。考えてみると、ただネット上でやりとりされている歌を指すのか、近現代短歌とは違う旗印があるのか、漠然としていてわからない。だが、それらしいものを読んでみると、明らかなのは〈私〉の希薄化である。作者がいて自意識がある。けれども個人としての〈私〉がいない。自立した個人は、ときに作者にとっても読者にとっても手におえない厄介なものだ。重苦しくて煩わしい。しかし、〈私〉は、近代短歌が短歌史上に作り上げた大きな財産だ。時には足枷となるような〈私〉は、作者がブラックホールに呑み込まれないための一つの手だてとしてとても有効なものと思う。

和文脈ということ

最後に「和文脈」について。「和文脈」という用語は漢文脈・欧文脈に対立する。「和語」「和文」では語彙や構文のニュアンスが強いし、「たおやめぶり」「女歌」というと、文体が性差イメージを纏いすぎる。そこで、日本語が内包する生理と、短歌形式が生み出す時空を指し示す用語として考えた。もう一つ加えれば(これが大事な点)、作歌するとき、モノやコト、また対立や違和や異物、訳の分からない不気味というような夾雑物を排し収斂してゆくと、どこかの時点で、ドアがぱたりと閉まるように、外界・他者・社会・抵抗・疑問などの摩擦のない自己閉塞世界へ入ってしまう。小野十三郎が「奴隷の韻律」で拒絶した、「湿っぽいでれでれした詠嘆調」がそこに流れ込む。その、いわゆる〈日本的短歌的抒情〉とは違う、日本語独自の美しさを捜したいと思ったのである。

短歌における日本語としての「われ」の問題

1　はじめに

近世和歌から近代短歌へと、自我の発露の場として位置づけられた短歌は、明治三十年前後に基盤がおおむね整備された。近代短歌はそれ以降現在に至るまで、実作に際してはもちろんのこと、評論・研究においても、「われ」の問題が視野の外に置かれることはなく、一人称の文学として個人を尊重重視してきた。

戦後の「われ」をめぐる論議が、前衛短歌論・定型論・土俗論・フェミニズム論・ニューウェーブ・インターネット短歌論などに深く結びついていたのも、近代短歌が出発したときからの、一人称文学としての個人の尊重重視が基軸となっているからである。よく引用される一文に、岡井隆の「短歌における〈私性〉というのは、作品の背後に一人の人の――そう、ただ一人だけの人の顔が見えるということです」(1)という私性の定義がある。この岡井の言葉は、近代現代の短歌作品における「われ」をわかり易く説明しており、今日、「われ」を語るとき必ずといっていいほど言及される一文となっている。ここにあらわされる立場が、「明星」「アララギ」という二つの潮流を中心に描かれる短歌史を今日まで牽引してきた、といえば大げさになるだろうか。

今、評論本文の文脈から切り離して、あらためて一見平易とみえるこの一文をみると、次のような、いくつかの要素を引き出すことができる。①作品は「人」を措いては成立しないこと、②「ただ一人の顔」は作品内の「われ」であり作者でもあること、③作品は、その「われ」と作者の合一した「一人の顔」という一点に集約されるものであるということ、など。

近代短歌は、日本の近代国家形成の歩みとほぼ並行して、このように規定される「われ」をめぐって、人々の思考や意識や心情を写し取ってきたと言えるだろう。岡井の言葉にあらわれる「われ」の形成は、近代日本人という枠組みのなかで、短歌が、近代文学の一分野として地歩を占めようとするときに、避けて通れないハードルとしてあった。そうしてそれは、今日まだ越えられない問題である、というよりは今日ますます混迷を深めている問題であると、わたしには思われる。

本稿では、短歌に「われ」の問題がどのような位相であらわれてくるのか、主として日本語の特質の面から考えてみたい。

2　二つの「われ」

東海の小島の磯の白砂に
われ泣きぬれて
蟹とたはむる
石川啄木

この『一握の砂』の巻頭歌は、明治四十一（一九〇八）年七月の「明星」に発表された。この一首は、「助詞の『の』が海→島→磯→砂と巨視から微視へ視点の移動に滑らかな効果を与え、巧みな遠近法による映像的構図を作りあげている」「このスケールの大きい構図は、蟹とたわむれて泣きぬれる自己の卑小さを焦点とするために、絶妙のコントラストをなしているといえよう。さらに、不器用で弱弱しい蟹のひたむきな姿に、都会生活に摩滅されそうな自己の弱さや甘さが客観視されている」(2)と鑑賞されるものである。

啄木は、東京本郷の赤心館でこの歌を作った。読んですぐわかるように、日本を「東海」と考える西欧からの視点がある。脳裏には西欧中心の世界地図が広がっていたにちがいない。啄木は英米で出版された野口米次郎の詩集『FROM THE EASTERN SEA』と、欧米の詩のアンソロジー『SURF AND WAVE』に多大な感銘を受けていた。「東海」は野口の『東海より』から得た発想であったと考えられる。澤地久枝は、この二冊が「詩人啄木の誕生と、恋人たち（啄木と妻節子：筆者注）の生活設計に深くかかわっていた(3)」と指摘している。

地図を俯瞰する視点は、たとえば土岐善麿の〈指をもて遠く辿れば、水いろの、／ヴォルガの河の、／なつかしきかな。〉（『黄昏に』）などにもみられ、啄木の独創というわけではないが、高所から、浜辺に遊ぶ卑小な「われ」まで、一直線に下降する、速度をともなった視点の移動は、今日の時点にたてば、たとえば一九六八年にイームズ夫妻による映画「パワーズ・オブ・テン(4)」を想起させる斬新さをもっている。イームズ映画の中でもよく知られた「パワーズ・オブ・テン」は、芝生に寝ている人間を、上空から撮影し、十のべき乗で高度を上げ、やがて地球の外に出て、銀河系をも客体化する視点に到達する。宇宙をズームで捉えるその映像は、グーグルアースなどの映像に親しんでいる今日においても、目を見張らせる手際のよさをもっている。これと同種の啄木の着想も、西洋文明の規範をおのがものとしたい、卑小なる自己から飛躍したいと望む明治文学青年たちにとって、同じく画期的な視点であったろう。

啄木のこの歌には二つの「われ」がいる。見る「われ」と見られる「われ」である。作歌主体の「われ」の俯瞰的視野のなかに、砂浜に泣きぬれている卑小な「われ」が描き出される。「われ」は、見る「われ」と、見られる「われ」の二つに分離している。

わたしたちは日常的に、自己を生きながらなお、自己を客体として見る他者の視点を、想像によって作り出し、環境の中に位置づけている。そうした力を養う過程を教育といい、養われた者を大人と呼んで社会の体制内に組み込んでゆく。だから、一人の作者が、見る視点と見られる視点を同時に保持するのは、特別なことではない。しかし、それが、たとえば一人の明治青年である啄木において、西洋との接触から発想され、短歌の表現に現れるようになったことは、特筆すべきことと思われる。なぜなら、和歌は長い間、作歌主体が作品内に立つことによってなりたつ詩の形式であったからである。

3　「見えけり」と「なりにける哉」

十五歳で旧派和歌の歌塾、中島歌子の萩の舎に入門した樋口一葉が、明治二十四（一八九一）年八月の記録「筆のすさび」[5]に次のように書き記している。

其日雨降けれは新秋雨涼といふ題成けり　にはの面をみ渡せば桜の葉の色付てはら〳〵と散りみだるゝさまふとめにつきて

　ふる雨に櫻の紅葉ぬれなからかつちる色に秋はみえけり

といひ侍りしに師の君の給へり　此眼前之景なるものから猶実にのみよりてはよみ難きものそかし　打まかせて櫻の紅葉といふへき折にはあらずとて

　そめ出し櫻の下葉ふる雨にかつ散る秋に成にける哉

一葉の原作「ふる雨に」と、歌子の添削歌を比較すると、歌子が一葉に、和歌をどのように教えたかを知ることができる。いま、両者の結句を比べてみると、一葉の「秋はみえけり」を、歌子は「秋に成にける哉」とあらためている。

違いは明瞭である。「みえけり」の作歌主体が、外側にたって秋を描くのに対して、「成にける哉」

は、秋の内側に身を置いている。「みえけり」を「成にける哉」と添削することで、歌子は、作歌主体としての一葉を作品の内部に立たせたのである。言いかえれば、見るものと見られるものという、一首の中での対立を解消し、作歌主体と作中の〈われ〉を統一させる方法を教えたのだった。

ちなみに、樋口一葉は、同じ明治二十四年十月の「蓬生日記[6]」に次のように記した。

朝風のいと寒かるに起出てみれは霜ましろに置けり　初霜にこそなといふ　八時頃家を出て師の君かり行　暮秋の霜てふ題先出ぬ

めつらしく朝霜みえて吹風の寒き秋にも成にける哉

実景成りとて十点に成ぬ

「秋にも成にける哉」に、以前の添削の成果が反映されていることは明白である。萩の舎の「稽古」で十点は満点である。一葉は得意であったろう。また、歌子も嬉しかったであろう。

こうした中島歌子の指導は「歌は理《ことは》るものにあらず調ぶるものなり」と歌の韻律を強調し、一首における内容と形式との調和を強く説いた香川景樹の流れに沿うものであったが、「みえけり」と「成にける哉」を次のような論と並べて考えると、日本語の生理と短歌形式の深い結びつきが明らかとなり、たいへんに興味深い。

4　自己分離と自己投入

英語表現と日本語表現の比較から、〈自己の他者化〉を避けるという日本語表現の傾向が、言語学で指摘されている。(7) 〈自己の他者化〉とは、「自分の分身をその場面に残したまま、自らは一歩退き、自分の分身を含むもとの場面を外から客体化して眺める」意識構造をさす。そのような場合、「話し手は自らを〈視る主体〉としての自己と〈視られる客体〉としての自己とに分裂させ、〈主体〉と〈客体〉が対立するという構図が生み出される」という。反対に、〈自己の他者化〉を避ける自己中心的な表現においては、自己の分裂は起こらず、「話し手は自分が臨場している事態の中に身を置いたままで、その視座から事態を把握する。その際の事態把握では、話し手は自らを原点として、そこから事態を眺め、把握する。それゆえ、話し手自身は自らの視野に入らず、客体化されないから言語化の対象にならない」（引用部分は、池上嘉彦『英語の感覚・日本語の感覚』）。いうまでもなくわたしたちは、後者の把握の仕方を日本語の自然な表現として受けとめてきた。

たとえば、よく示される事例であるが、川端康成『雪国』の冒頭部分「国境の長いトンネルを抜けると雪国であった。夜の底が白くなった」と、E. Seidensticker 訳の「The train came out the long tunnel into the snow country. The earth lay white under the night.」を並べ比較してみると、このことは納得される。サイデンステッカーの英訳が、原文にない汽車を主語として補い、さらにその汽車を客観的に捉えているのに対して、原文では、作者主体が汽車に同化しているので、「われ」や「汽車」という主語は表記されない。「話し手自身は自らの視野に入らず、客体化されないから言語化の対象にならない」のである。

さらに、言語類型学的な論点から、英語を、「する」言語すなわち〈動作主〉指向的言語、日本語を「なる」言語すなわち〈出来事全体〉把握的言語としての、次のような考え方も深い示唆を含んでいる。「おそらく、〈する〉的な言語（DO-language）であれば、それは同時に、'HAVE-language'であり、〈なる〉的な言語（BECOME-language）であれば同時に'BE-language'であることが推定される」[8]。これは、「〈所有〉という概念が本来〈人間〉に（〈所有者〉となりうるという）特別な地位を与えることによって成り立つという意味で個体中心的な捉え方であり、一方〈状態〉という概念は全体的把握という指向性を有している」ということに基づいた論考である。

たとえば今日、一組の男女が第三者に婚約を報告するようなとき、「このたび私たちは結婚します」と言うよりも「このたび私たちは結婚することになりました」と言うほうが日本語表現として自然に聞こえる。また、湯が沸いたことを誰かに伝えるとき、話者（＝沸かした行為者）であっても、「お湯を沸かしました」と言わず、「お湯が沸きました」と言うのが耳慣れた言い方であることも、こうした日本語のもっている表現特徴によるのである。

このように考えると、中島歌子の「みえけり」から「成にける哉」への添削は、「なる」言語、すなわち〈出来事全体〉把握的言語である日本語のあり方を、若き樋口一葉に教えたということになる。それは、作者主体が出来事の中、つまり作品内に参入するための方法であった。

一つの添削例ではあるが、このような文脈においてみると、樋口一葉の〈めつらしく朝霜みえて吹風の寒き秋にも成にける哉〉から、石川啄木の〈東海の小島の磯の白砂に／われ泣きぬれて／蟹とたはむる〉までに、どれほど大きな懸隔があるかがわかる。また、土岐善麿の〈指をもて遠く辿れば、水いろの、／ヴォルガの河の、／なつかしきかな。〉が、素材としては啄木の歌に通じるものでありながら、作者主体の「事態把握では、話し手は自らを原点として、そこから事態を眺め、把握する」という従来の日本語表現に沿っていることもはっきりしてくる。

明治末期の、一人歩きし始めた「近代」に対して、啄木は「自己を軽蔑する心、足を地から離した心、時代の弱所を共有することを誇りとする心、さういふ性急《せつかち》な心を若しも『近代的』といふものであつたならば、否、所謂『近代人』はさういふ心を持つてゐるものならば、我々は寧ろ退いて、自分がそれ等の人々より多く『非近代的』である事を恃み、且つ誇るべきである」(9)と警告を発した。表層の変化によって「近代」を取り繕うことを戒めたのである。その啄木が短歌を作るとき、一首の中に「われ」と表記し、自己を、見る主体と見られる主体に分離することによって、短歌表現上で「近代」を背負ったのである。あらたな意識構造が現出した。

そうではあるが、啄木の〈東海の小島の磯の白砂に／われ泣きぬれて／蟹とたはむる〉を読むとき、今日なおわたしは、語感にザラリとした違和を覚える。わたしの言語感覚が「〈自己の他者化〉を避けるという日本語表現の傾向」になじんでいるためであろう。どこか演劇的に感じられるのである。

5　写生という方法

時代の要請としての見る主体と見られる主体との分離は、短歌表現の上では、正岡子規の「写生」によって方法化された。以降、「写生」の解釈を少しずつ変えながらも、伊藤左千夫、島木赤彦、斎藤茂吉、土屋文明と受け継がれ、近代短歌史上に〈アララギ〉という大きな潮流を作った。聞けばすぐに、見る主体と見られる対象という構図がイメージされる「写生」という語は、子規において「空想を排して事物の実際ありのままを具体的、客観的に表現するといった程度の規定であったが、その内容が「アララギ」派の歌人によってさまざまに深められてゆくことになる」[10]。よく例に引かれる次の歌にそって考えたい。

瓶《かめ》にさす藤の花ぶさみじかければたたみの上にとどかざりけり　　正岡子規

花瓶にさした藤の花房と畳との、隙間の発見に興じた歌である。が、有名なこの歌のどこがいいのか分からないという人にときどき出会う。わたしも若い頃はよさが分からなかった。歌から内容の特殊性を読みとろうとする読者には、面白い歌ではない。藤の花房と畳でなくてもこのような隙間は日常いたるところにあって、それを大仰に伝えられたところで、そういう人の感興は刺激されない。それなら、この歌の背景に、脊椎カリエスの子規が病床から眺めているのだという、作者にまつわる物語を置けば面白くなるかというと、そういうことではないと、わたしは思う。回りくどい言い方をするのは、今日、短歌が一般に、そのような個人の物語のなかで読まれ鑑賞されることが多いからである。

子規が表現しているのは視線である、と思う。視覚の働きといってもよい。「瓶」「藤」と順次具体的に描写しながら、視線は大きなものから微細なものへと移動する。対象物を捉える描写が、読者を畳の上の隙間まで導く。そのとき、見る主体と見られる対象が、きわやかに対立していることがよくわかる。人間が事物と対面すると、視線はこんな風に動くであろう、そう思わせるところにリアリティが生れる。見る主体という自己の位置付けへの自覚がなければ、このような表現は得られるものでない。

この歌を先の啄木の歌と比較するとき、この歌には言葉として「われ」が登場しないことに気づく。見られる対象は花瓶や藤や畳という外部のモノで、作者主体はフレームの外に位置しているから、一首の中に、見る「われ」と見られる「われ」というような分離がない。では、表現上、作者は対象とまったく関わっていないのかというとそうではなく、「とどかざりけり」の詠嘆の助動詞「けり」によって、作者主体はそこに臨場しているのである。「けり」は、見る主体と見られる対象とを一瞬にして一つの「場」の中に関係づけるべく働いている。

6　窪田空穂の主観と客観

作歌方法としての「写生」は、大正期に「『写生』といふ語を新に活かすためにもつと深く、もつと広く、その意味を変へようと」[11]いう努力によって大きく発展し、斎藤茂吉の「実相に観入して自然・自己一元の生を写す。これが短歌上の写生である」[11]という有名な一文を生み、方法というよりは理念となった。つまり子規が「とどかざりけり」の「けり」によって、見る主体と見られる対象を結びつけたところを、深化拡充させたといえよう。歌いだす以前に、作者自身が対象に深く参入し「自然・自己」の一元化をはかる。そのことで表現を、事象の表層部分より深奥へと押し進めたのであった。

これに対して、窪田空穂は「私は『写生』といふことは、本当の歌を得る道ではないと思つてゐる。無論形を離れては歌といふものはない。しかし形が歌でないことも同様である。実際我我は、自分の心をあらはす為に形を仮りるのであつて、形とは方便である。心と形とは明らかに本末軽重がある。私には『写生』を愛する人の歌は、こちらのその時の心持次第で如何やうにも変化する自然を、直ちに自然その物の姿と思つてゐるやうに感じられて、その自己を没してゐる態度と、唯物的に自身や自然を観てゐる態度とが連想されて、或る程度の面白みは感じつつも本当のものだとは思へずにゐる」[12]として、「写生」を退けた。作者は作品の外側に立つべきものではないとしたのである。歌は作者を離れてはありえないということだ。こうした「写生」の否定は、いわゆるアララギ派の主張と対立しているように見えるが、空穂は、客観性を論じて次のようにも言っている。すなわち、詩歌に含まれた客観性は「眼にうつつただけのもの、又は眼から胸まで行つただけのものではなく、深く深くその人の骨髄にまでしみて、生命を融会《ゆうゑ》したもの、生命その物となつたものでなくてはなるまい。我々の生命は共通である。共通の生命まで到達したならば、それがたとへ如何に短い一呼吸にもせよ、立派に客観性を帯びて来てゐる。そして此の意味で言ふ客観性は、眼で見た客観性といふ如きものは没し去つた、或る主観の状態である」(13)。

「写生」をめぐって、茂吉と空穂は、対立しながら、「自然・自己一元の生」と「生命を融会《ゆうゑ》したもの、生命その物となつたもの」という、理念の上ではほとんど同じ到達点にゆきついている。両者とも、啄木や子規の例歌にあらわれた、見る主体と見られる対象とをどのように一つのものとするか、どのように一元化するかという問題に答えを出したのである。それは、〈なる〉的な言語(BECOME-language)である日本語の表現が、どのようにすれば〈する〉的な言語(DO-language)の「われ」を包括できるかという、近代人が背負った課題への、それぞれの解答である。

この家の雨の沁《し》まざる軒したに残りてにほふ檜《ひ》あふぎの花　　斎藤茂吉
四月七日午後の日広くまぶしかりゆれゆく如くゆれ来る如し　　窪田空穂

それぞれの最晩年の作である。理論上の到達点の近接にもかかわらず、二首を並べてみると、そこに現れる「われ」の風貌には違いがある。それは興味深い点であるが、いっぽう両者には、外界と自己とを内部のある一点に集約するという共通項を見ることができる。これが、近代短歌の作り上げた「われ」の形であった。すなわち岡井隆のいう「短歌における〈私性〉というのは、作品の背後に一人の人の――そう、ただ一人だけの人の顔が見えるということです」ということである。図式的にいうなら、今日当たり前になっている「われ」は、近代短歌の中でこのようにして形成されたものである。

7 「いま」と「ここ」

数年前、朝日新聞の「天声人語」に、それまでどこの国にもあると思っていた、たとえば明治文学全集というような企画が、欧米にはないと書かれているのを読んで、不思議に思ったことがある。出版社に勤める知人に尋ねると「そういえばそうだなあ」と言った。明治文学全集のような発想は、百人一首や百名山などのように、発想のはじめに、まず百という数の枠組みがあり、その中に何を加えるかという思考の順番と同じ経路をたどる。欧米では反対に、刊行に必要なものを揃えていった結果が何冊になるという発想をするらしい。時空の観念を形作る日本人のこのような発想は、日本文学の中に深く浸透している「道行き」に典型的にあらわれる表現の形であって、短歌の本質に深くおよんでいると、わたしは考えているのだが、これは、「日本では人々が『今＝ここ』に生きているようにみえる。その背景には、時間においては『今』に、空間においては『ここ』に集約される世界観があるだろう」という加藤周一の日本文化論[15]の、身近な具体例として考えることができるだろう。[14]

出来事全体の輪郭をフレームとして設定し、そこから同心円を内側にせばめていった先に、中心（決定される世界）があるという考え方である。

地にわが影。空にうれへの雲の影。鳩よ。いづくに。秋の日くれぬ

新詩社時代の女の人たちは、かういふ口から出まかせなと見える歌に長じてゐた。さういふものが出来るまでは、かういふ事を詠まうとは思はずに、語を並べてゆき、そして最後に近づいて、急速に整頓せられる。即魂が入つて出る訳で、まあそんな歌が多かつたのです。この頃の歌に、生命の流動が乏しくなつたのは、この点に関する考慮が欠けてゐるからではありませんか。口から出まかせといふと語はわるいが、自由に語を流して、魂を捉へる――さう言ふ行き方を、てんで罪悪のやうにして、態度が硬化してかゝるところにあるのでせう。

女歌論議でよく引用される釈迢空の一節[16]である。「アララギ」のあくなき「写生」の追求がもたらしたトリビアリズムへの批判反省にたって書かれたものであるが、ここで称揚される「さういふもの

が出来るまでは、かういふ事を詠まうとは思はずに、語を並べてゆき、そして最後に近づいて、急速に整頓せられる」ような「口から出まかせ」を可能ならしめているのも、作品構想や伝達内容に先立って設定される、強固でゆるぎない短歌定型のフレームである。

たましひを測るもの誰《た》ぞ月明の夜空たわめて雁のゆくこゑ
すべて雪ふるものの辺《へ》に河ながれせむオリーヴのあかるき声とわがあはすまで　山中智恵子

迢空の文中に引用されている山川登美子の歌と通じる言葉運びが読みとれる。「月明の夜空」に先行する「たましひを測るもの誰ぞ」は、たとえば日常会話で「あ、冷たい。雨だわ」と言うときの語順と同じで、内容が一つの構文に整序される以前の声を拾い上げている。「雨だわ」によって場面が形作られるように、三句以下によって作品内に空間が作られる。このことは、後の歌のような破調の歌の場合でも事情は同じである。要するに、作者の脳裏の短歌定型のフレームに充填されてゆく内容は、「時間においては『今』に、空間においては『ここ』に集約される世界観」を持つ読者に読まれるとき、それぞれの語は断片のまま表記されても、一つのまとまりをもった短歌作品として読まれるのである。ここでも、〈動作主〉指向的言語と〈出来事全体〉把握的言語との思考過程の対照が思われる。

岡井隆のいう「ただ一人だけの人の顔」の「一人」を、〈動作主〉指向的言語の発想を身につけた近代人であるとすれば、釈迢空の「口から出まかせ」の女歌は、〈出来事全体〉把握的言語としての、日本語の生理に身をゆだねて作られた歌である。両者は歌の作り方において対立しているが、またしかし、両者はともに、「いま」「ここ」へ集約するという日本の文化コードを前提とし、それに支えられているという点で共通項を持っている。

強固な外郭の内側では、個人のモノローグや断片にすぎない着想が、ひとまとまりの意味を持つことができる。それぞれの断片に意味がなくても、特定の文脈に配置されると、読者は意味を求めて想像を働かせる。人間の脳は意味を作り出すようにできているからである。このような、作品と読者の間に生まれる新たな意味の生成は、俳句や短歌などの短詩型文学鑑賞の面白さでもある。

8 フレームの崩壊

戦後短歌は、「いま」「ここ」の一点に集約される近代短歌の「われ」とは異なる「われ」を、短歌表現上に探った。今日の短歌における「われ」はその延長上にあって、作者と強固に結びつく個人の顔よりも、作品上に、普遍的な思想や多彩なイメージを創出することを優先しているように見える。

革命歌作詞家に凭りかゝられてすこしづゝ液化してゆくピアノ　塚本邦雄
卵産む海亀の背に飛び乗って手榴弾のピン抜けば朝焼け　穂村弘

そこでは、一つ一つの語の喚起する断片的な意味やイメージが、複雑に絡み合って多義性を増し、さまざまな読みを可能にしている。そうすることによって表現の問題意識は、作者の内面伝達から読者による意味やイメージの創出へと転換したのである。

さらに次のような、文体に破綻のない滑らかさのため、一見従来の短歌のように見えながら、よく読むと岡井隆のいう〈私性〉をきれいに払拭してしまっている作品がある。

円形の和紙に貼りつく赤きひれ掬われしのち金魚は濡れる　吉川宏志
濡れそぼつシャツ夕立はぼくたちのかたちをあらわにして通り過ぎ　松野志保

吉川の歌は、水中にあるものは濡れることがないという認識論であり、松野の歌は「ぼくたち」を外側から描いて、見る「われ」と見られる「ぼくたち」を分離させている。ここには茂吉や空穂が抱え込んだような、「われ」を巡る葛藤は跡形も残っていない。「短歌的抒情」といわれてきた、一人の人間の感情や感覚から出発する、言い換えると、作者主体が作品の内部に立つ短歌表現のあり方からすると、明らかな変質を遂げたといえる。こういった傾向の作品に接していると、わたしは、思考の関数を示されているような無機的な気持ちになる。が、戦後短歌にこういう傾向を生んだのは、固定的な「われ」を想定することに真実味を覚えなくなったわたしたち現代人の、これだと指し示し得る

「われ」のいない時代感覚であるだろう。
現代は急速にボーダーレスが進んでいる時代である。意図的に境界を崩すこともあるし、無自覚な侵入侵食の結果そうなることもある。設定されたあるフレームの中の状況に依存しながら、断片の意味やイメージを一つに集約するという日本語によりながら、フレームそれ自体が崩れ平板化してゆく現状のなかで、断片は断片のまま終ることが多く、普遍は現実の裏づけがないまま宙に浮かんで訴求力を失っている。岡井隆のいう「ただ一人だけの人の顔」の次にくる、短歌表現としての新しい「われ」が、日本語の特質を生かしつつ考えられなければならない。

参考文献
（1）岡井隆「私をめぐる問題」（「短歌」1962. 4~6）
（2）井上宗雄・武川忠一編『新編和歌の解釈と鑑賞事典』（1999）の石川啄木の項
（3）澤地久枝『石川節子――愛の永遠を信じたく候』（1981）
（4）DVD『EAMS FILMS　チャールズ&レイ・イームズの映像世界』所収
（5）『樋口一葉全集』第三巻下所収「筆のすさび」
（6）『樋口一葉全集』第三巻上所収「蓬生日記」
（7）池上嘉彦『英語の感覚・日本語の感覚――〈ことばの意味〉のしくみ』（2006）
（8）池上嘉彦『「する」と「なる」の言語学』（1981）

(9) 石川啄木「性急な思想」(「東京日日新聞」1910. 2)
(10) 大島史洋『現代短歌大事典』(2000)の「写生」の項
(11) 斎藤茂吉「短歌に於ける写生の説」(1929)
(12) 窪田空穂「『濁れる川』の評者に答ふ」(1915)
(13) 窪田空穂「短歌に含まれた芸術味」(1913)
(14) 今井恵子「韻律と時間」(「現代短歌雁」vol. 65. 2007)
(15) 加藤周一『日本文化における時間と空間』(2007)
(16) 釈迢空「女流の歌を閉塞したもの」(「短歌研究」1951. 1)

本篇は「日本現代詩歌研究」第八号(二〇〇八年三月三十日、日本現代詩歌文学館発行)に掲載された論文を再録したものである。

豊穣の「和文脈」を求めて——今井恵子の詩学

池上 嘉彦

歌人として、そしてまた批評家として活躍する本書『短歌渉猟——和文脈を追いかけて』の著者は、自己の営みを顧みて次のように述懐する——「「和文脈」は短歌の中核にあって、短歌なるものを規定しつづけているものとわたしは考える。…「和文脈」という用語は、漢文脈と欧文脈に対立する。…短歌を短歌たらしめているものを「和文脈」によって明らかにしたいのだが、それは、定義しようと図ったとたんに、するすると手の内を抜け落ちてしまう、捉えどころのない、不可思議な短歌の生理のように思われる…。その不可思議さゆえに、追い続けるしかないのである…。…作歌するとき、…対立や違和や異物、訳の分からない不気味というような夾雑物を排し収斂してゆくと、どこかの時点で、ドアがぱたりと閉まるように、外界・他者・社会・抵抗・疑問などの摩擦のない自己閉塞世界へ入ってしまう。小野十三郎が「奴隷の韻律」で拒絶した、「湿っぽいでれでれした詠嘆調」がそこに流れ込む。その、いわゆる〈日本的短歌的抒情〉とは違う、日本語独自の美しさを捜したいと思ったのである。」（二一六頁と二八〇頁より）

こういう認識に立った上で、著者はまず、自身が体験した宮中歌会始におけるさまざまな仕きたりを語り、そこから読みとれる和歌を詠むという行為に関わる原初的な意味合いを確認する。そして、和歌における「声」、「時間」（特に、「次の」の反復使用についての指摘は、丸山眞男「歴史意識の古層」の「つぎつぎ」への言及を連想させて興味深い）、「空間」（特に、「場」、とりわけ「記憶（の場）」との関連）といった側面と関係して、さまざまな歌人によってさまざまになされてきた受けとめ方を多くの具体例で論じる。この方向での著者の論述は、「和文脈の中の〈私〉」と題された第五章で一つの極点に達する。

しかし、著者の真摯な〈追いかけ〉はそこでも終らない。「短歌を短歌たらしめるものの理解は、短歌だけを視野においてできるものではない。日本文化、日本語、日本の歴史への理解、また、科学や哲学や言語学や民俗学など他分野での幅広い理解が必要になる」（二一七頁）。著者はこう述べて、第五章のあとにさらにもう一つ、「短歌における日本語としての「われ」の問題」と題された独立した章を加える。そこでは、日本語という言語の生理として、話者は自らがある場面に臨場するという構図でその場面を描写する場合、〈〈イマ・ココ〉に視座を置いて〈見え〉を語るというスタンスをとるから〉自ら自身は自らの見る対象にならず、したがって、自らを「われ」として言語化するに及ばない。しかし、そこで話者が自らの歌人としての主体性を顕示したいという思い、あるいは、〈主語省略〉と称される日本語話者の〈悪癖（？）〉に身を任せていると受けとめられるのを意図的に回避したいという思いなどから、敢えて「われ」という言語化を実践してみる――この種の実践例をめぐるさまざまな具体例が興味深く論じられる。

ほんのまだ半世紀ぐらい前には、言語における〈創造性〉（creativity）という問題を論じて、言語学では〈規則に支配されての創造性〉（rule-governed creativity：例えば〈主語＋述語動詞＋目的語〉という一個の文型だけからでも無限個の文が生成されるということ）であって、〈規則を変える創造性〉（rule-changing creativity）ではないなどという空虚な言説がなされることがあった。「和文脈を追いかけて」という試みは短歌を詠むという営みを通して、日本語という言語の〈生理〉がいかに豊饒な可能性を蔵しているかを体得させてくれる。

（東京大学総合文化研究科言語情報科学専攻名誉教授）

あとがき

人間は呼吸をしているのだと教えられたのがいつだったか覚えていませんが、呼吸を意識するたびに、どういうふうに息をしていいのか分からなくて苦しくなった幼い時のことを思い出します。右と左が分からなくなったのはそれから少し後だったような気がします。何の疑いもなく、左右を使い分けていたのに、ある日、考え確かめなくては分からなくなったのでした。たぶん小学校高学年ぐらいだったと思います。同じように、意識すればするほど身体の動きがぎこちなくなるという経験は、これまでの人生の至る所にありました。意識は素晴らしい成長の証ですが、また途方もなく厄介なものです。

言葉について意識するようになったのは高校生の頃だったと思います。それまで疑ったことのない言葉の伝達機能に深い疑念を持ちはじめました。言葉は伝わらないものだと知ったのです。言葉は生活の全般にわたっていますから、疑えば疑うほどに苦しくなり、身動きがとれなくなりました。青年期の自意識過剰も手伝って、厭世的になったり過剰に感情的になったりしました。

大学に入学してからも、狭い視野の中で、他者との意思疎通に苦しみましたが、あるとき、言葉の訓練をしようと思い立ち、短歌に出会ったというわけです。短歌が好きだとか、日本の文化に関心があったとか、自己表現をしたいというような出会いではありませんでしたが、ときの勢いで入会した「まひる野」という、寛容な短歌グループの先達と仲間に恵まれて、次第に短歌の魅力を感じるようになりました。しかし、作歌を始めたモチベーションは、短歌に向き合うときの心の底にあって、今に至るまで忘れることはありませんでした。すなわち、人間にとって言葉とは何かという解決のつかない問いであり、短歌が具えている日本語の生理とはどういうものかという、これも解決できない問いです。

「まひる野」に入会したのが一九七三年でしたから、半世紀もの間、この問いの周りをぐるぐる巡ってきたことになります。問いを考えることは、自分を世界に繋ぐ窓でした。本書にはこれまでわたしが記した文章との重複がありますが、その過程には、いくばくかの合点のゆくこともあったので、繰り返して記しました。途中でやめず、短歌に関わって来てよかったと思っています。

この本は、短歌の鑑賞をとおして、如上の問いについての考えを綴ったものです。「短歌研究」誌の当時の堀山和子編集長に声をかけていただき、その後は國兼秀二編集長に誌面を提供していただきました。連載した文章を読み直すのは苦しくて、しばらくその儘にしておいたのでしたが、高校の同窓会で旧交を温めた友人の勧めで一冊にまとめておこうという気持ちになりました。大上真一さんには強く背中を押され、横大路俊久さんには編集・校正のお世話になりました。出版社に勤務していた二人は、何やら、わたしの知らない専門用語を交わしていました。短歌研究社の菊池洋美さん、水野佐八香さんには、丁寧なアドヴァイスを頂き、装画には敬服してやまない岡﨑乾二郎さんの作品をおかりしました。

さらには、東京言語研究所での講義およびその御著書から多大な教えを受けた池上嘉彦先生のお言葉をいただくことができました。先生の御著書には、数十年の間、啓発され続けました。

皆様に深くお礼を申し上げます。

二〇二四年八月二十三日

今井 恵子

本書は月刊誌「短歌研究」二〇一七年一月号から二〇一九年六月号までの二十八回にわたる連載を纏め、巻末に「短歌におけるる「われ」の問題」を併収したものである。

人名索引

あ

か

さ

た

な

は

ま

や

ら

わ

事項索引

さ

た

な

は

わ

【今井恵子　略歴】

1952年　東京都生まれ
　　　　現在、埼玉県鴻巣市在住
1973年　早稲田大学在学中に「まひる野」に入会して作歌を
　　　　始める
　　　　現在、「まひる野」の選歌・運営委員
歌集　『分散和音』(1984/不識書院)
　　　『ヘルガの裸身』(1992/花神社)
　　　『白昼』(1996/砂子屋書房)
　　　『渇水期』(2005/砂子屋書房)
　　　『やわらかに曇る冬の日』(2012/北冬舎)
　　　『運ぶ眼、運ばれる眼』(2022/現代短歌社)
歌書　『富小路禎子の歌』(1996/雁書館)
　　　『ふくらむ言葉』(2022/砂子屋書房)
編著　『樋口一葉和歌集』(2005/筑摩書房)
2008年　「求められる言葉」にて第26回現代短歌評論賞受賞
2023年　『運ぶ眼、運ばれる眼』にて第9回佐藤佐太郎賞受賞

検印
省略

まひる野叢書第四一五篇

二〇二四年十月十日　印刷発行

短歌渉猟――和文脈を追いかけて

著　者　今《いま》井《い》恵《けい》子《こ》

発行者　國兼秀二

発行社　短歌研究社

郵便番号一一二―〇〇一三
東京都文京区音羽一―一七―一四　音羽YKビル
電話〇三（三九四四）四八二二・四八三三
振替〇〇一九〇―九―二四三七五番

印刷・製本　シナノ書籍印刷株式会社

ISBN 978-4-86272-780-0 C0095